다치카와 쇼조의 조선실연동화집

근대 일본어
조선동화민담집총서
2

다치카와 쇼조의 조선실연동화집

김광식

보고사
BOGOSA

차례

해제

다치카와 쇼조의 조선실연동화집

1. 선행연구에 대하여

〈근대 일본어 조선동화·민담집 총서〉는 일본어로 간행된 조선동화·민담집 연구의 발전과 토대 구축을 위해 기획되었다.

1920년대 이후에 본격화된 조선인의 민간설화 연구 성과를 정확히 자리매김하기 위해서는 1910년 전후에 시작된 근대 일본의 연구를 먼저 검토해야 할 것이다. 해방 후에 전개된 민간설화 연구는 이 문제를 외면한 채 진행되었음을 부인하기 어렵다. 다행히 1990년대 이후, 관련 연구가 수행되었지만, 일부 자료를 중심으로 진행되었다. 그에 대해 편자는 식민지기에 널리 읽혀졌고, 오늘에도 큰 영향을 미치고 있는 주요 인물 및 기관의 자료를 총체적으로 분석하고, 그 내용과 성격을 실증적으로 검토해 왔다. 관련 논문이 축적되어 근년에는 한국과 일본에서 아래와 같은 관련 연구서도 출판되었다.

권혁래, 『일제강점기 설화·동화집 연구』, 고려대학교 민족문화연구원, 2013.

김광식, 『식민지기 일본어조선설화집의 연구(植民地期における日本語朝鮮説話集の研究―帝國日本の「學知」と朝鮮民俗學―)』, 勉誠出版, 2014.

김광식 외, 『식민지시기 일본어 조선설화집 기초적 연구』 1·2, J&C,

2014~2016.

김광식, 『식민지 조선과 근대설화』, 민속원, 2015.

김광식, 『근대 일본의 조선 구비문학 연구』, 보고사, 2018.

또한, 다음과 같이 연구 기반을 조성하기 위한 영인본 『식민지시기 일본어 조선설화집 자료총서』 전13권(이시준·장경남·김광식 편, J&C, 해제 수록)도 간행되었다.

1. 薄田斬雲, 『暗黑なる朝鮮(암흑의 조선)』 1908 영인본, 2012.
2. 高橋亨, 『朝鮮の物語集附俚諺(조선 이야기집과 속담)』 1910 영인본, 2012.
3. 青柳綱太郎, 『朝鮮野談集(조선야담집)』 1912 영인본, 2012.
4. 朝鮮總督府學務局調査報告書, 『傳說童話 調査事項(전설 동화 조사사항)』 1913 영인본, 2012.
5. 楢木末實, 『朝鮮の迷信と俗傳(조선의 미신과 속전)』 1913 영인본, 2012.
6. 高木敏雄, 『新日本教育昔噺(신일본 교육 구전설화집)』 1917 영인본, 2014.
7. 三輪環, 『傳說の朝鮮(전설의 조선)』 1919 영인본, 2013.
8. 山崎源太郎, 『朝鮮の奇談と傳說(조선의 기담과 전설)』 1920 영인본, 2014.
9. 田島泰秀, 『溫突夜話(온돌야화)』 1923 영인본, 2014.
10. 崔東州, 『五百年奇譚(오백년 기담)』 1923 영인본, 2013.
11. 朝鮮總督府, 『朝鮮童話集(조선동화집)』 1924 영인본, 2013.
12. 中村亮平, 『朝鮮童話集(조선동화집)』 1926 영인본, 2013.
13. 孫晉泰, 『朝鮮民譚集(조선민담집)』 1930 영인본, 2013.

전술한 연구서 및 영인본과 더불어, 다음과 같은 한국어 번역본도 출간되었다.

우스다 잔운 저, 이시준 역, 『암흑의 조선(暗黑の朝鮮)』, 박문사, 2016 (1908年版).

다카하시 도루 저, 편용우 역, 『조선의 모노가타리(朝鮮の物語集)』, 역락, 2016(이시준 외 역, 『완역 조선이야기집과 속담』, 박문사, 2016, 1910年版).

다카하시 도루 저, 박미경 역, 『조선속담집(朝鮮の俚諺集)』, 어문학사, 2006(1914年版).

강재철 편역(조선총독부 학무국 보고서), 『조선 전설동화』상·하, 단국대학교출판부, 2012(1913年版).

나라키 스에자네 저, 김용의 외 역, 『조선의 미신과 풍속(朝鮮の迷信と風俗)』, 민속원, 2010(1913年版).

미와 다마키 저, 조은애 외 역, 『전설의 조선』, 박문사, 2016(1919年版).

다지마 야스히데 저, 신주혜 외 역, 『온돌야화』, 학고방, 2014(1923年版).

이시이 마사미(石井正己) 편, 최인학 역, 『1923년 조선설화집』, 민속원, 2010(1923年版).

조선총독부 저, 권혁래 역, 『조선동화집연구』, 보고사, 2013(1924年版).

나카무라 료헤이 저, 김영주 외 역, 『나카무라 료헤이의 조선동화집』, 박문사, 2016(1926年版).

핫타 미노루 저, 김계자 외 역, 『전설의 평양』, 학고방, 2014(1943年版).

모리카와 기요히토 저, 김효순 외 역, 『조선 야담 전설 수필』, 학고방, 2014(1944年版).

손진태 저, 최인학 역, 『조선설화집』, 민속원, 2009(1930年版).

정인섭 저, 최인학 외 역, 『한국의 설화』, 단국대학교출판부, 2007(1927년 日本語版, 1952년 英語版).

2. 이번 총서에 대하여

앞서 언급했듯이, 우스다 잔운의 『암흑의 조선』(1908), 다카하시 도오루의 『조선의 이야기집과 속담』(1910, 1914개정판), 조선총독부 학무국 조사보고서 『전설동화 조사사항』(1913), 나라키 스에자네의 『조선의 미신과 속전』(1913), 미와 다마키의 『전설의 조선』(1919), 다지마 야스히데의 『온돌야화』(1923), 조선총독부의 『조선동화집』(1924), 나카무라 료헤이의 『조선동화집』(1926), 손진태의 『조선민담집』(1930)이 영인, 번역되었다.

1930년 손진태의 『조선민담집』(1930)에 이르기까지의 주요 일본어 조선 설화집의 일부가 복각되었다. 그러나 아직 영인해야 할 주요 자료가 적지 않다. 이에, 지금까지 그 중요성에도 불구하고, 복각되지 않은 자료를 정리해 〈근대 일본어 조선동화·민담집 총서〉를 간행하기에 이른 것이다.

이번 총서는 편자가 지금까지 애써 컬렉션해 온 방대한 일본어 자료 중에서 구전설화(민담)집 위주로 선별했다. 선별 기준은, 먼저 일본과 한국에서 입수하기 어려운 주요 동화 및 민담집만을 포함시켰다. 두 번째로 가급적 전설집은 제외하고 중요한 민담집과 이를 개작한 동화집을 모았다. 세 번째는 조선민담·동화에 큰 영향을 끼쳤다고 생각되는 자료만을 엄선하였다. 이번에 발행하는 〈근대 일본어 조선동화·민담집 총서〉 목록은 다음과 같다.

1. 김광식, 『근대 일본의 조선 구비문학 연구』(연구서)
2. 『다치카와 쇼조의 조선 실연동화집』
   (立川昇藏, 『신실연 이야기집 연랑(新實演お話集蓮娘)』, 1926)

3. 『마쓰무라 다케오의 조선·대만·아이누 동화집』(松村武雄, 『朝鮮·臺灣·アイヌ童話集』, 1929, 조선편의 초판은 1924년 간행)
4. 『1920년 전후 일본어 조선설화 자료집』
5. 『김상덕의 동화집 / 김소운의 민화집』(金海相德, 『半島名作童話集』, 1943 / 金素雲, 『목화씨』 『세 개의 병』, 1957)

위와 같이 제2권 다치카와 쇼조(立川昇藏, ?~1936, 大塚講話會 동인)가 펴낸 실연동화집, 제3권 신화학자로 알려진 마쓰무라 다케오(松村武雄, 1883~1969)의 조선동화집을 배치했다.

다음으로 제4권 『1920년 전후 일본어 조선 설화 자료집』에는 조선동화집을 비롯해, 제국일본 동화·민담집, 세계동화집, 동양동화집, 불교동화집 등에 수록된 조선동화를 한데 모았다. 이시이 겐도(石井研堂) 편 『일본 전국 국민동화』(同文館, 1911), 다나카 우메키치(田中梅吉) 외 편 『일본 민담집(日本昔話集) 하권』 조선편(아르스, 1929) 등의 일본동화집을 비롯해, 에노모토 슈손(榎本秋村) 편 『세계동화집 동양권』(실업지일본사, 1918), 마쓰모토 구미(松本苦味) 편 『세계동화집 보물선(たから舟)』(大倉書店, 1920), 히구치 고요(樋口紅陽) 편 『동화의 세계여행(童話の世界めぐり)』(九段書房, 1922) 등의 세계·동양동화집을 포함시켰다. 더불어, 편자가 새롭게 발굴한 아라이 이노스케(荒井亥之助) 편 『조선동화 제일편 소』(永島充書店, 1924), 야시마 류도 편 『동화의 샘』(경성일보대리부, 1922) 등에서도 선별해 수록했다.

그리고 제5권에는 『김상덕의 반도명작동화집』과 함께, 오늘날 입수하기 어려운 자료가 된 김소운의 민화집(『목화씨(綿の種)』/『세 개의 병(三つの瓶)』)을 묶어서 영인하였다.

3. 제2권 다치카와 쇼조 『신실연 이야기집 연랑』에 대하여

다치카와 쇼조(立川昇藏), 『신실연 이야기집 연랑(新實演お話集蓮娘)』 제1집(隆文館, 1926년 5월, 도쿄, 본문 382쪽, 국판(菊版), 정가 2엔). 판형은 세로 185밀리×가로 125밀리.

필자가 새롭게 발굴한 다치카와 쇼조(? ~1936)의 동화집(이하 다치카와 동화집)은, 전술한 필자의 연구를 제외하고는 지금까지 전혀 언급되지 않았다. 다치카와는 히로시마현 사범학교 재학 중, 도쿄 고등사범학교로 적을 옮겨서 1923년 문과 제1부를 졸업했다. 졸업 후에 오키나와현 사범학교를 거쳐, 1924년부터 충청남도 공립사범학교에서 2년간 근무하였다(有元久五郎, 「발문」, 立川昇藏君 追悼記念 논문집간행회 편, 『일본 교육학의 제문제』, 成美堂서점, 1937, 1~2쪽). 조선 체재 경험을 살려, 오쓰카강화회에서 『신실연 이야기집 연랑』(1926)을 간행한 것이다.

오쓰카강화회(大塚講話會)는 1915년 시모이 하루키치(下位春吉, 1883~1954) 등에 의해 조직돼, 실연 동화를 연구·실천하였다. 도쿄 고등사범학교의 재학생과 졸업생으로 구성돼, 『실연 이야기집』 전9권(隆文館, 1921~1927), 『신실연 이야기집(新實演お話集)』 전2권(隆文館, 1926, 제1권은 다치카와, 제2권은 가시바 이사무(樫葉勇)가 담당), 『실연 이야기 신집(實演お話新集)』 전3권(講談社, 1954) 등을 간행하였다.

다치카와 동화집에는 조선동화와 창작동화 등 총 16편이 수록되었는데, 조선 이야기는 9편에 이른다. 책명으로 사용된 「연랑(蓮娘)」(심청전)을 비롯해, 「까치의 은혜 갚기」, 「깃옷」(선녀의 하늘 복숭아를 얻은 효자), 「은구슬, 금구슬」(검은 구슬과 노란 구슬), 「곶감」(겁이 많은 호랑이, 호랑이보다 무서운 곶감), 「은 열매, 금 열매」(말하는 남생이), 「바가지」(흥부와 놀부, 다리가 부러진 제비), 「신기한 구슬」(수중 보물), 「신기한 부채」가 실렸다.

그중에서 「연랑(蓮娘)」과 「신기한 부채」를 제외한 모든 이야기는, 조선총독부(다나카 우메키치)의 『조선동화집』(조선총독부, 1924년, 이하, 다나카 동화집)과 모티프가 일치한다. 다치카와는 다나카 동화집으로부터 큰 영향을 받았음을 확인할 수 있다. 다치카와는 다나카 동화집을 기반으로 하여, 내용을 자유롭게 변형시켰다. 이러한 변형은 다나카 동화집이 기본적으로 읽을거리로 간행된 것에 비해, 다치카와 동화집은 실연(實演)을 상정해 실연동화집으로 작성되었다는 점에서 기인하는 것은 말할 필요도 없겠다. 다나카 동화집은 작가의 개입이 한정적이지만, 다치카와는 이야기 속에서 자유롭게 등장해 개입하고, 일본인 아동이 조선 이야기를 이해하기 쉽도록 많은 해설을 덧붙였다. 모티프를 유지하면서도 등장인물을 바꾸거나, 조선식 이름을 넣기도 하였다. 일반적으로 이원적 대립담(모방담)의 경우, 한국의 이야기는 형제담이 많고, 일본의 이야기는 이웃집 노인담이 많다. 다나카 동화집은 한국의 동화적 요소가 반영되어 형제와 젊은이, 소년이 주로 등장한다. 그것은 동화라는 특수성도 작용했지만, 실제로 조선에서 채집한 이야기를 기반으로 하였다. 이에 비해, 다치카와는 일본인 독자를 상정해 형제담을 이웃집 노인담(할아버지담)으로 변경하였다.

「은구슬, 금구슬」(검은 구슬과 노란 구슬)은 "가토 기요마사의 유명한 호랑이 퇴치는, 조선에서 있었던 일이죠."라고 전제하고, 호랑이 이야기를 시작했다. 형제담을 개작해, 가난한 할아버지가 이웃집 할아버지에게 쌀을 요청하지만 거절당하고, 꿈이 현실이 된다는 전반부를 대폭 개작했지만, 후반부는 다나카 동화집과 거의 유사하다.

「깃옷」은 효자 홍범(興範)이라는 아이가 호수에서 선녀를 만나, 깃옷이 바람에 “날려서 호수의 한복판에 떨어져” 버린 것을, 헤엄쳐서 건네준다는 내용으로 개작되었다. 이러한 개작은 이미 제2기 조선총독부 일본어 교과서(아시다 독본)에서 행해졌다. 식민지 조선의 일본어 교사를 역임한 다치카와는 당대의 총독부 교과서와 마찬가지로, 선녀의 깃옷을 훔쳐 거짓말하는 원래 설화의 내용을 과도하게 개작한 것이다.

「신기한 구슬」은 다나카 동화집의 「1.수중 보물」을 바탕으로 하여 개작되었다. 다나카 동화집의 이야기는, 사이 좋은 형제가 외출해서 강을 건널 때, 금은보화가 나오는 보물을 얻어 부자가 되고, 분가하면서 서로 보물을 양보해, 결국은 원래 장소에 두려다가 또 하나의 보물을 얻게 된다는 내용이다. 다나카 동화집에는 첫 번째 이야기로 배치되어, 다나카가 이 이야기를 중요하게 여겼음을 확인할 수 있다. 한편 다치카와는, 두 사람이 객지로 돈벌이하러 가는 도중에 보물을 발견해 집으로 되돌아가는 이야기로 전반부를 크게 개작하였다. 극적인 전개를 노렸다고 보인다. 또한 다치카와는 형제가 부모 무덤을 만들고 집을 세웠다고 개작했지만, 후반부 개요는 다나카 동화집과 일치한다.

이번 총서를 계기로 하여, 1920년대 이후 개작된 다양한 조선동화집의 개작 양상을 심층적으로 고찰해, 이를 기반으로 하여 동화의 재화에 대한 다각적 논의가 전개되기를 바라마지 않는다.

▌참고문헌

김광식, 『근대 일본의 조선 구비문학 연구』, 보고사, 2018.
立川昇藏, 『신실연 이야기집 연랑(新實演お話集蓮娘)』 제1집, 隆文館, 1926.
立川昇藏君追悼記念論文集刊行會編, 『日本教育學の諸問題』, 成美堂書店, 1937.

解題

立川昇蔵『新実演お話集蓮娘』

1. これまでの研究

〈近代における日本語朝鮮童話・民譚(昔話)集叢書〉は、日本語で刊行された朝鮮童話・民譚集の研究を発展させるために企画されたものである。

筆者は、1920年代以降本格化した朝鮮人における民間説話の研究成果を的確に位置づけるためには、1910年前後に成立した近代日本の研究を実証的に検討しなければならないと考える。既存の民間説話の研究は、この問題を直視せずに進められてきたと言わざるを得ない。幸いに1990年代以降、関連研究がなされてきたが、一部の資料に限られていた。それに対して筆者は、植民地期に広く読まれ、今日にも大きな影響を及ぼしていると思われる重要な人物及び機関の資料を網羅的に分析し、その内容と性格を実証的に検討してきた。近年、韓国と日本では以下のような関連の研究書が出ている。

権赫来『日帝強占期説話·童話集研究』高麗大学校民族文化研究院、ソウル、2013年。

金廣植 『植民地期における日本語朝鮮説話集の研究―帝国日本の「学知」と朝鮮民俗学―』勉誠出版、2014年。

金廣植他『植民地時期日本語朝鮮説話集 基礎的研究』1·2、J&C、ソウル、

2014~2016年。

金廣植『植民地朝鮮と近代説話』民俗苑、ソウル、2015年。

金廣植『近代日本における朝鮮口碑文学の研究』寶庫社、ソウル、2018年。

また、次のように研究を広めるための復刻本『植民地時期日本語朝鮮説話集資料叢書』全13巻(李市埈·張庚男·金廣植編、J&C、ソウル、解題付き)も出ている。

1. 薄田斬雲『暗黒なる朝鮮』1908年復刻版、2012年。
2. 高橋亨『朝鮮の物語集附俚諺』1910年復刻版、2012年。
3. 青柳綱太郎『朝鮮野談集』1912年復刻版、2012年。
4. 朝鮮総督府学務局調査報告書『伝説童話 調査事項』1913年復刻版、2012年。
5. 楢木末実『朝鮮の迷信と俗伝』1913年復刻版、2012年。
6. 高木敏雄『新日本教育昔噺』1917年復刻版、2014年。
7. 三輪環『伝説の朝鮮』1919年復刻版、2013年。
8. 山崎源太郎『朝鮮の奇談と伝説』1920年復刻版、2014年。
9. 田島泰秀『温突夜話』1923年復刻版、2014年。
10. 崔東州『五百年奇譚』1923年復刻版、2013年。
11. 朝鮮総督府『朝鮮童話集』1924年復刻版、2013年。
12. 中村亮平『朝鮮童話集』1926年復刻版、2013年。
13. 孫晋泰『朝鮮民譚集』1930年復刻版、2013年。

それから、研究書及び復刻本とともに、次のような韓国語訳も出ている。

薄田斬雲、李市埈訳『暗黒の朝鮮』博文社、2016年(1908年版)。

高橋亨、片龍雨訳『朝鮮の物語集』亦楽、2016年(高橋亨、李市埈他訳『朝鮮の物語集』博文社、2016年、1910年版)。

高橋亨、朴美京訳『朝鮮の俚諺集』語文学社、2006年(1914年版)。

姜在哲編訳(朝鮮総督府学務局報告書)『朝鮮伝説童話』上・下、檀国大学校出版部、2012年(1913年版)。

楢木末実、金容儀他訳『朝鮮の迷信と風俗』民俗苑、2010年(1913年版)。

三輪環、趙恩馤他訳『伝説の朝鮮』博文社、2016年(1919年版)。

田島泰秀、辛株慧他訳『温突夜話』学古房、2014年(1923年版)。

石井正己編編、崔仁鶴訳『1923年朝鮮説話集』民俗苑、2010年(1923年版)。

朝鮮総督府、権赫来訳『朝鮮童話集研究』寶庫社、2013年(1924年版)。

中村亮平、金英珠他訳『朝鮮童話集』博文社、2016年(1926年版)。

八田実、金季杍他訳『伝説の平壌』学古房、2014年(1943年版)。

森川清人、金孝順他訳『朝鮮野談・随筆・伝説』学古房、2014年(1944年版)。

孫晋泰、崔仁鶴訳『朝鮮説話集』民俗苑、2009年(1930年版)。

鄭寅燮、崔仁鶴訳『韓国の説話』檀国大学校出版部、2007年(1927年日本語版、1952年英語版)。

2. この叢書について

先述したように、薄田斬雲『暗黒の朝鮮』(1908年)、高橋亨『朝鮮の物語集附俚諺』(1910年、改訂版1914年)、朝鮮総督府学務局調査報告書『伝説童話 調査事項』(1913年)、楢木末実『朝鮮の迷信と俗伝』(1913年)、三輪環『伝説の朝鮮』(1919年)、田島泰秀『温突夜話』(1923年)、朝鮮総督府『朝鮮童話集』(1924年)、中村亮平『朝鮮童話集』(1926年)、孫晋泰『朝鮮民譚集』(1930年)が復刻されるとともに韓国語訳されている。

また、1930年までの重要な日本語朝鮮説話集の一部が復刻されている。しかし、まだ復刻すべき資料が少なくない。そこで、その重要性にも関わらず、まだ復刻されていない資料を集めて〈近代における日本語朝鮮童話・民譚(昔話)集叢書〉を刊行したのである。

この叢書は、編者がこれまで集めてきた膨大な日本語資料の中から朝鮮の民譚集(日本語での昔話集)を中心に編んでいる。編集の基準は、まず日本はいうまでもなく、韓国でも入手しにくい重要な童話・民譚集のみを選んだ。二つ目に伝説集は除き、重要な民譚集と、それを改作した童話集を集めた。三つ目は朝鮮民譚・童話に大きな影響を及ぼしたと思われる資料のみを厳選した。今回発行する〈近代における日本語朝鮮童話・民譚(昔話)集叢書〉は、次の通りである。

1. 金廣植『近代日本における朝鮮口碑文学の研究』(研究書)
2. 立川昇蔵『新実演お話集 蓮娘』1926年
3. 松村武雄『朝鮮・台湾・アイヌ童話集』1929年(朝鮮篇の初版1924年)
4. 『1920年前後における日本語朝鮮説話の資料集』
5. 金海相徳(金相徳)『半島名作童話集』1943年/『金素雲の韓国民話集』(『綿の種』/『三つの瓶』1957年)

上記のように復刻本としてはまず、第2巻 立川昇蔵(?~1936年、大塚講話会同人)による実演童話集、第3巻　神話学者として知られる松村武雄(1883~1969年)の朝鮮童話集を選んだ。

また、第4巻『1920年前後における日本語朝鮮説話の資料集』では、朝鮮童話集をはじめ、「日本」童話・昔話集、世界童話集、東洋童話集、仏教童話集などに収録された朝鮮童話を集めた。石井研堂編『日本全国国民童話』(同文館、1911年)、田中梅吉他編『日本昔話集　下』朝鮮篇(アルス、1929年)などの日本童話集をはじめ、榎本秋村編『世界童話集 東洋の巻』(実業之日本社、1918年)、松本苦味編『世界童話集 たから舟』

(大倉書店、1920年)、樋口紅陽編『童話の世界めぐり』(九段書房、1922年)などの世界·東洋童話集を対象にした。また、編者が新たに発掘した荒井亥之助編『朝鮮童話第一篇　牛』(永島充書店、1924年)、八島柳堂編『童話の泉』(京城日報代理部、1922年)などからも選び出した。

また第5巻では、金海相徳(金相徳)の『半島名作童話集』(1943年)とともに、今日では入手しにくい『金素雲の韓国民話集』(『綿の種』/『三つの瓶』)を復刻した。

3. 第2巻 立川昇蔵『新実演お話集 蓮娘』について

立川昇蔵(大塚講話会同人)『新実演お話集 蓮娘』第１集(隆文館、1926年5月、東京、本文382頁、菊版、定価2円)。判型はタテ185ミリ×ヨコ125ミリ。

筆者が新たに発掘した立川昇蔵(？~1936年)の童話集(以下、立川童話集と略記)は、管見の限り、先行研究では言及されていない。立川は広島県師範学校から東京高等師範学校に移籍して1923年に文科第1部を卒業し、沖縄県師範学校を経て、1924年から朝鮮忠清南道公立師範学校に2年間勤務している(有元久五郎、「跋」、立川昇蔵君追悼記念論文集刊行会編『日本教育学の諸問題』成美堂書店、1937年、1~2頁)。その経験をいかして、大塚講話会から『新実演お話集 蓮娘』(隆文館、1926年)を刊行したのである。

大塚講話会は1915年下位春吉(1883~1954年)らによって組織され、実演童話を研究·実践している。東京高等師範学校の在学生と卒業生で構成され、『実演お話集』全9巻(隆文館、1921~1927年)、『新実演お話集』全2巻(隆文館、1926年、第1巻は立川、第2巻は樫葉勇が担当)、『実演お話新集』全3巻(講談社、1954年)などを刊行している。

立川童話集には朝鮮童話と創作童話など延べ16話が収録されているが、朝鮮の話は9話に該当する。タイトルに使われた「蓮娘」(朝鮮の古典小説、沈清伝)をはじめ、「カチの報恩」、「羽衣」、「銀の玉、金の玉」(黒い玉と黄い玉)、「コカム」(臆病な虎、虎より怖い干し柿)、「金の実、石の実」(もの言う亀)、「パカチ」(ノルブとフンブ、腰折れ燕の類話)、「不思議な玉」(水中の珠)、「不思議な扇子」が収録されている。

この中で「蓮娘」と「不思議な扇子」を除いた話は、朝鮮総督府(田中梅吉)『朝鮮童話集』(朝鮮総督府、1924年、以下、田中童話集と略記)とモチーフが一致しており、立川は田中童話集から大きな影響を受けたことが分かる。立川は田中童話集をベースにしているものの、あらすじを自由に変えている。それは田中童話集が読物として刊行されたのに対し、立川童話集は実演を想定して作成されたという形式から起因するということはいうまでもない。田中童話集は作者の介入が限定されているが、立川は話の中に自由に介入し、日本人児童が朝鮮の話を分かり易く理解できるように、多くの解説を付け加えている。モチーフを保持しながらも、登場人物をかえたり、朝鮮式の名前をつけたりしている。真似をする話は、一般に朝鮮には兄弟譚が多く、日本には隣の爺譚が多い。田中童話集では兄弟や若者、少年が多く登場する。それは童話という特殊性もあると思われるが、実際に朝鮮の話に即している。それに対し、立川は日本人読者を意識して兄弟譚を隣の爺譚に改変している。

「銀の玉、金の玉」(黒い玉と黄い玉)は、「加藤清正の名高い虎退治は、朝鮮であつたことですね」で始まり、虎が出る朝鮮の話を展開している。兄弟譚を改作して、貧しいお爺さんが隣のお爺さんに米を頼んだが断わられ、夢をみてそれが現実になったという前半部を改作しているが、後半部は田中童話集と同じ展開になっている。

「羽衣」は親孝行の興範という子が川ではなく湖で天女に逢い、羽衣が風に「吹き飛ばされて湖の真中へ落ちて」しまったことを、泳いで取ってあげる話に改作されている。第2期の朝鮮総督府日本語教科書(芦田読本)と同じく、嘘をつかない方向で改作されている。

「不思議な玉」は田中童話集の「1.水中の珠」をベースにして改作したと思われる。田中童話集の話は、仲の良い兄弟が外出して川を渡る時、金銀宝貨の出てくる珠をみつけてお金持ちになり、分家することになり、互いに珠を譲って、結局は元の場所に戻そうとしてもう一つの珠を得るという内容である。田中童話集には一番目の話として配置されており、田中はこの話を重宝したことが分かる。一方立川は、二人は出稼ぎに出て行く途中に珠をみつけて家に引き返す話として前半部を大きく改作している。劇的な展開を図ったと思われる。続いて立川は、二人が親の立派なお墓を作り、家をたてたと改作しているが、後半部のあらすじは田中童話集と一致している。

この復刻を機に、1920年代に刊行された数多くの朝鮮童話集(日本語及び朝鮮語)との比較研究を期待したい。

参考文獻

金廣植『근대 일본의 조선 구비문학 연구(近代日本における 朝鮮口碑文学の研究)』寶庫社、2018年。

金廣植「1920년대 일본어 조선동화집의 개작 양상 -『조선동화집』(1924)과의 관련양상을 중심으로- 」『洌上古典研究』48輯, 열상고전연구회, 2015年。

金廣植「식민지기 재조일본인의 구연동화 활용과 전개양상」『洌上古典研究』58輯, 열상고

전연구회, 2017年。

金廣植『植民地期における日本語朝鮮説話集の研究―帝国日本の「学知」と朝鮮民俗学―』勉誠出版、2014年。

立川昇蔵『新実演お話集 蓮娘』隆文館、1926年。

立川昇蔵君追悼記念論文集刊行会編『日本教育学の諸問題』成美堂書店、1937年。

영인자료

다치카와 쇼조의 조선실연동화집

여기서부터는 影印本을 인쇄한 부분으로 맨 뒤 페이지부터 보십시오.

住田章著

定價一圓二十錢　送料八錢

四六版約三百頁

學校小說 **中學時代**

著者の序文から――

『この小說は、有名なファラー博士の學校小說『エリツク』を翻案したものです。

御覽の通りこの小說は、一少年のだん〲墮落して行く經路を書いたもので、餘り明るい小說でありません。併しよく讀んで見ると、非常に敎へられる小說です。御承知の通り青春期は、云はゞ人間の脫皮期で、非常にクリチカルな時代です。この時代の少年は、特徵として精神の均齊が缺けて居て、一寸した機會からぐれ出し易く、その指導敎育に當る父兄や敎育者が、彼等の精神の働き方をよく心得て居ないと、取り返しのつかない事になることが少なくありません。この小說は、青春期の少年の心理を巧みに寫し出して居る點に於いて、非常に價値のあるものだと思ひます。』

文學士木村久一著

定價二圓五十錢　送料十二錢

早教育と天才

四六版四百頁

羽二重裝函入

英才教育の指南書

我子を英才に育て上げやうと思ふ親の是非讀まねばならぬ參考書

醫學博士 高田義一郎著

優良兒を儲ける研究

定價二圓 送料十錢

四六判美裝 口繪付函入

賢き子は父を欣ばし、
愚なる子は母の憂へなり。 —箴言—

から申しますが、優良な子供を儲けることは、親の歡喜と子供自身の幸福のみに止まらず、延いて社會人類の福祉であります。これに反して劣惡な子供は、家庭の悲嘆であり、社會の重荷であります。

本書の著者曰く、『此の小冊子は優良な子供を儲けたいと欲する人々の爲に、必勝を期し得る好果を擧げるのに、必要な點を會得して貰はうとして書いた基礎篇である、育兒問題の先天論である。』

東京高等師範學校 大塚講話會著

定價二圓 送料十二錢

四六判函入

クロス上裝

話方の研究

實演お話集の最終篇 第九卷

『實演お話集』八卷の總くゝりとして、お話の仕方を詳述したものです。講話會同人の多年の經驗と研究の結晶として出來上つたものですから、實演者の參考書として比類なき良書であります。飽くまで實際的なるを期しながら、しかも理論的方面を閑却せず、引例該博、叙說懇切、この種の著述中嶄然として一頭地を拔くものであります。在來の類書に多く閑却された、お話會の催し方や會場の整理に關する事柄は固より、ラヂオ童話の實演にさへ論及してゐるのを見ても、本書が如何にアプ・ツー・デートな著述であるかゞ分らうと思ひます。

東京高等師範學校　大塚講話會同人著

定價各二圓　送料各十二錢

四六判約四百頁

洋布極上裝函入

新實演お話集

第一集　蓮娘　立川昇藏作

第二集　猫の卵　樫葉勇作

大塚講話會は、創立十餘年になり、初期の先輩會員は、今や斯道の大家になつてをられます。隆文館では、今度これらの大家にお願ひして、新にこの叢書を發行することになりました。今度は『實演お話集』と違つて、各卷著者別にすることにいたしました。葛原しげる先生、下位春吉先生、岩田九郎先生、山北淸次先生等の分も續出いたします。

大正十五年五月五日印刷
大正十五年五月十日發行

【定價貳圓】

著作權所有
著者檢印
隆文館

蓮娘

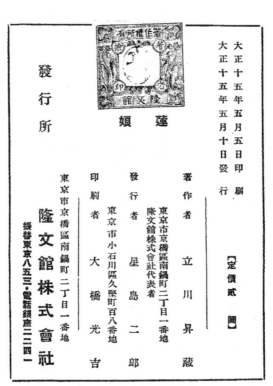

著作者　立川昇藏

東京市京橋區南鍋町二丁目一番地
隆文館株式會社代表者
發行者　星島二郎

東京市小石川區久堅町百八番地
印刷者　大橋光吉

東京市京橋區南鍋町二丁目一番地
發行所　隆文館株式會社
振替東京八五三・電話銀座二二四一

——共同印刷株式會社印行——

新實演お話集第一集

蓮娘

立川昇藏作

蓮娘

一

私《わたくし》は『蓮娘《はすむすめ》』と云《い》ふ面白《おもしろ》いお話《はなし》を一ついたしませう。

昔《むかし》、昔《むかし》、ずつと昔《むかし》、朝鮮《てうせん》の北《きた》の方《はう》の片田舎《かたゐなか》に、お父《とう》さんと女《をんな》の子《こ》の沈清《ちんせい》さんと云《い》ふ二人暮《ふたりぐら》しのお家《うち》がありました。お母《かあ》さんは沈清《ちんせい》さんを生《う》むとすぐにお亡《な》くなりになつたので、沈清《ちんせい》さんはお父《とう》さんの手《て》一つで育《そだ》てられました。

お父《とう》さんは沈清《ちんせい》さんをおんぶして、近所《きんじよ》の女《をんな》の人《ひと》のお家《うち》へ行《い》つて、

『お乳《ちゝ》を少《すこ》しやつて下《くだ》さい。』

とお願《ねが》ひしては、お乳《ちゝ》を貰《もら》つて歩《ある》いてゐました。そんなにして育《そだ》てゝゐる中《うち》に、沈清《ちんせい》さんはだん〳〵大《おほ》きくなつて七歳《さい》になりました。

お父《とう》さんが、貧乏《びんはふ》な中《なか》から、男手《をとこで》一つで娘《むすめ》を育《そだ》てるのは、中々《なか〳〵》の骨折《ほねをり》でありました。七年《ねん》の間《あひだ》、眠《ねむ》る暇《ひま》もない位《くらゐ》に苦《くる》しい思《おも》ひをなさつたので、それが原因《もと》になつて、眼《め》の病氣《びやうき》にかゝられ、たうとう盲目《めくら》になつてしまはれました。

『あゝ、いとしいお父《とう》さんは私《わたし》のために盲目《めくら》になられたのだ。』

沈清《ちんせい》さんはお父《とう》さんが氣《き》の毒《どく》で氣《き》の毒《どく》で、どんなにしても此《こ》の目《め》を治《なほ》して上《あ》げねばならぬと考《かんが》へました。

お金《かね》一文《もん》もない貧乏《びんはふ》な家《うち》で、働《はたら》き手《て》のお父《とう》さんが盲目《めくら》になつては、今日《けふ》から食《く》ふことも出來《でき》ません。しかし沈清《ちんせい》さんは、

『これまで私《わたし》を育《そだ》てゝ下《くだ》さつて、たうとう盲目《めくら》にまでおなりになつたお父《とう》さんの御《こ》恩返《おんがへ》しはこれからだ。私《わたし》が働《はたら》いてお父《とう》さんを養《やしな》はねばならぬ。』

僅《わづ》か七歳《さい》の沈清《ちんせい》さんは、しつかり決心《けつしん》して、何《なん》の仕事《しごと》をしようかと考《かんが》へましたが、子供《こども》に出來《でき》る仕事《しごと》はありません。どうしたらいゝだらうと思《おも》ひながら歩《ある》いて

ゐますと、大《おほ》きな池《いけ》の側《そは》に來《き》ました。池《いけ》には綺麗《きれい》な〳〵蓮《はす》の花《はな》が澤山《たくさん》咲《さ》いてゐます。

『まあ、綺麗《きれい》！』

と、しばらくは何《なに》も忘《わす》れて見《み》てゐた沈清《ちんせい》さん、ふといゝ考《かんが》へが浮《うか》びました。

『さうだ、これはいゝことを考《かんが》へた。すぐに村長《そんちやう》さんにお願《ねが》ひして見《み》よう。』

沈清《ちんせい》さんは、村長《そんちやう》さんのお家《うち》の門《もん》の前《まへ》まで來《き》ました。門番《もんばん》は沈清《ちんせい》さんを見《み》て、

『汚《きたな》い子供《こども》だな、早《はや》く行《い》つてしまへ。』

と叱《しか》りつけましたが、沈清《ちんせい》さんは、

『私《わたし》、村長《そんちやう》さんにお願《ねが》ひがあるんです。』

『村長《そんちやう》さんは、お前《まへ》の様《やう》な汚《きたな》い者《もの》に會《あ》はれないよ。さつさと歸《かへ》れ。』

『いゝえ、どうしても會《あ》はせて下《くだ》さい。』

『剛情《がうじやう》な子供《こども》だなあ。どうしても云《い》ふことを聞《き》かぬと叩《たた》き出《だ》すぞ。』

『叩《たゝ》かれてもどうされても、私《わたし》のお願《ねが》ひを申《まを》し上《あ》げるまでは歸《かへ》りません。』
門番《もんばん》は怒《おこ》つてしまひました。
『子供《こども》のくせに生意氣《なまいき》な。』
と云《い》つて、沈清《ちんせい》さんを鞭《むち》で打《う》ち始《はじ》めました。
沈清《ちんせい》さんはしばらくは耐《こら》へてゐましたが、たうとう、
『ワーン、ワーン。』
と大聲《おほごゑ》で泣《な》き出《だ》しました。しかしちつとも動《うご》きません。
『これでも未《ま》だ歸《かへ》らないか。』
『ワーン、ワーン、歸《かへ》りません、歸《かへ》りません。』（泣き聲）
門番《もんばん》はいよ／＼強《つよ》く打《う》ち出《だ》しました。沈清《ちんせい》さんはいよ／＼大聲《おほごゑ》で泣《な》きます。
この時《とき》、玄關《げんくわん》の方《はう》から白《しろ》い髯《ひげ》の生《は》えた人《ひと》が出《で》て來《こ》られて、
『門番《もんばん》、どうしたんだ。小《ちひ》さな子供《こども》を打《う》つなんていけないぢやないか。何《なに》か惡《わる》い

ことをしたのか。』

『はい、ちつとも云《い》ふことを聞《き》かないので。』

『云《い》ふことを聞《き》かないつてどう云《い》ふことだ。』

『村長《そんちやう》さんにお目《め》にかゝりたいなんて云《い》ふものですから、馬鹿《はか》なことを云《い》はないで早《はや》く歸《かへ》れと申《まを》しますのに、どうしても、お願《ねが》ひしたいことがあるから歸《かへ》らないといつて、剛情《がつじやう》を張《は》るもんですから。』

『わしに會《あ》ひたいことがあると云《い》ふのなら、なぜ取次《とりつ》がないか。』

『だつて、こんな汚《きたな》い風《ふう》をした子供《こども》ですから。』

『いくら汚《きたな》くとも、いくら子供《こども》でも、此《こ》の村《むら》の者《もの》は皆《みな》わしの家《うち》の人《ひと》も同《おな》じぢや。打《う》つたりなぞしてはいけないぞ。』

『でも。』

『でもとは何《なん》だ。わしの云《い》ふことを聞《き》かん者《もの》は、此《こ》の家《うち》にはおかんぞ。』

『へい〳〵、私《わたし》が惡《わる》うございました。』

門番《もんばん》は恐《おそ》れ入《い》つてしまひました。

　村長《そんちやう》さんは沈清《ちんせい》さんの頭《あたま》を撫《な》でながら、

『これ〳〵、女《をんな》の子《こ》、わしに願《ねが》ひがあると云《い》ふ話《はなし》ぢやが、どんな願《ねが》ひかな。』

と優《やさ》しく訊《き》かれて、沈清《ちんせい》さんは泣《な》くのを止《や》めて、

『あの、村長《そんちやう》さん、私《わたし》、あそこのお池《いけ》の蓮《はす》が欲《ほ》しいんです。』

『蓮《はす》が欲《ほ》しい？　それを何《なん》にするのだ。』

『あの花《はな》を町《まち》に持《も》つて行《い》つて賣《う》るんです。』

『賣《う》つてどうする。』

『お父《とう》さんを養《やしな》ふのです。』

『お前《まへ》のお父《とう》さんは病氣《びやうき》か。』

『はい、私《わたし》の家《うち》は貧乏《びんばふ》で、お父《とう》さんは盲目《めくら》になつたのです。』

『おゝ、それは可哀《かはい》さうに。よし〳〵、あの蓮《はす》は皆《みんな》お前《まへ》に上《あ》げよう。』

『えつ？ 皆下《みんなくだ》さるの？ あゝ嬉《うれ》しい。有難《ありがた》うございます、有難《ありがた》うございます。』

『それからね、秋《あき》になつたら蓮《はす》の根《ね》を町《まち》に持《も》つて行《い》つて賣《う》るがよい。』

『まあ、根《ね》まで下《くだ》さるんですか。有難《あたがた》うございます、有難《ありがた》うございます。』

沈清《ちんせい》さんは何度《なんど》も〳〵お禮《れい》を言《い》つて歸《かへ》りました。

此《こ》の村《むら》から二里《り》ばかり離《はな》れた所《ところ》に、大《おほ》きな町《まち》がありました。その町《まち》に朝早《あさはや》くから、いゝ聲《こゑ》で歌《うた》ふ聲《こゑ》がきこえる樣《やう》になりました。

『花《はな》はいらぬか、蓮《はす》の花《はな》、
白《しろ》い綺麗《きれい》な蓮《はす》の花《はな》。』

見《み》ると籠《かご》の中《なか》に大《おほ》きく咲《さ》いた眞白《まつしろ》い蓮《はす》の花《はな》を入《い》れて、小《ちひ》さな女《をんな》の子《こ》が歌《うた》つて歩《ある》いてゐるのです。此《こ》の女《をんな》の子《こ》は誰《たれ》でせう。(問) 沈清《ちんせい》さんですね。

これを見《み》た町《まち》の人《ひと》は、

『まあ、綺麗《きれい》な花《はな》だ。あんなに大《おほ》きな蓮《はす》は珍《めづら》しい。』

『まるで銀《ぎん》の様《やう》に澤《つや》があるわ。』

『それに、あの子供《こども》を御覧《ごらん》なさい。裝《なり》は汚《きたな》いけれど、顔《かほ》の美《うつく》しいこと、とてもこの町《まち》にあんな綺麗《きれい》な女《をんな》の子《こ》はゐませんよ。まるで蓮《はす》の花《はな》の様《やう》ですね。』

『ほんと、蓮《はす》の花《はな》よりも綺麗《きれい》ですよ。』

皆《みんな》が見惚《みと》れてゐます。沈清《ちんせい》さんが、

『をばさん、お花《はな》買《か》つて下《くだ》さい。』

と云《い》ひますと、

『えゝ、買《か》ひますとも、ほんとに綺麗《きれい》な花《はな》ね。』

と皆《みんな》がほめて買《か》つてくれます。

沈清《ちんせい》さんはかうして蓮《はす》の花《はな》を賣《う》つて、僅《わづ》かのお金《かね》でお父《とう》さんを養《やしな》つてゐました。町《まち》では沈清《ちんせい》さんが餘《あま》り綺麗《きれい》なのと、その心《こゝろ》がいかにも美《うつく》しい人《ひと》のやうなの

で、色々《いろ〱》の噂《うわさ》をし始《はじ》めました。

『普通《ふつう》の女《をんな》の子《こ》ぢやないかも知《し》れないよ。花《はな》の精《せい》かも知《し》れない。』

『さうだ、きつと花《はな》の精《せい》だ。花《はな》より綺麗《きれい》なんだもの。』

『でも身装《みなり》は汚《きたな》いね。貧乏《びんばふ》らしい風《ふう》をしてゐるのが不思議《ふしぎ》だね。』

なぞゝ云《い》つてゐる所《ところ》へ、

『花《はな》はいらぬか、蓮《はす》の花《はな》、
白《しろ》い綺麗《きれい》な蓮《はす》の花《はな》。』

まるで鈴《すゞ》を振《ふ》る様《やう》な美《うつく》しい聲《こゑ》がきこえて來《き》ました。

『それ、來《き》た〱。今日《けふ》は一つ身《み》の上《うへ》をきいて見《み》ようぢやないか。』

『あゝ、それがいゝ、それは面白《おもしろ》からう。』

と云《い》つて待《ま》つてゐる所《ところ》へ、蓮《はす》の花《はな》を持《も》つた沈淸《ちんせい》さんの姿《すがた》が現《あらは》れました。

『お花《はな》買《か》つて下《くだ》さい。』

『あゝ、買《か》ふとも。だが一つ尋《たづ》ねたいことがある。お前《まへ》さんの家《うち》はどこかね。』

『私《わたし》の家《うち》は此《こ》の町《まち》の隣村《となりむら》ですの。』

『そしてお父《とう》さんお母《かあ》さんはゐるかえ？』

『はい、お母《かあ》さんは私《わたし》が生《うま》れた時《とき》にお亡《な》くなりになつたので、私《わたし》はちつとも知《し》りません。私《わたし》はお父《とう》さんの手《て》一つで育《そだ》てられたのですが、お父《とう》さんは辛苦《くらう》なさつたので、たうとう盲目《めくら》になられました。』（聲た小さく少し振はす）

沈清《ちんせい》さんの目《め》には涙《なみだ》がたまつて來《き》ました。

『まあ、可哀《かにい》さうに、それでお前《まへ》さんが花《はな》を賣《う》つてお父《とう》さんを養《やしな》つてゐるんだね。』

『はい。』

『孝行《かうく》な子供《こども》だね。ぢや矢張《やは》り人間《にんげん》だね。あんまり綺麗《きれい》だから人間《にんげん》ぢやないかと思《おも》つてゐたよ。』

『感心々々《かんしん〳〵》。顔《かほ》ばかりぢやない、心《こゝろ》もこんなに綺麗《きれい》なんですもの。』

『これに立派《りつぱ》な衣服《きもの》を着《き》せたらどんなに綺麗《きれい》になるか知《し》れませんよ。』

それからは、前《まへ》よりも一層同情《そうどうじやう》して、孝行娘《かう〳〵むすめ》、孝行花賣《かう〳〵はなうり》と呼《よ》んで可愛《かあい》がつてくれました。

二

こんなにしてゐる中《うち》にだん〳〵月日《つきひ》がたつて、沈清《ちんせい》さんは十六になりました。お父《とう》さんは沈清《ちんせい》さんの孝行《かう〳〵》で何不足《なにふそく》なく暮《くら》してゐましたが、只《たゞ》一つ殘念《ざんねん》なのは目《め》の見《み》えぬことでした。

『何《なん》とかして目《め》が明《あ》いてくれゝばいゝに。沈清《ちんせい》も大《おほ》きくなつたらうから一目《め》見《み》たいものだ。』

と、こんなことを考《かんが》へぬ日《ひ》とては一日《にち》もありませんでした。沈清《ちんせい》さんも、お父《とう》さ

んのお目《め》を治《なほ》さなくてはならないと、貧乏《びんはふ》な中《なか》から、よいお薬《くすり》があると聞《き》けばすぐにそれを買《か》つて來《き》て上《あ》げ、又神様《またかみさま》には毎日《まいにち》〱お參《まゐ》りして、お父《とう》さんのお目《め》が治《なほ》るようにとお願《ねが》ひしてゐました。しかし、お父《とう》さんのお目《め》はちつともよくなりませんでした。

或《あ》る冬《ふゆ》の日《ひ》のこと、お父《とう》さんは沈淸《ちんせい》さんが町《まち》へ行《い》つた留守《るす》に、お宮《みや》にお參《まゐ》りしようと、杖《つゑ》を賴《たよ》りにお家《うち》を出《で》ました。しばらく行《い》くとお父《とう》さんは、一つの橋《はし》にさしかゝりました。

小《ちひ》さな丸太《まるた》の一本橋《ほんはし》で、目《め》の見《み》える人《ひと》でも危《あぶな》い位《くらゐ》の橋《はし》。杖《つゑ》を賴《たよ》りに渡《わた》つてゐたお父《とう》さんは、眞中頃《まんなかごろ》まで來《く》るとツルッと足《あし》を踏《ふ》み滑《すべ》らして、あつと云《い》ふ間《ま》もなく、川《かは》の中《なか》にドブンと落《お》ちてしまひました。

『助《たす》けてくれ！』

お父《とう》さんは川《かは》の中《なか》から大聲《おほごゑ》に呼《よ》びました。幸《さいは》ひ水《みづ》はそんなに深《ふか》くありませんが、

寒《さむ》くてたまりません。體中《からだぢう》が凍《こほ》るやうに冷《つめ》たくなつて來《き》ます。それでも手探《てさぐ》りでやつと川岸《かはぎし》へ這《は》ひ上《あが》つた時《とき》、丁度《ちやうど》そこへ通《とほ》りかゝつたのは、村《むら》はずれにあるお寺《てら》の坊《ばう》さん。お父《とう》さんを見《み》て、この寒《さむ》いのに水泳《みづおよ》ぎでもしたのか知《し》らと思《おも》つて、

『あゝ、もし〳〵、あんたは何《なに》してゐるんですか。』

と聲《こゑ》をかけますと、

『どうかお助《たす》け下《くだ》さい。今川《いまかは》へ落《お》つこちたのです。寒《さむ》くて〳〵凍《こゞ》えさうなのです。』

『それはいけない。さあ、私《わたし》の家《うち》までいらつしやい。』

『これは有難《ありがた》い、やつと助《たす》かりますわい。』

お父《とう》さんは此《こ》の坊《ばう》さんに手《て》を引《ひ》かれて、そのお寺《てら》へやつて來《き》ました。所《ところ》が朝鮮《てうせん》のお寺《てら》の坊《ばう》さんの中《うち》には、大變心《たいへんこゝろ》のよくない人《ひと》もたくさんあつたのです。此《こ》の坊《ばう》さんも人《ひと》を欺《だま》してお金《かね》を取《と》るよくない人《ひと》でありました。それでお父《とう》さ

んの盲目《めくら》なのを見《み》て、

『あんたは盲目《めくら》ぢやなあ。お困《こま》りでせう。』

『えゝ、もう困《こま》り切《き》つてゐます。目《め》が見《み》えぬばかりに、年端《としは》もいかぬ娘《むすめ》にえらい苦勞《くらう》をさせてゐますので、可哀《かはい》さうで〳〵、今日《けふ》もお宮《みや》に參《まゐ》つて、お祈《いの》りしようと思《おも》つて出《で》かけた所《ところ》を、つい川《かは》に落《お》つこちて、凍死《こゞえじに》する所《ところ》をお助《たす》けにあづかつた樣《やう》な次第《しだい》です。』

『はゝあ、それはお氣《き》の毒《どく》だ。しかしお宮《みや》に參《まゐ》つても目《め》は明《あ》きませんよ。目《め》の病《びやう》氣《き》は神樣《かみさま》では駄目《だめ》です、佛樣《ほとけさま》でないと。』

『えつ？　佛樣《ほとけさま》にお願《ねが》ひすれば治《なほ》るんですか。』

『さうです。でもね、只《たゞ》でお願《ねが》ひしたつて治《なほ》りゃせんよ。』

『どうすればいゝんです。お教《をし》へ下《くだ》さい。』（性急な口調）

『そんなにせかなくてもいゝ。まあゆつくりお聞《き》きなさい。佛樣《ほとけさま》にお供物《そなへもの》をして

お願《ねが》ひするんです。』

『お供物《そなへもの》？　それはお易《やす》いことです。どんなものをお供《そな》へするんですか。』

『それが餘《あま》りお易《やす》いことでないんぢや。お米《こめ》三百俵《べう》。』

『えつ？　お米《こめ》三百俵《べう》？』（驚く語調）

『お米《こめ》が三百俵《べう》あればすぐ治《なほ》ります。どうです。治《なほ》して上《あ》げませうか。』

お父《とう》さんは只目《ためめ》のことばかり苦《く》にしてゐましたので、他《ほか》の事《こと》は何《なに》も考《かんが》へないで、

『え丶、治《なほ》して下《くだ》さい。お米《こめ》三百俵《べう》はすぐに持《も》つて來《き》ます。』

『よろしい。ぢやその仕度《したく》をして待《ま》つてゐますから、早《はや》く持《も》つておいでなさい。』

お父《とう》さんは、お寺《てら》を出《で》て自分《じぶん》のお家《うち》へ歸《かへ》りました。沈清《ちんせい》さんはもう先《さき》に歸《かへ》つてゐました。

『おとうさん、何處《どこ》へお出《い》でになつたんですか。』

『お丶、沈清《ちんせい》か。喜《よろこ》べ丶、お父《とう》さんの目《め》は治《なほ》るぞ。』

『えつ？　お目《め》が治《なほ》るんですつて？　一體《たい》どう云《い》ふわけです。』

『お寺《てら》の坊《ばう》さんにお願《ねが》ひして貰《もら》ふのぢや。目《め》と云《い》ふものは神樣《かみさま》では駄目《だめ》で、佛樣《ほとけさま》でなくちや治《なほ》らないんだ。』

『それで坊《ばう》さんがお願ひして下《くだ》さるの？』

『うん。』

『まあ、うれしい。いつ頃《ごろ》になつたら治《なほ》るんです？』

『すぐだ。』

『すぐ？　まあ有難《ありがた》い。』

『それで佛樣《ほとけさま》にお供物《そなへもの》がいるんだ。』

『どんなものです。私《わたし》すぐに拵《こしら》へます。』

『お米《こめ》三百俵《べう》だ。』

『えつ？　お米《こめ》三百俵《べう》？』

沈清《ちんせい》さんはこれをきいて、途方《とはう》に暮《く》れました。お父《とう》さんも沈清《ちんせい》さんが急《きふ》にだまつてしまつたので、始《はじ》めて自分《じぶん》の家《うち》の貧乏《びんばふ》なことに氣《き》がついて、悪《わる》いことになつたと思《おも》ひ始《はじ》めました。

『沈清《ちんせい》、お米《こめ》三百俵《べう》なんて出來《でき》さうもないんだに、お父《とう》さんはつい氣《き》が狂《くる》つて、約束《やくそく》をして來《き》たんだ。しかし、それは出來《でき》ませんと云《い》つてしまへばそれでいゝんだ。』

『でもお父《とう》さんのお目《め》が治《なほ》るんでしたら、どうかして上《あ》げたいんです。』

『何《なん》の〳〵、そんな心配《しんぱい》せぬがよい。今日《けふ》食《く》ふ米《こめ》にさへ困《こま》つてゐる此《こ》の身《み》の上《うへ》だ。いや、目《め》なんか明《あ》かなくてもいゝ。お前《まへ》にこんなに孝行《かうく》してもらつて、何《なん》の不足《ふそく》があらう。只《たゞ》お父《とう》さんは、お前《まへ》にばかり苦勞《くらう》さすのがいとほしいものだから、せめて目《め》でも明《あ》いてゐたら、お前《まへ》にも少《すこ》しは樂《らく》をさせてやることが出來《でき》るだらうと、そればかり思《おも》つてね。』

『勿體《もつたい》ない。此《こ》の位《くらゐ》のこと何《なん》でもありません。私《わたし》はお父《とう》さんのお目《め》の治《なほ》ることでしたら、どんなことでもしますが、お米《こめ》三百俵《べう》は……』

『もういゝ、もういゝ。聞《き》かぬ前《まへ》のこと思《おも》へばそれでいゝんだ。そんなことは嘘《うそ》のことゝ思《おも》つて前《まへ》のやうに暮《くら》さう。』

お父《とう》さんはかう云《い》はれましたが、沈清《ちんせい》さんはその日《ひ》から、只《たゞ》そのことばかり考《かんが》へるやうになりました。

どうかしてお米《こめ》三百俵《べう》が欲《ほ》しいものだ。お米《こめ》三百俵《べう》、お米《こめ》三百俵《べう》。夢《ゆめ》にさへ見《み》る樣《やう》になつたのでした。

所《ところ》が或《あ》る日《ひ》、町《まち》で妙《めう》な噂《うわさ》をきゝました。

それは、朝鮮《てうせん》から支那《しな》へ毎年《まいねん》一回《くわい》づゝ大《おほ》きな船《ふね》がたくさん品物《しなもの》を積《つ》んで出《で》て行《ゆ》く。その船《ふね》にはいつも十六になる女の子《をんなこ》が一人《ひとり》づゝ乘《の》せられて、海《うみ》の眞中《まんなか》まで來《く》るとその女の子《をんなこ》は海《うみ》の中《なか》に入《い》れられて、海《うみ》の龍王《りうわう》の餌食《ゑじき》になつてしまふ。若《も》し女《をんな》

の子《こ》が海の中《なか》に入《い》れられないと、海《うみ》は大暴《おほあ》れして、船《ふね》は沈《しづ》んでしまふといふのです。それで此《こ》の船《ふね》の出《で》る時《とき》には、國中《くにぢう》にお布令《ふれ》を出《だ》して、十六になる娘《むすめ》を、たくさんのお金《かね》で買《か》ひ取《と》つてつれて行《ゆ》くことになつてゐるのですが、今年《ことし》も丁度《ちやうど》その船《ふね》の出《で》る時《とき》で、此《こ》の町《まち》にもこのお布令《ふれ》が來《き》たと云《い》ふので、その噂《うわさ》が中々《なかなか》やかましくなつてゐたのでした。

『いくらお金《かね》を貰《もら》つたつて、死《し》んでしまふんぢや駄目《だめ》ですね。』

『どの娘《むすめ》でも自分《じぶん》で行《ゆ》かうなんて云《い》ふものはゐないさうです。皆人買《みなひとか》ひに買《か》はれた娘《むすめ》ばかりで、船《ふね》に乗《の》る時《とき》は、いやだ〳〵と泣《な》き叫《さけ》ぶさうです。』

『さうでせうね。可哀《かはい》さうなことですなあ。』

こんな話《はなし》をしてゐる所《ところ》へ、沈清《ちんせい》さんがやつて來《き》たのです。

『をばさん、あの人買《ひとかひ》の噂《うわさ》はほんとうでせうか。』

『あゝ、ほんとうだとも。』

『でどの位《くらゐ》のお金《かね》をくれるんでせうか。そのお金《かね》でお米《こめ》三百俵《べう》位《ぐらゐ》買《か》へませうか。』

『お米《こめ》三百俵《べう》位《ぐらゐ》ではないよ。まだ〳〵買《か》へるよ。』

『えつ？　そんなに澤山《たくさん》くれるんですか？　ぢや、私《わたし》船《ふね》に買《か》つてもらひたいんですが、どこへ行《い》つてお願《ねが》ひすればいゝんでせう。』

『まあ、お前《まへ》さんが買《か》つて貰《もら》ふの？　馬鹿《ばか》なことお止《よ》しよ。船《ふね》に乘《の》つたら海《うみ》の眞《まん》中《なか》へ落《おと》されて、龍王《りうわう》に食《く》ひ殺《ころ》されてしまふのよ。』

『えゝ、それは覺悟《かくご》してゐます。私《わたし》はそんなこと平氣《へいき》です。でもお米《こめ》三百俵《べう》あれば、お父《とう》さんのお目《め》が治《なほ》るんですもの。』

『お父《とう》さんの目《め》を治《なほ》すために、自分《じぶん》の身《み》を賣《う》るなんて感心《かんしん》な子供《こども》だ。お願《ねが》ひするんなら町《まち》の役場《やくば》へ行《い》つてごらん。』

沈清《ちんせい》さんはすぐに町《まち》の役場《やくば》へ行《い》つて、役人《やくにん》に自分《じぶん》を船《ふね》に買《か》つて下《くだ》さいと頼《たの》みました。

町《まち》の役人《やくにん》も、沈清《ちんせい》さんの孝行《かうく》なことをよく知《し》つてゐるので、可哀《かはい》さうに思《おも》つて、思《おも》ひ止《とま》らせようとしましたが、どうしても聞《き》きません。

仕方《しかた》がないので、沈清《ちんせい》さんを船《ふね》に買《か》ふことにしました。沈清《ちんせい》さんは大喜《おほよろこ》び。たくさんのお金《かね》を貰《もら》つたので、そのお金《かね》を持《も》つて村《むら》へ歸《かへ》つてくると、村長《そんちやう》さんにそのお話《はなし》をしてお金《かね》を預《あづ》け、自分《じぶん》が船《ふね》に乗《の》つて行《い》つた後《あと》で、お米《こめ》を三百俵《べう》買《か》つてお寺《てら》に持《も》つて行《い》つて、お父《とう》さんのお目《め》を治《なほ》して下《くだ》さることゝ、殘《のこ》りのお金《かね》はお父《とう》さんに上《あ》げて下《くだ》さる様《やう》に、よく〳〵お願《ねが》ひしました。村長《そんちやう》さんはこれをきいて、涙《なみだ》を流《なが》して、

『ほんにお前《まへ》は神様《かみさま》の様《やう》な人《ひと》だ。お前《まへ》は海《うみ》に入《はい》つて死《し》んでも、お父《とう》さんはお前《まへ》の心《こゝろ》をどんなに有難《ありがた》く思《おも》はれるか知《し》れん。後《あと》は私《わし》がよくしてやるから心配《しんぱい》することはない。』

『ではどうかお願《ねが》ひいたします。』

村長《そんちやう》さんは沈清《ちんせい》さんに、眞白《まつしろ》い綺麗《きれい》な衣服《きもの》を作《つく》つて下《くだ》さいました。

沈清《ちんせい》さんはお父《とう》さんの所《ところ》へ來《き》て兩手《りやうて》をついて、

『お父《とう》さん、私《わたし》はこれから少《すこ》し遠《とほ》い所《ところ》へ行《い》つて働《はたら》いて來《き》ます。お金《かね》をたくさん儲《まう》けて偉《えら》い人《ひと》になつて歸《かへ》りますから、しばらくは淋《さび》しくても辛棒《しんぼう》してゐて下《くだ》さい。その中《うち》にお父《とう》さんのお目《め》もなほります。私《わたし》のゐなくなつた後《あと》は、村長《そんちやう》さんによくお願《ねが》ひしておきましたから、安心《あんしん》してお暮《くら》し下《くだ》さい。』

『何《なん》だと？　お前《まへ》が遠《とほ》くへ行《ゆ》く？　私《わたし》を一人《ひとり》殘《のこ》して行《ゆ》くのか？』

『はい。でもお父《とう》さんのお目《め》を治《なほ》したいからです。どうかお體《からだ》を大切《たいせつ》にして下《くだ》さい。』

淚《なみだ》がハラ〳〵と流《なが》れます。聲《こゑ》がだん〳〵曇《くも》ります。

『どうしても行《ゆ》くのかえ？』

『はい、參《まゐ》ります。でもすぐ歸《かへ》つて來《き》ますから。』

『ぢや仕方《しかた》がない。早《はや》く歸《かへ》つておくれよ。』

『え〻。さようなら。』

『もう行《ゆ》くか。お前《まへ》も體《からだ》を大切《だいじ》にしてなあ。』

『はい。ではお父《とう》さん。』

『沈清《ちんせい》。』

二人《ふたり》は抱《だ》き合《あ》つて暫《しばら》く泣《な》きました。

けれども沈清《ちんせい》さんは、心《こゝろ》を鬼《おに》にして立《た》ち上《あが》つて、お父《とう》さんのお顔《かほ》をもう一度拜《をが》んで、

『あ〻、もうこれがお別《わか》れだ。お父《とう》さんは何《なに》も御存《ごぞん》じないが、後《あと》でこの事《こと》を村長《そんちやう》さんからお聞《き》きになつたら、どんなにお嘆《なげ》きになるだらう。』

かう思《おも》ふと、又涙《またなみだ》がハラ〳〵出《で》ます。しかし愚圖々々《ぐづ〳〵》してゐては、時間《じかん》がおそくなりますから、いよ〳〵思《おも》ひ切《き》つてお家《うち》を出《で》ました。そしてあの蓮池《はすいけ》に來《き》て、綺《き》

麗《れい》な蓮《はす》を一本《ほん》とつて、それを片手《かたて》に持《も》つて町《まち》へ行《ゆ》きました。

町《まち》ではこのことが大評判《おほひやうはん》になつて、皆沈清《みなちんせい》さんの孝行《かう〳〵》な心懸《こゝろがけ》に感心《かんしん》して、誰《だ》れも〳〵見送《みおく》りに出《で》て來《き》ました。そして、綺麗《きれい》な眞白《まつしろ》い衣服《きもの》を着《き》た沈清《ちんせい》さんを見《み》た人《ひと》は、その美《うつく》しい姿《すがた》に驚《おどろ》きました。

『なんと、綺麗《きれい》ぢやあないか。まるで天女《てんによ》のようだ。』

『あんな綺麗《きれい》な感心《かんしん》な子供《こども》を、海《うみ》に沈《しづ》めるのは可哀《かはい》さうだね。』

『なんとか助《たす》けることは出來《でき》ないか知《し》ら。』

こんなことを云《い》つてゐる中《うち》に、沈清《ちんせい》さんは町《まち》の役人《やくにん》や、この船《ふね》の船長《せんちやう》さんに連《つ》れられて船《ふね》に乗《の》りました。町《まち》の人《ひと》は思《おも》はず涙《なみだ》を流《なが》して、手《て》を合《あは》せて拜《をが》んでゐる人《ひと》もありました。

その中《うち》に、錨《いかり》をまき上《あ》げ、帆《ほ》を張《は》つて船《ふね》は出《で》かけました。そしてだん〳〵遠《とほ》くなつて、たうとう見《み》えなくなつてしまひました。

村長《そんちやう》さんはすぐにお米《こめ》三百俵《べう》を買《か》つて、あのお寺《てら》に持《も》つて行《い》つて、佛様《ほとけさま》にお願《ねが》ひしてくれと坊《ばう》さんにたのみました。坊《ばう》さんはよろしいと云《い》つて、佛様《ほとけさま》にお願《ねが》ひしましたが、固《もと》より出鱈目《でたらめ》を云《い》つたのですから、目《め》の治《なほ》る筈《はず》がありません。たうとうそれが嘘《うそ》だと知《し》れると、村長《そんちやう》さんは怒《おこ》つたの怒《おこ》らないの、此《こ》の坊《ばう》さんが嘘《うそ》を云《い》つたばかりに、孝行《かうかう》な沈清《ちんせい》さんが船《ふね》に買《か》はれたのだ、悪《わる》いのは此《こ》の坊主《ばうず》だといふので、たうとう牢屋《らうや》に入《い》れられてしまひました。

しかし、沈清《ちんせい》さんのお父《とう》さんは、村長《そんちやう》さんのお家《うち》に引《ひ》きとられて、親切《しんせつ》に世話《せわ》をされました。お父《とう》さんは沈清《ちんせい》さんのことは何《なに》も知《し》らないで、今日《けふ》は歸《かへ》るか、明《あ》日《す》は歸《かへ》るかと、毎日《まいにち》〳〵待《ま》つてゐるのでした。

(若し二回に分けてお話すれば、此處で切るがいゝと思ひます。さうすれば次の一口をもつてお話を止めます。)

船《ふね》に乗《の》つた沈清《ちんせい》さんはどうなつたでせう。それはこの次《つぎ》にお話《はなし》しませう。

三

さて船《ふね》に乗《の》つた沈清《ちんせい》さんは、船長《せんちやう》さんを始《はじ》め、船員《せんゐん》たちから大變可愛《たいへんかはい》がられましたが、お父《とう》さんのことを思《おも》ふと悲《かな》しくなつて、一人《ひとり》で泣《な》いてゐることもありました。一日《にち》、二日《か》、三日《か》と航海《かうかい》を續《つゞ》けて、いよ〳〵海《うみ》の眞中《まんなか》に來《き》ました。船長《せんちやう》さんは、此《こ》の孝行《かう〳〵》な娘《むすめ》を海《うみ》に沈《しづ》めたくないと思《おも》ひましたが、どうも仕方《しかた》がありません。そんなことをすれば、此《こ》の船《ふね》は沈《しづ》んでしまつて、人《ひと》も荷物《にもつ》も皆駄目《みなだめ》になつてしまふのです。

『これ、沈清《ちんせい》、可哀《かはい》さうだが、いよ〳〵お前《まへ》の海《うみ》に入《はい》る日《ひ》が來《き》た。』

『はい、私《わたし》いつでも入《はい》ります。』

『その言葉《ことば》をきいて安心《あんしん》した。これまでの娘《むすめ》は、皆泣《みなな》いて、海《うみ》に入《はい》らない〳〵と云《い》つて困《こま》らしたものだ。お前《まへ》のその素直《すなほ》な心懸《こゝろがけ》に、尚可愛《なほかはい》さが増《ま》してくる。しか

し仕方《しかた》がない。どうか海《うみ》に入《はい》つて、此《こ》の船《ふね》の沈《しづ》まない様《やう》に守《まも》つてくれ。』

『はい。』

沈清《ちんせい》さんは眞白《まつしろ》い衣服《きもの》を着《き》て、あの蓮《はす》の花《はな》を持《も》つて、高《たか》い〳〵檣《ほばしら》の上《うへ》に上《のぼ》りました。船員《せんゐん》たちは舷《ふなばた》に立《た》つて、南無阿彌陀佛《なむあみだぶつ》〳〵と念佛《ねんぶつ》を稱《とな》へてゐます。

いよ〳〵海《うみ》に入《はい》る報《しらせ》の鐘《かね》が、ガーンと鳴《な》ると、

『あつ！』

と一聲高《こゑたか》く響《ひゞ》いたと思《おも》ふと、眞白《まつしろ》い姿《すがた》がすーつと皆《みな》の目《め》の前《まへ》を通《とほ》つて、ドブンと云《い》ふ音《おと》と共《とも》に、海《うみ》の中《なか》に消《き》えてしまひました。そしてその後《あと》に小《ちひ》さな渦巻《うづまき》が起《おこ》つて、その眞中《まんなか》には、清沈《ちんせい》さんが持《も》つてゐた蓮《はす》の花《はな》が、一つ浮《うか》んでゐるばかりでした。

船員達《せんゐんたち》は、南無阿彌陀佛《なむあみだぶつ》〳〵と尚《なほ》も念佛《ねんぶつ》を稱《とな》へてゐましたが、船《ふね》は無事《ぶじ》に航海《かうかい》を續《つゞ》けて、支那《しな》の方《はう》へと進《すゝ》んで行《ゆ》きました。

海《うみ》の中《なか》では、龍王《りうわう》が、今日《けふ》は沈清《ちんせい》さんが海《うみ》に入《はい》る日《ひ》だと云《い》ふことをちやんと知《し》つてゐましたから、家來達《けらいたち》を呼《よ》んで、

『今日《けふ》は毎年《まいねん》の通《とほ》り、あの船《ふね》から女《をんな》の子《こ》が沈《しづ》められる日《ひ》だ。しかしよく言《い》ひつけておくが、あの子《こ》は大變孝行者《たいへんかうくもの》だから、決《けつ》して手荒《てあら》いことをしてはいけないよ。丁寧《ていねい》に私《わたし》の所《ところ》へ連《つ》れて來《き》て、大切《たいせつ》にもてなしてやれ。』

と云《い》ひつけました。

海《うみ》に入《はい》つた沈清《ちんせい》さんは、ずん〳〵海《うみ》の底《そこ》へ沈《しづ》んで行《ゆ》きました。そして龍王《りうわう》の庭《には》に來《き》てやつと止《とま》りました。

龍王《りうわう》の家來達《けらいたち》は、すぐに沈清《ちんせい》さんを助《たす》けて、綺麗《きれい》な御殿《ごてん》につれて行《い》つて、御馳走《ごち》をしてくれたり、面白《おもしろ》い音樂《おんがく》を聞《き》かしてくれたりしました。

沈清《ちんせい》さんはまるで、夢《ゆめ》でも見《み》てゐる樣《やう》に樂《たの》しく暮《くら》してゐましたが、時々《ときぐ》お父《とう》さんの事《こと》を思《おも》ひ出《だ》しては、悲《かな》しくなつて來《き》て、一人《ひとり》でしく〳〵泣《な》くこともありました。

龍王《りうわう》は或《あ》る日《ひ》沈清《ちんせい》さんを呼《よ》んで、

『これ、沈清《ちんせい》、お前《まへ》が此所《こゝ》に來《き》てからもう一ケ年過《ねんす》ぎたぞ。お前《まへ》もお父《とう》さんに會《あ》ひたいだらう。いつまでも此所《こゝ》におきたいのだが、お前《まへ》も不憫《ふびん》だから、今日《けふ》は歸《かへ》してやらう。』

『えつ？　私《わたし》を歸《かへ》して下《くだ》さるんですか、あのお父《とう》さんの所《ところ》へ？』

『あゝ、さうだ。しかし此《こ》のまゝ人間《にんげん》の形《かたち》では歸《かへ》れないから、お前《まへ》の好《す》きな蓮《はす》の花《はな》になつて歸《かへ》るがよい。』

龍王《りうわう》がさう言《い》つたと思《おも》ふと、沈清《ちんせい》さんは蓮《はす》の花《はな》になつてしまひました。そして急《きふ》に身體《からだ》が輕《かる》くなつたので、ずん／＼海《うみ》の底《そこ》から上《うへ》へ／＼と浮上《うきあが》つて來《き》ました。

支那《しな》に行《い》つたあの船《ふね》は、支那《しな》の港《みなと》をあちこち廻《まは》つて、たくさんの品物《しなもの》を賣《う》つたり買《か》つたりして、一年《ねん》の後《のち》に又歸《またかへ》つて來《き》ました。

そして、丁度去年《ちやうどきよねん》沈清《ちんせい》さんが沈《しづ》んだ所《ところ》へ來《き》かゝると、思《おも》ひ出《だ》した樣《やう》に沈清《ちんせい》さん

の噂《うわさ》が始《はじ》まつて、誰《だれ》も沈清《ちんせい》さんを可哀《かはい》さうに思《おも》ふのでした。

『丁度去年《ちやうどきよねん》の今日《けふ》だつたね、あの孝行娘《かう〳〵むすめ》が海《うみ》へ入《はい》つたのは。』

『うん、しかも丁度此《ちやうどこ》の邊《へん》だつたよ。』

その中《うち》の一人《ひとり》が、

『おやつ、あそこに何《なに》か白《しろ》いものがあるよ。あの子《こ》は海《うみ》に入《はい》る時《とき》に蓮《はす》の花《はな》を持《も》つてゐたが、それだけが海《うみ》に浮《うか》んでゐたね。あの蓮《はす》ではないだらうか。』

『馬鹿《ばか》なことを云《い》ふな。一年《ねん》も同《おな》じ所《ところ》に蓮《はす》の花《はな》があると思《おも》ふか。あれは鷗《かもめ》だよ。』

『いや、鷗《かもめ》にしては少《すこ》し妙《めう》だよ。』

そんなことを言《い》つてゐる中《うち》に、船《ふね》はだん〳〵その白《しろ》いものに近《ちか》づきました。見《み》れば鷗《かもめ》ではなくて蓮《はす》の花《はな》です。

『おや、確《たしか》に蓮《はす》だな。不思議《ふしぎ》なことがあるものだ。あの子《こ》の魂《たましひ》かも知《し》れん。これは捨《す》てゝおくわけにはいかないぞ。』

そこでその花《はな》を拾《ひろ》ひ上《あ》げて見《み》ると、その美《うつく》しさ、その匂《にほ》ひのいゝこと、とても此《こ》の世《よ》の花《はな》とは思《おも》はれません。

船長《せんちやう》さんは、

『海《うみ》の眞中《まんなか》にこんな綺麗《きれい》な花《はな》があるとは不思議《ふしぎ》なことだ。あの子《こ》の形見《かたみ》として大《たい》切《せつ》にしておかう。』

かう云《い》つて銀《ぎん》の花瓶《くわびん》に挿《さ》しておきましたが、此《こ》の花《はな》を見《み》ればどんなに疲《つか》れてゐる時《とき》でも、急《きふ》にいゝ氣持《きもち》になり、どんなに腹《はら》の立《た》つてゐる時《とき》でも、急《きふ》にやさしい氣《き》持《もち》になるのでした。

その中《うち》にいよ〳〵船《ふね》は朝鮮《てうせん》の元《もと》の港《みなと》につきました。

丁度《ちやうど》その頃《ころ》、此《こ》の國《くに》の王様《わうさま》のお妃《きさき》がお亡《な》くなりになつて、王様《わうさま》の悲《かな》しみは一通《ひとほ》りではありません。國民《こくみん》も王様《わうさま》のお心《こゝろ》を察《さつ》して、大變《たいへん》お氣《き》の毒《どく》に思《おも》つて、どうかして王様《わうさま》の御心《おこゝろ》を慰《なぐさ》めようと、芝居《しばゐ》をして御覧《ごらん》に入《い》れたり、音樂《おんがく》をしてお聞《き》かせ

申《まを》したりしましたけれども、王様《わうさま》の御心《おこゝろ》はちつとも晴々《はれ〲》しません。王様《わうさま》はかねてお花《はな》がお好《す》きであつたので、花《はな》の展覧會《てんらんくわい》を開《ひら》いて、國中《くにぢう》の美《うつく》しい花《はな》を集《あつ》めて、そこに王様《わうさま》を御案内《ごあんない》することになつてゐました。

　これを聞《き》いた船長《せんちやう》さんは、

『さうだ、此《こ》の蓮《はす》の花《はな》を展覧會《てんらんくわい》に出《だ》さう。これなら吃度《きつと》王様《わうさま》のお氣《き》に入《い》るだらう。』

かう思《おも》つて、あの蓮《はす》の花《はな》を展覧會《てんらんくわい》に出《だ》しました。

　王様《わうさま》は、人民達《じんみんたち》のしてくれる色々《いろ〱》の催《もよほ》しを嬉《うれ》しくは思《おも》はれましたが、芝居《しばゐ》を見《み》ても、音樂《おんがく》をきいても、ちつとも御心《おこゝろ》が慰《なぐさ》みません。只《たゞ》亡《な》くなられたお妃《きさき》のことばかり思《おも》つて悲《かな》しんでをられました。

　今日《けふ》はお花《はな》の展覧會《てんらんくわい》にお出《で》かけになりましたが、矢張《やは》り、どの花《はな》を見《み》ても別《べつ》にお氣《き》に入《い》つた花《はな》もありません。王様《わうさま》は只《たゞ》案内人《あんないにん》の後《あと》について、ぼんやりと歩《ある》いておいでになるだけです。

しばらく歩《ある》いておいでになりましたが、ふと、ぴたりと立《た》ち止まられて、ちつと一所《ひとところ》を見《み》ておいでになります。見《み》ると、王様《わうさま》のお目《め》は、眞白《まつしろ》い大《おほ》きな蓮《はす》の花《はな》に見入《みい》つてをられるのでした。家來達《けらいたち》も始《はじ》めて、その蓮《はす》の花《はな》の美《うつく》しいのに氣《き》がつきました。まるで銀色《ぎんいろ》の様《やう》な澤《つや》で、何《なん》とも云《い》へぬいゝ匂《にほひ》が、プン〳〵鼻《はな》をつきます。

王様《わうさま》は魂《たましひ》を吸《す》ひ込《こ》まれるように、ぢつと見《み》ておいでになりましたが、やがてニツコリお笑《わら》ひになりました。そして、御自分《ごじぶん》の御手《おて》でその蓮《はす》の花《はな》をおとりになつて、御殿《ごてん》へ持《も》つてお歸《かへ》りになると、お部屋《へや》の床《とこ》の間《ま》において、いつまでもぢつと眺《なが》めておいでになりました。

此《こ》の花《はな》は誰《だれ》が出《だ》したのでありませう。皆《みな》さんには分《わか》りますね。役人《やくにん》が調《しら》べて見《み》ると、あの船《ふね》の船長《せんちやう》さんだといふことが分《わか》つて、船長《せんちやう》さんは澤山《たくさん》の御褒美《ごはうび》を頂《いただ》きました。

四

夜《よる》になると、王様《わうさま》はその蓮《はす》の花《はな》を枕許《まくらもと》においてお休《やす》みになりました。

夜中頃《よなかごろ》になると、

『王様《わうさま》、王様《わうさま》。』

と呼《よ》ぶ者《もの》がありますので、ふとお目《め》を覺《さま》されて、あたりをぢつと見廻《みまは》されましたが、誰《だれ》もゐません。

『はてな、確《たし》かに誰《だれ》か私《わし》を呼《よ》んだようだが。（問）私《わし》の氣《き》のせいか知《し》ら。』

お休《やす》みにならうとしますと、又《また》、

『王様《わうさま》、王様《わうさま》。』

つい枕元《まくらもと》で聲《こゑ》がします。王様《わうさま》がよく御覽《ごらん》になると、あの蓮《はす》の花《はな》がゆら〳〵とゆれてゐます。

『さては此《こ》の花《はな》かしら。』

『はい、私《わたし》でございます、花《はな》でございます。王様《わうさま》、どうか私《わたし》に王様《わうさま》の息《いき》を吹《ふ》きかけて下《くだ》さいませ。』

『私《わし》の息《いき》を吹《ふ》きかけるのか。』

『はい。』

『よし〳〵。』

王様《わうさま》が花《はな》の蕋《ずゐ》にフーと息《いき》を吹《ふ》きかけられると、不思議《ふしぎ》〳〵、その花《はな》はフッと消《き》えてしまひ、

『おやつ!』

と思《おも》ふ間《ま》もなく、そこには蓮《はす》の花《はな》の様《やう》な眞白《まつしろ》な衣服《きもの》を着《き》た、綺麗《きれい》な〳〵女《をんな》が立《た》つてゐます。

『王様《わうさま》、有難《ありがた》うございました。』

『花《はな》と思《おも》つたのはお前《まへ》であつたのか。』

『はい。』

王様《わうさま》は美《うつく》しい此《こ》の女《をんな》を見《み》て、急《きふ》に心《こゝろ》の中《うち》が晴々《はれ〴〵》となりました。そしてすぐに家《け》來達《らいたち》を呼《よ》んで、この女《をんな》をこれからお妃《きさき》になさることにお決《き》めになりました。

それからは、王様《わうさま》は前《まへ》の樣《やう》に、いつもニコ〳〵して、大變《たいへん》やさしくおなりなさいました。

お妃《きさき》もお姿《すがた》の美《うつく》しい樣《やう》に、お心《こゝろ》も大變《たいへん》やさしくて、國中《くにぢう》にお妃《きさき》の噂《うわさ》が擴《ひろ》まつて、町《まち》から村《むら》へ、誰一人《だれひとり》このお妃《きさき》のことを知《し》らない人《ひと》はなく、人民《じんみん》は皆大喜《みなおほよろこ》びでありました。

しかし、王様《わうさま》はお妃《きさき》の身《み》の上《うへ》が不思議《ふしぎ》でたまりませんでした。そこで或《あ》る日《ひ》、

『妃《きさき》よ、お前《まへ》の身《み》の上《うへ》を話《はな》してくれまいか。蓮《はす》の花《はな》から生《うま》れ出《で》たのだから、きつと花《はな》の精《せい》に違《ちが》ひあるまい。』

とお尋《たづ》ねになりますと、

『いゝえ、それは違《ちが》ひます。私《わたし》はやつぱり人間《にんげん》でございます。しかも賤《いや》しい人間《にんげん》でございます。それに就《つ》きまして私《わたし》も、私《わたし》の身《み》の上《うへ》をいつかお話《はな》し申《まを》し上《あ》げようと思《おも》つてゐたのでございますが、あまり賤《いや》しい身《み》の上《うへ》でございますから、却《かへつ》て王《わう》様《さま》のお耳《みゝ》に入《い》れては恐《おそ》れ多《おほ》いと思《おも》ひまして、御遠慮《ごゑんりよ》申《まを》してをりました。』

『なんの、そんな遠慮《ゑんりよ》がいるものか。たとひ元《もと》は賤《いや》しいにしても今《いま》は妃《きさき》だ。元《もと》のことをきいたとて、決《けつ》して心《こゝろ》を悪《わる》くなどすることはない。さあ、話《はな》しておくれ。』

『では申《まを》し上《あ》げます。私《わたし》は田舎《ゐなか》の貧《まづ》しい家《いへ》に生《うま》れた沈清《ちんせい》と申《まを》すものでございます。父《ちゝ》の盲目《めくら》を治《なほ》さうとして海《うみ》に沈《しづ》みましたが、龍王《りうわう》の助《たす》けで、蓮《はす》の花《はな》となつて生《うま》れ出《で》て、かうして王様《わうさま》のお情《なさけ》で元《もと》の人間《にんげん》になつて、妃《きさき》にまでなることが出來《でき》たのでございます。』

と云《い》つて、一部始終《ぶしじう》のお話《はなし》を委《くは》しく申《まを》し上《あ》げました。

『さうであつたか。それを聞《き》いてわしも安心《あんしん》した。でもお前《まへ》も嘸《さぞ》かしお父《とう》さんに會《あ》ひたいであらう。』

『はい、もう一日《にち》も早《はや》く會《あ》ひたいとは思《おも》つてをりますが、盲目《めくら》が治《なほ》つたのか、それとも未《ま》だ治《なほ》つてゐないのか、それさへも分《わか》りませんから、探《さが》し出《だ》すと云《い》つても容易《ようい》ではないと思《おも》ひます。』

『なに、わけはない。しばらく待《ま》つておいで、すぐに探《さが》し出《だ》して上《あ》げるから。』

それから王様《わうさま》は、盲人《めくら》は御殿《ごてん》で御馳走《ごちそう》するからやつて來《こ》いといふ御布令《おふれ》を國中《くにぢう》にお出《だ》しになりました。

これを聞《き》いた盲人《めくら》たちは大喜《おほよろこ》びで、杖《つゑ》を頼《たよ》りにやつて來《く》るものもあれば、家《うち》の人《ひと》に手《て》を引《ひ》かれて來《く》る者《もの》もありました。御殿《ごてん》に集《あつま》つた盲人《めくら》は三百人《にん》もありました。三百人《にん》の盲人《めくら》は皆《みな》、大《おほ》きな部屋《へや》に案内《あんない》されて、これまで味《あぢは》つたこともないおいしい御馳走《ごちそう》を頂《いただ》いて大喜《おほよろこ》び。

その中《うち》に王樣《わうさま》の家來《けらい》が大《おほ》きな聲《こゑ》で、

『お妃樣《きさきさま》のお出《で》まし！』

と云《い》ふと、盲人《めくら》たちは、噂《うわさ》できいた美《うつく》しいやさしいお妃《きさき》を、一目《め》拜《なが》みたいと、目《め》を見張《みは》りましたが、盲人《めくら》だから見《み》ることが出來《でき》ません。只頭《たゞあたま》を下《さ》げて丁寧《ていねい》に御辭《おじ》儀《ぎ》をしてゐるばかりです。

そこへ出《で》て來《き》たのはお妃《きさき》になつた沈淸《ちんせい》さん。綺麗《きれい》な衣服《きもの》を着《き》て、お妃《きさき》の冠《かんむり》を頂《いたゞ》き、靜々《しづ／＼》と盲人《めくら》たちの間《あひだ》を、お父《とう》さんを探《さが》しながらあちこちとよく氣《き》をつけて歩《ある》いておいでになりましたが、三番目《ばんめ》の列《れつ》の一番後《ばんうしろ》の所《ところ》に、夢《ゆめ》にも忘《わす》れることの出來《でき》なかつたお父《とう》さんがお出《い》でになります。

『あつ、お父《とう》さん。』

沈淸《ちんせい》さんは飛《と》んで行《い》つて、お父《とう》さんに抱《だ》きつきました。お父《とう》さんは何《なん》のことかさつぱりわかりません。只《たゞ》びつくりして、白《しろ》い目《め》をくる／＼させてゐるばかり。

『お父《とう》さん、私《わたし》です、沈清《ちんせい》です、沈清《ちんせい》です。』

この聲《こゑ》にお父《とう》さんもやつと氣《き》がついて、

『何《なに》？　お前《まへ》は沈清《ちんせい》？　おゝ沈清《ちんせい》か、沈清《ちんせい》か。』

と、沈清《ちんせい》さんを強《つよ》く〳〵抱《だ》きしめました。それを見《み》た家來達《けらいたち》は、大《おほ》びつくり。

『コラ〳〵、何《なに》をするんだ、お妃様《きさきさま》に無禮《ぶれい》なことをして。』

大《おほ》きな聲《こゑ》でしかりつけました。沈清《ちんせい》さんは、

『いえ〳〵、これは私《わたし》のお父《とう》さんです。御前達《おまへたち》こそ何《なに》を無禮《ぶれい》な事《こと》をするんですか。』

と叱《しか》られて、

『へえー。』

と恐《おそ》れ入《い》つてしまひました。

『お父《とう》さん、會《あ》ひ度《た》うございました、會《あ》ひたうございました。でもお父《とう》さんもお變《かは》りなくて、何《なに》よりうれしく思《おも》ひます。』

『沈清《ちんせい》もえらい出世《しゆつせ》をしたものだ。おつとこれはいけない。もうお妃様《きさきさま》だから、沈清《ちんせい》なんて呼《よ》ぶことは出來《でき》ないんだね。あゝ、お妃様《きさきさま》、お妃様《きさきさょ》。』

『まあ、お父《とう》さん、何《なに》をおつしやるんです。私《わたし》はやつぱりあなたの娘《むすめ》です、沈清《ちんせい》です。』

『でも勿體《もつたい》ない、勿體《もつたい》ない。此頃噂《このごろうわさ》に高《たか》いお妃様《きさきさま》が、お前《まへ》だらうなんて夢《ゆめ》にも思《おも》つてゐなかつた。しかし私《わたし》は目《め》が見《み》えない。どんなに美《うつく》しくなつたかお前《まへ》を見《み》ることも出來《でき》ない。あゝ、私《わたし》の最後《さいご》のお願《ねが》ひだ、たつた一目《め》でもいゝからお前《まへ》を見《み》たいなあ。』（强く詠嘆的に）

『お父《とう》さん、私《わたし》もそれが一つのお願《ねが》ひです。どうかしてそのお目《め》が明《あ》いてくれゝばいゝにねえ。』

沈清《ちんせい》さんはハラ〳〵と涙《なみだ》を流《なが》しました。その涙《なみだ》はお父《とう》さんの兩《りやう》の目《め》にホロ〳〵と落《お》ちかゝりました。すると不思議《ふしぎ》、お父《とう》さんの兩《りやう》の目《め》はパッと開《ひら》きました。

『おゝ、目《め》が明《あ》いた。』

『まあ、お父《とう》さん、お目《め》が明《あ》いた、お目《め》が明《あ》いた。』

しかしお父《とう》さんは、しつかり抱《だ》いてゐた沈清《ちんせい》さんを、じつと不思議《ふしぎ》さうに見《み》てゐましたが、急《きふ》にぶる／＼と震《ふる》へて、沈清《ちんせい》さんから飛《と》びのいて、

『御免下《ごめんくだ》さい／＼。どうか命《いのち》はお助《たす》け下《くだ》さい。私《わたし》は目《め》が見《み》えなかつたので、お妃《きさき》様《さま》を自分《じぶん》の娘《むすめ》だと思《おも》つて失禮《しつれい》をしてゐました。どうかお許《ゆる》し下《くだ》さい。命《いのち》だけは………』

これを聞《き》いて沈清《ちんせい》さんはびつくり。

『お父《とう》さん、どうしたんです。私沈清《わたしちんせい》ぢやありませんか。もうお忘《わす》れになつたのですか。』

『いゝえ、違《ちが》ひます／＼。今迄《いままで》はお聲《こゑ》がよく似《に》てゐるので、つい思《おも》ひ違《ちが》ひしてをりました。』

『まあ、お父《とう》さん、どうしてそんなことをおつしやるのです。よく見《み》て下《くだ》さい。』

『見《み》れば見《み》るほど違《ちが》ひます。私《わたし》の娘《むすめ》はそんなに大《おほ》きくはありません。まだ〳〵小《ちひ》さいんです。聲《こゑ》はよく似《に》てゐますが、とても體《からだ》はまだほんの子供《こども》ですもの。』

これを聞《き》いてゐたお妃《きさき》の沈清《ちんせい》さんは、やつとその譯《わけ》が分《わか》りました。

『お父《とう》さん、分《わか》りました〳〵。お父《とう》さんは、お父《とう》さんが盲目《めくら》になられた時《とき》の私《わたし》を覺《おほ》えていらつしやるんでせう。もうそれから十年《ねん》になります。あの時《とき》は七つでしたから、お父《とう》さんには七つの沈清《ちんせい》しかお覺《おほ》えがないんでせう。よく見《み》て下《くだ》さい、十年《ねん》たつた今《いま》の沈清《ちんせい》を。』

と云《い》はれて、お父《とう》さんもやつと氣《き》がついて、心《こゝろ》を落《おち》つけて見《み》ると、七つの沈清《ちんせい》にどこか似《に》た所《ところ》があるようです。だん〳〵見《み》てゐる中《うち》に、あの子供《こども》の沈清《ちんせい》が大《おほ》きくなつたのだと云《い》ふことがほんとうに分《わか》つて來《き》ました。

そして餘《あま》りの嬉《うれ》しさに、もう一度《ど》、美《うつく》しい沈清《ちんせい》さんを固《かた》く〳〵抱《だ》きしめました。

お父《とう》さんの兩《りやう》の黒《くろ》い目《め》には涙《なみだ》が一杯《はい》たまつてゐました。

結

それからお父《とう》さんは、御殿《ごてん》に住《す》む様《やう》になり、沈清《ちんせい》さんもお父《とう》さんに孝行《かうく》をして、大變幸福《たいへんかうふく》に暮《くら》したと云《い》ふことです。

カチの報恩

枕

朝鮮《てうせん》に着《つ》いて先《ま》づ目《め》につくものは、山《やま》の禿《は》げてゐるのと、川邊《かはべ》や道端《みちばた》などに高《たか》いポプラの木《き》の多《おほ》いことです。此《こ》のポプラの木《き》の枝《えだ》には、よく妙《めう》な鳥《とり》の巣《す》があります。此《こ》の鳥《とり》は朝鮮烏《てうせんがらす》と云《い》つて、鵲《かさゝぎ》の一種《しゆ》です。朝鮮語《てうせんご》ではカチと呼《よ》んでゐます。白《しろ》と黒《くろ》の斑《まだら》で、鳩《はと》よりも少《すこ》し小《ちひ》さい位《くらゐ》の鳥《とり》です。内地《ないち》の烏《からす》のやうに、此《こ》のカチは朝鮮《てうせん》のどこにでもゐます。此《こ》のカチに就《つ》いて面白《おもしろ》いお話《はなし》を一つ致《いた》しませう。

一

昔《むかし》、朝鮮《てうせん》の都《みやこ》を遠《とほ》く離《はな》れた所《ところ》に、得仁《とくじん》さんと云《い》ふ若者《わかもの》がゐました。どうかして

立派《りつぱ》な人《ひと》になりたいものだと考《かんが》へて、日夜《にちや》勉強《べんきやう》して役人《やくにん》になる試驗《しけん》に合格《がふかく》したいと、一生懸命《しやうけんめい》勵《はげ》んでゐました。其《そ》の中《うち》にすつかり試驗《しけん》の勉強《べんきやう》も出來《でき》ましたので、都《みやこ》に上《のぼ》つて試驗《しけん》を受《う》けようと思《おも》つて、家《いへ》を出《で》ました。

家《いへ》を出《で》てからは毎日《まいにち》十何里《なんり》も歩《ある》いて、苦《くる》しい旅《たび》を續《つゞ》けてゐました。

或《あ》る日《ひ》のこと、日《ひ》も大分《だいぶ》西《にし》に傾《かたむ》いた頃《ころ》、大《おほ》きな山道《やまみち》にさしかゝつて來《き》ますと、ギャツ、ギャツ、ギャツとカチの騷《さわ》いでゐる聲《こゑ》が聞《きこ》えます。ふと側《そば》の松《まつ》の木《き》の上《うへ》を見《み》ると、大《おほ》きな大蛇《をろち》が三羽《は》のカチを卷《ま》きしめて、今《いま》にも呑《の》み込《こ》まうとしてゐるのです。カチは悲《かな》しさうな聲《こゑ》で泣《な》いてゐます。

『可哀《かはい》さうに。』

と、得仁《とくじん》さんは弓《ゆみ》に矢《や》をつがへて、大蛇目《をろちめ》がけてビユウツと放《はな》つと、矢《や》は大蛇《をろち》の首《くび》の所《ところ》を射《い》て、カチは助《たす》かりました。

『まあよかつた。』

得仁《とくじん》さんはよいことをしたと心《こゝろ》の中《うち》で喜《よろこ》びながら、山道《やまみち》を歩《ある》き續《つゞ》けてゐましたが、その中《うち》に日《ひ》が暮《く》れる。いくら行《い》つてもいくら行《い》つても、人里《ひとざと》には出《で》ない。山《やま》はだん〳〵深《ふか》くなるばかり。あたりは次第《しだい》に暗《くら》くなつて、もう一足《ひとあし》も歩《ある》けないほどの眞闇《まつくら》になつてしまひました。

『あゝ、困《こま》つたなあ。こんな山《やま》の中《なか》で行《ゆ》き暮《く》れて、道《みち》は分《わか》らず、泊《と》めて貰《もら》ふような家《うち》はなし、こんな所《ところ》でうろ〳〵してをれば、虎《とら》が出《で》て來《く》るかも知《し》れないし、又《また》さつきの様《やう》な大蛇《おろち》が出《で》て來《く》るかもわからない。どうしたらいゝかなあ。』

思案《しあん》にくれてゐますと、向《むか》ふの方《はう》に木《き》の間《あひだ》を洩《も》れて、チラリと光《ひか》るものが見《み》えます。

『おや。』

よく見《み》るとそれは灯《あかり》の様《やう》です。

『あゝ、有難《ありがた》い。きつとあそこに家《うち》があるに違《ちが》ひない。あそこまで行《い》つて見《み》よう。』

得仁《とくじん》さんは疲《つか》れた足《あし》に力《ちから》を入《い》れて、灯《あかり》を目的《めあて》にやつて來《き》てみると、大《おほ》きな古寺《ふるでら》です。

あたりを見廻《みまは》すと、荒《あ》れて〱、十年《ねん》も二十年《ねん》も人《ひと》の住《す》んだ樣子《やうす》が見《み》えません。殊《こと》に側《そば》の鐘樓堂《かねつきだう》は、朽《く》ち果《は》てゝ、梯子《はしご》もなければ屋根《やね》もない。只高《たゞたか》い〱二三本《ぼん》の柱《はしら》だけが殘《のこ》つて、その一番上《ばんうへ》の所《ところ》に、鐘《かね》がぶら下《さが》つてゐます。

得仁《とくじん》さんは不思議《ふしぎ》に思《おも》ひました。

『こんな荒《あ》れたお寺《てら》に、誰《だれ》が住《す》んでゐるのかしら。住《す》んでゐるにしても、普通《ふつう》の人《ひと》ではあるまい。山賊《さんぞく》かお妖怪《ばけ》かも知《し》れん。うつかり聲《こゑ》をかけるんぢやない。よく中《なか》の樣子《やうす》を見《み》てからにしよう。』

得仁《とくじん》さんは御堂《おだう》の階段《かいだん》の側《そば》に身《み》をよせて、中《なか》を覗《のぞ》いて見《み》ると、灯《あかり》の側《そば》に一人《ひとり》の女《をんな》が坐《すわ》つて糸《いと》を紡《つむ》いでゐます。その樣子《やうす》は、ちつとも普通《ふつう》の人《ひと》と違《ちが》つてゐないので、得仁《とくじん》さんはやつと安心《あんしん》。

『やれ、うれしや、これなら大丈夫《だいぢやうぶ》。頼《たの》めば泊《と》めて貰《もら》へるだらう。』

かう思《おも》つて、

『もし〳〵。』

聲《こゑ》をかけたが返事《へんじ》がない。

『御免下《ごめんくだ》さい。』

大《おほ》きな聲《こゑ》で呼《よ》ぶと、

『はい。』

女《をんな》が出《で》て來《き》ました。

『私《わたし》は道《みち》に行《ゆ》き暮《く》れて困《こま》つてゐるものですが、一晩《ひとばん》泊めて下《くだ》さい。』

『それはお氣《き》の毒《どく》ですね。さぞお疲《つか》れでせう。こんな山奥《やまおく》ですから、何《なん》のおかまひも出來《でき》ませんが、どうかお上《あが》り下《くだ》さい。』

『どうも有難《ありがた》うございます。』

得仁《とくじん》さんは上《うへ》へ上《あが》り、灯《あかり》の側《そば》に坐《すわ》ると、女《をんな》は早速《さつそく》御飯《ごはん》の用意《ようい》をしてくれました。

二

得仁《とくじん》さんは、

『やれ〳〵、これでやつと助《たす》かつた。』

と思《おも》ひましたが、女《をんな》が一人《ひとり》でこんな山奥《やまおく》に住《す》んでゐるのが、どうも不思議《ふしぎ》でなりません。御飯《ごはん》を食《た》べながら、得仁《とくじん》さんはそのわけを聞《き》きますと、女《をんな》は悲《かな》しさうな顔《かほ》をして、ポツリ〳〵と語《かた》り出《だ》しました。

『此《こ》のお寺《てら》も、百年《ねん》位《ぐらゐ》前《まへ》までは立派《りつぱ》なお寺《てら》で、お參《まゐ》りに來《く》る人《ひと》もたくさんあつたのですが、あの向《むか》ふにある鐘《かね》、あれを作《つく》つてからは、どうしたものか不幸《ふかう》が續《つゞ》いて、今《いま》ではこんなに荒《あ》れてしまつたのです。』

『では、あの鐘《かね》には何《なに》か因縁《いんねん》でもあるんですか。』

『私《わたし》もよく知《し》りませんが、人《ひと》の話《はなし》できゝますと、あの鐘《かね》を作《つく》つた時《とき》に鳴《な》らなかつたので、女《をんな》を殺《ころ》してその血《ち》を塗《ぬ》つたら鳴《な》り出《だ》したさうです。所《ところ》がそれからは、あの鐘《かね》を三つ鳴《な》らすと、お寺《てら》に不幸《ふかう》があつて、誰《だれ》かゞ死《し》ぬんださうです。』

『今《いま》でもさうでせうか。』

女《をんな》は急《きふ》にブル〳〵と震《ふる》へて、

『今《いま》でもさうだと云《い》ふことです。私《わたし》はかうして此《こ》のお寺《てら》の留守番《るすばん》を頼《たの》まれて來《き》てゐますが、それもあの鐘《かね》を鳴《な》らす者《もの》があると、すぐその身《み》に不幸《ふかう》があるので、それを番《ばん》するためなのです。でも今《いま》は梯子《はしご》もとつてありますし、それに鐘《かね》が高《たか》い所《ところ》にありますから、誰《たれ》だつて鳴《な》らせませんから安心《あんしん》です。』

『ぢや、あの鐘《かね》を鳴《な》らすことは出來《でき》ないんですね。』

『えゝ、若《も》し鳴《な》らしたら、私《わたし》かあなたの身《み》の上《うへ》に大變《たいへん》な不幸《ふかう》があるのです。あなたにもよく云《い》つておきます。決《けつ》してあの鐘《かね》を鳴《な》らしてはいけません。』

『鳴《な》らさうたつて鳴《な》らされませんもの。』

『おゝ、あなたは弓矢《ゆみや》を持《も》つてゐる。それがいけないんです。鐘《かね》に矢《や》を射《い》たら鐘《かね》は鳴《な》ります。あゝ怖《こは》い。』

女《をんな》はブル〳〵と震《ふる》へました。

『その弓《ゆみ》と矢《や》をお歸《かへ》りになるまで私《わたし》にお預《あづ》け下《くだ》さい。』

『いや、大丈夫《だいぢやうぶ》です。自分《じぶん》の不幸《ふかう》になると云《い》ふのに、鐘《かね》を鳴《な》らすなどいふことはしませんから。』

『いや、いけません。どうかお預《あづ》け下《くだ》さい。』

『よろしい、そんなに心配《しんぱい》ならお預《あづ》けしませう。』

女《をんな》は弓《ゆみ》と矢《や》をとると、如何《いか》にも安心《あんしん》したように、それをどこかへかくして、

『お疲《つか》れでせう、ゆつくりお休《やす》みなさい。あちらへ御案内《ごあんない》します。』

得仁《とくじん》さんは女《をんな》に案内《あんない》されて、奥《おく》の小《ちひ》さい部屋《へや》へ入《はい》つて、中《なか》からしつかりと戸《と》を

締《し》めて寢床《ねどこ》に入《はい》りました。

三

得仁《とくじん》さんは、今日《けふ》の疲《つか》れですぐに寢入《ねい》つてしまひましたが、夜中頃《よなかごろ》になると、急《きふ》に體中《からだぢう》が水《みづ》を浴《あ》びたように寒《さむ》く感《かん》じて目《め》がさめました。

するとどこからか、

ザラ〳〵、ヌル〳〵。

と云《い》ふ妙《めう》な音《おと》。何《なに》かゞ地面《ぢめん》を這《は》つて、此方《こちら》へ近《ちか》づいて來《く》る樣《やう》な音《おと》。これを聞《き》くと得仁《とくじん》さんは、體中《からだぢう》に氷水《こほりみづ》をかぶつた樣《やう》にブルッとします。その氣味《きみ》の惡《わる》いことゝ云《い》つたらありません。

ザラ〳〵、ヌル〳〵、ザラ〳〵、ヌル〳〵。

だん〳〵近《ちか》づいて來《き》ます。その音《おと》が近《ちか》づくにつれて、得仁《とくじん》さんは肩《かた》から氷水《こほりみづ》を

かけられたように身體《からだ》が冷《ひ》えて來《き》ます。

『何《なん》だらう。』

得仁《とくじん》さんは自然《ひとりで》に身體《からだ》が震《ふる》へてくる。震《ふる》へまいとすればするほどガタ〳〵と震《ふる》へます。

ザラ〳〵、ヌル〳〵。

その音《おと》はいよ〳〵近《ちか》づきました。

『來《き》たな。』

ザラ〳〵、ヌル〳〵。

いよ〳〵得仁《とくじん》さんの寢《ね》てゐる部屋《へや》の戸口《とぐち》の所《ところ》まで來《く》ると、ぴたりとその音《おと》は止《や》みました。

『そら來《き》た。何《なん》なりと出《で》て見《み》ろ。』

得仁《とくじん》さんは寢床《ねどこ》の上《うへ》にはね起《お》きて、身構《みがま》へしましたが、體《からだ》はブル〳〵ガタ〳〵

震《ふる》へてゐる。唇《くちびる》は紫《むらさき》に、顏色《かほいろ》は土《つち》のようです。

『もし〳〵、旅《たび》の人《ひと》。』

それは女《をんな》の聲《こゑ》です。しかしその聲《こゑ》の氣味《きみ》の惡《わる》いこと、まるで氷《こほり》のように冷《つめ》たい手《て》で、首《くび》をそつと撫《な》でられたような氣持《きもち》です。

得仁《とくじん》さんは、あの女《をんな》が普通《ふつう》の女《をんな》でなかつたことが初《はじ》めて分《わか》りました。

『こゝを開《あ》けて下《くだ》さい。』

得仁《とくじん》さんは物《もの》を言《い》ふことが出來《でき》ません。

『もし〳〵、旅《たび》の人《ひと》、此處《こゝ》を明《あ》けて下《くだ》さい、お願《ねが》ひです。』

得仁《とくじん》さんは震《ふる》へる唇《くちびる》をやつと開《ひら》いて、

『何《なん》の用《よう》ですか。』

『こゝを開《あ》けて下《くだ》さい。』

『何《なん》の用《よう》か云《い》つたら開《あ》けませう。』

『一寸見《ちよつとみ》て貰《もら》ひたいものがあるんです。』

『何《なに》？ 見《み》て貰《もら》ひたいもの？ それは何《なん》だ。』

『弓《ゆみ》の矢《や》です。』

『どんな矢《や》だ。』

『先《さき》には大蛇《をろち》の血《ち》がついてをり、根元《ねもと》には得仁《とくじん》と書《か》いてある。』

得仁《とくじん》さんはハッと思《おも》ひました。

『うむ、その矢《や》は何處《どこ》にあつた。』

『私《わたし》の夫《をつと》の首《くび》に立《た》つてゐた。』

『さてはお前《まへ》は、あの大蛇《をろち》の妻《つま》であつたのか。』

『夫《をつと》の敵《かたき》！ うまくこゝに迷《まよ》はしてつれ込《こ》んだのだ。さあ覺悟《かくご》しろ。もうお前《まへ》には弓《ゆみ》も矢《や》もない。素手《すて》ではとても叶《かな》ふまい。』

得仁《とくじん》さんはもう逃《に》げられないと思《おも》ひました。しかし今此處《いまここ》で大蛇《をろち》のために殺《ころ》さ

れては、これまでの長《なが》い間《あひだ》の苦心《くしん》が水《みづ》の泡《あわ》になる。何《なん》とかして逃《に》げる道《みち》はないだらうかと、考《かんが》へてゐる中《うち》にも外《そと》では、

『こゝを早《はや》く開《あ》けろ。開《あ》けねば毒《どく》を吹《ふ》き込《こ》むぞ。』

荒々《あら〳〵》しく言《い》つて、何《なに》か青《あを》い火《ひ》の様《やう》なものを、戸《と》の隙間《すきま》からプツ〳〵と吹《ふ》き込《こ》みます。臭《くさ》くて〳〵呼吸《いき》がつまる様《やう》です。得仁《とくじん》さんは、此《こ》のまゝこゝにじつとしてをれば、毒《どく》のために呼吸《いき》がつまつて死《し》ぬに違《ちが》ひないし、外《そと》に出《で》れば一口《くち》に殺《ころ》されてしまふ他《ほか》はない。どうしても死《し》ぬものなら、部屋《へや》の中《なか》で長《なが》く苦《くる》しんで死《し》ぬよりも、外《そと》に出《で》て一口《くち》に噛《か》み殺《ころ》された方《はう》がよい。又外《またそと》に出《で》たら、何《なん》とかして逃《に》げられるかも知《し》れない。

『よし、戸《と》を開《あ》けて出《で》てやらう。』

かう決心《けつしん》した時《とき》、ふと得仁《とくじん》さんの心《こゝろ》に浮《うか》んだのは、女《をんな》のさつきの鐘《かね》の話《はなし》。あれほど鐘《かね》を鳴《な》らしてはいけないと言《い》つてゐたが、ことによつたら、あの鐘《かね》の音《ね》は、大《をろ》

蛇《ち》には恐《おそ》しい力《ちから》を持《も》つてゐるのかも知《し》れん。いや、きつとさうに違《ちが》ひない。あの鐘《かね》を何《なん》とかして鳴《な》らす工夫《くふう》はないかしら。

得仁《とくじん》さんは運《うん》を天《てん》に任《まか》せて、兎《と》に角出《かくで》て見《み》ようと心《こゝろ》を定《き》めました。

外《そと》では尚《なほ》、

『早《はや》く開《あ》けろ、早《はや》く開《あ》けろ。』

と呼《よ》び續《つゞ》けてゐます。

『よし、開《あ》けてやる。』

と云《い》ふより早《はや》く戸《と》を開《あ》けました。もう女《をんな》の姿《すがた》ではなくて、大《おほ》きな〳〵大蛇《をろち》が、戸《と》を開《あ》けると同時《どうじ》に、部屋《へや》の中《なか》に眞直《まつすぐ》に飛《と》びこみました。

得仁《とくじん》さんは、大蛇《をろち》が眞直《まつすぐ》に中《なか》にはいると同時《どうじ》に、入《い》れ違《ちが》ひにヒラリと身《み》をかはして外《そと》に飛《と》び出《だ》しました。そして一目散《もくさん》に鐘撞堂《かねつきだう》の下《した》まで來《き》て見《み》ると、柱《はしら》がくんであるので昇《のぼ》ることが出來《でき》ます。

『しめた！』

得仁《とくじん》さんは朽《く》ちかけた柱《はしら》をよぢ上《のぼ》り初《はじ》めました。大蛇《をろち》はすぐに得仁《とくじん》さんの後《あと》を追《お》つて來《き》て、やはり柱《はしら》を昇《のぼ》り始《はじ》めました。しかし大蛇《をろち》の方《はう》が早《はや》い。

得仁《とくじん》さんがだん〳〵上《のぼ》つて行《ゆ》く中《うち》に、柱《はしら》の組《く》んである所《ところ》は皆上《みなのぼ》つてしまつて、もう上《うへ》は柱《はしら》が一本《ほん》だけ。しかもつる〳〵した眞四角《まつかく》な柱《はしら》で、手《て》も足《あし》もかゝりません。

下《した》を見《み》ると、大蛇《をろち》はもうすぐそこまで來《き》てゐます。大《おほ》きな口《くち》を開《あ》いて、うねうねと這《は》ひ上《あが》つて來《き》ます。

得仁《とくじん》さんはもう逃《に》げることが出來《でき》ません。上《うへ》へも下《した》へも行《ゆ》かれません。

『どうしよう。もう一口《くち》に嚙《か》み殺《ころ》されるだけだ。』

大蛇《をろち》はいよ〳〵上《のぼ》つて來《き》ました。鎌首《かまくび》を立《た》てゝ、得仁《とくじん》さんを目《め》がけて一飛《と》びに飛《と》びかゝらうとした時《とき》、高《たか》い空《そら》の方《はう》から、

ゴーオーン！
物凄《ものすご》い〳〵鐘《かね》の音《ね》。
『おや、鐘《かね》だ。』
と思《おも》ふ間《ま》もなく、大蛇《をろち》は持《も》ち上《あ》げた鎌首《かまくび》をぐつたりと垂《た》れてしまひました。續《つゞ》いて、
ゴーオーン！
大蛇《をろち》は全身《ぜんしん》の力《ちから》を失《な》くした様《やう》に、だら〳〵と下《した》に落《お》ちる様《やう》に下《お》りてしまひました。
尚《なほ》も續《つゞ》いて、
ゴーオーン！
大蛇《をろち》はブル〳〵と震《ふる》へたと思《おも》ふと、一散《さん》にどこかへ逃《に》げて行《い》つてしまひました。
得仁《とくじん》さんは夢《ゆめ》から醒《さ》めたやうに空《そら》を見上《みあ》げると、夜《よ》も明方《あけがた》の薄明《うすあか》りの中《なか》に、鐘《かね》

は元《もと》のまゝに下《さが》つてゐます。

『おゝ、助《たす》かつたのか。それにしても不思議《ふしぎ》なのは今《いま》の鐘《かね》の音《ね》だ。誰《だれ》が鳴《な》らしてくれたのだらうか。恐《おそ》らく神様《かみさま》が哀《あは》れと思《おも》つて鳴《な》らして下《くだ》さつたに違《ちが》ひない。有《あり》難《がた》い〳〵。』

得仁《とくじん》さんは柱《はしら》を傳《つた》はつて下《お》りて來《き》ました。下《お》りて見《み》ると、得仁《とくじん》さんの足下《あしもと》に三羽《は》のカチが落《お》ちてゐます。三羽《は》とも頭《あたま》を碎《くだ》いて、血《ち》に染《そま》つて死《し》んでゐました。得仁《とくじん》さんはカチの死骸《しがい》を涙《なみだ》を流《なが》して拜《をが》んで、そこの地《ち》に埋《う》めて旅《たび》を續《つゞ》けました。そして無事《ぶじ》に都《みやこ》につきました。

結

鐘《かね》を鳴《な》らしたのは神様《かみさま》でしたらうか。皆《みな》さんはお分《わか》りでせうねえ。ではこれでおしまひ。

羽衣

枕

『あれ、天人《てんにん》は羽衣《はごろも》の舞《まひ》を舞《ま》ひ〳〵上《のぼ》り行《ゆ》く。』（葛原氏大正少年唱歌集卷三）（唱歌の出來る人はこれを全部歌ふも可）

この歌《うた》でよく御承知《ごしようち》の天人《てんにん》の羽衣《はごろも》のお話《はなし》。これは日本《にほん》の三保《みほ》の松原《まつばら》にあつたと云《い》ひ傳《つた》へられてゐることで、皆様《みなさま》はよく知《し》つてゐらつしやる筈《はず》。ところが朝鮮《てうせん》にも羽衣《はごろも》のお話《はなし》が傳《つた》はつてゐます。日本《にほん》のとどんなに違《ちが》ふか一つお聞《き》き下《くだ》さい。

一

世界《せかい》でも有名《いうめい》な朝鮮《てうせん》の金剛山《こんがうざん》の麓《ふもと》に、貧《まづ》しい親子《おやこ》二人《ふたり》暮《ぐら》しの家《いへ》がありました。

お父《とう》さんと子供《こども》の興範《こうはん》さんは、金剛山近《こんがうざんちか》くの山《やま》へ薪《たきゞ》をとりに行《い》つて、それを町《まち》に賣《う》り出《だ》してくらしを立《た》てゝゐました。

或日《あるひ》のこと、いつもの樣《やう》に山《やま》へ行《い》つて、たくさんの薪《たきゞ》を取《と》つて歸《かへ》る途中《とちう》、お父《とう》さんはふと足《あし》を踏《ふ》み滑《すべ》らして、谷底《たにぞこ》へ眞逆樣《まつさかさま》に轉《ころ》がり落《お》ちました。興範《こうはん》さんは、

『おやッ、大變《たいへん》だ。』

と、早速背負《さつそくせお》つてゐる薪《たきゞ》をそこに放《はう》り出《だ》して、谷底目《たにぞこめ》がけて驅《か》け下《お》りました。

『ううーん。』

お父《とう》さんの呻《うな》り聲《こゑ》をたよりに、深《ふか》い草《くさ》や木《き》をおし分《わ》けて、やつとお父《とう》さんの側《そば》まで來《き》て見《み》ると、お父《とう》さんは足《あし》と頭《あたま》を打《う》つて血《ち》がだら〳〵流《なが》れてゐます。

『お父《とう》さん、しつかりして下《くだ》さい。』

『おゝ、興範《こうはん》か。心配《しんぱい》することはない。』

とは云《い》つたが、怪我《けが》が大分《だいぶ》ひどい。興範《こうはん》さんは腰《こし》の手拭《てぬぐひ》を引《ひ》き裂《さ》いて、お父《とう》さん

の頭《あたま》と足《あし》をしつかり縛《しば》つて、

『さあ、私《わたし》がおんぶしませう。』

と背《せ》を出《だ》すと、氣丈《きぢやう》のお父《とう》さんは、

『なに、大丈夫《だいぢやうぶ》だ。』

と立《た》ち上《あが》つたけれども、よろ〱と倒《たふ》れてしまひます。

興範《こうはん》さんはお父《とう》さんをおんぶして、嶮《けは》しい山《やま》をよぢ上《のぼ》つて、やつとお家《うち》へ歸《かへ》り、お父《とう》さんを寢《ね》かせて頭《あたま》を冷《ひや》すやら、足《あし》を撫《な》でるやら。

山奥《やまおく》であるのと、貧《まづ》しいのとで、お醫者《いしや》さんを呼《よ》んで診《み》て貰《もら》ふことも出來《でき》ません。お父《とう》さんは此《こ》の怪我《けが》が因《もと》になつて、ひどい熱病《ねつびやう》にとりつかれて苦《くる》しんでゐました。興範《こうはん》さんは、お父《とう》さんの介抱《かいはう》もせねばならず、山《やま》にも行《ゆ》かねばなりませんでした。

これまで二人《ふたり》で働《はたら》いてゐてさへ、充分《じうぶん》な生活《くらし》の出來《でき》なかつた所《ところ》へ、お父《とう》さんの

この大病《たいびやう》。興範《こうはん》さん一人《ひとり》で働《はたら》いて、二人《ふたり》の食物《たべもの》や、お父《とう》さんのお藥《くすり》を買《か》ふだけのお金《かね》を儲《まう》けると言《い》ふことは、とても出來《でき》ることではありません。興範《こうはん》さんは三度《ど》の食事《しよくじ》を二度《ど》にしても、お父《とう》さんの食《た》べたいものは買《か》つて上《あ》げると云《い》ふ樣《やう》にしてゐましたが、それでもお父《とう》さんに充分《じうぶん》のことはして上《あ》げられませんでした。

しかし興範《こうはん》さんは、前《まへ》よりも二倍《ばい》三倍《ばい》の力《ちから》を出《だ》して働《はたら》きました。朝《あさ》は暗《くら》い中《うち》に起《お》きて、お父《とう》さんの目《め》がさめるまでに、山《やま》へ行《い》つて一荷《か》の薪《たきぎ》を取《と》つて來《き》ます。それからお父《とう》さんに御飯《ごはん》を上《あ》げる。それから又山《またやま》へ行《ゆ》く。今度《こんど》は朝《あさ》の分《ぶん》と一緒《しよ》に町《まち》に賣《う》りに行《ゆ》く。お父《とう》さんのお好《す》きなものや、お藥《くすり》を買《か》つて來《き》て差《さ》し上《あげ》げる。夜《よる》は遲《おそ》くまでお父《とう》さんの介抱《かいはう》をする。こんな風《ふう》にして一生懸命《しやうけんめい》に働《はたら》いてゐました。けれどもお父《とう》さんの御病氣《ごびやうき》はちつともよくなりません。興範《こうはん》さんの心配《しんぱい》は日《ひ》に日《ひ》に増《ま》して行《ゆ》くばかり。

二

『お父《とう》さんが早《はや》くお治《なほ》りにならないのは、お藥《くすり》が效《き》かないからだらう。よいお藥《くすり》を上《あ》げたいものだ。しかしよいお藥《くすり》は高《たか》くてとても買《か》ふことは出來《でき》ない。困《こま》つたなあ。』

興範《こうはん》さんはこんなことを考《かんが》へながら、いつもの樣《やう》に町《まち》へ薪《たきゞ》を賣《う》りに行《ゆ》きました。

『小母《をば》さん、今日《こんにち》は。薪入《たきゞい》りませんか。』

いつもよく買《か》つてくれるお家《うち》へ入《はい》つて行《ゆ》くと、そこのをばさんはすぐに薪《たきゞ》を買《か》つてくれましたが、興範《こうはん》さんが一人《ひとり》なのに氣付《きづ》いて、

『今日《けふ》は興範《こうはん》さん一人《ひとり》なのかえ。お父《とう》さんはどうしたの。』

問《と》はれて興範《こうはん》さんは、

『はい、近頃《ちかごろ》は毎日《まいにち》私《わたし》一人《ひとり》で町《まち》に來《き》てゐます。お父《とう》さんは病氣《びやうき》して寢《ね》てゐるんで

す。』

『さうかえ。それは氣《き》の毒《どく》だね。大分《だいぶ》惡《わる》いのかね。』

『はい、山《やま》へ行《い》つて怪我《けが》をしてから熱《ねつ》が出《で》て、ちつともよくならないんです。』

『それは困《こま》つたねえ。でお醫者様《いしやさま》は何《なん》とおつしやるの。』

興範《こうはん》さんは悲《かな》しさうな顔《かほ》をして、

『お醫者様《いしやさま》には診《み》て貰《もら》つてないんです。(間)だつてお金《かね》がないんですもの。』

眼《め》には涙《なみだ》が一杯《はい》たまつてゐます。

『まあ〳〵、それはいけないね。でもお藥《くすり》だけは上《あ》げてゐるだらう。』

『はい。』

興範《こうはん》さんは、親切《しんせつ》に尋《たづ》ねて下《くだ》さる此《こ》の小母《をば》さんに、お藥《くすり》のことを聞《き》いて見《み》ようと思《おも》ひました。

『をばさん、あの、(間)お金《かね》のたくさんいらないよいお藥《くすり》はないでせうか。』

『さうねえ。（間）山《やま》の草《くさ》などでよく效《き》くものもあると云《い》ふことだが、私《わたし》もよく知《し》らない。（急に思ひついたと云ふ調子にて）あゝ、さう〳〵、老人《としより》から聞《き》いたのだが、天《てん》の上《うへ》に住《す》んでゐる天人達《てんにんたち》は、病氣《びやうき》の時《とき》には仙桃《せんたう》と云《い》ふ桃《もゝ》を食《た》べると、どんな病氣《びやうき》でもなほると云《い》ふことだがね。』

『え？ そんなものがあるんですか。その仙桃《せんたう》はどこにあるんでせうか。』

『天《てん》の上《うへ》に生《な》るんださうだ。だがそれは話《はなし》だけでほんとにあるものかどうかわからないし、又人間《またにんげん》の手《て》に入《い》れることも出來《でき》まい。』

しかしこれを聞《き》いた興範《こうはん》さんは、その仙桃《せんたう》と云《い》ふものは、きつとあるに違《ちが》ひない、どうかしてそれを見《み》つけたいものだと、寝《ね》ても醒《さ》めてもそのことばかり考《かんが》へてゐる樣《やう》になりました。

晝《ひる》は空《そら》の雲《くも》を見上《みあ》げて、

『あの雲《くも》の上《うへ》に天人《てんにん》が住《す》んでゐるんだらう。あそこへ行《ゆ》くことは出來《でき》ないだらう

か。鳥《とり》のように羽《はね》があればいゝんだがなあ。』
と思《おも》ひ、夜《よる》は星《ほし》を眺《なが》めては、
『仙桃《せんたう》はあのお星様《ほしさま》の上《うへ》にあるのかも知《し》れない。あゝ、お星様《ほしさま》の所《ところ》へ行《ゆ》きたいなあ。』
と思《おも》ふのでした。

しかし雲《くも》の上《うへ》に行《ゆ》くことも、星《ほし》の國《くに》へ上《のぼ》ることも出來《でき》ません。やはり興範《こうはん》さんは、山《やま》へ行《い》つては薪《たきゞ》をとり、町《まち》に賣《う》り出《だ》しては、前《まへ》と同《おな》じ藥《くすり》を買《か》つて來《く》るより外《ほか》に仕方《しかた》がありませんでした。

三

或《あ》る日《ひ》、いつもの様《やう》に山《やま》に出《で》かけて薪《たきゞ》をとつてゐましたが、大分《だいぶ》疲《つか》れたので、一寸《ちよつと》一休《やす》みと思《おも》つて、草《くさ》の上《うへ》に腰《こし》を下《おろ》して休《やす》んでゐると、林《はやし》の奥《おく》で小鳥《ことり》の鳴《な》く聲《こゑ》。

（耳に手をあてゝ小聲をぢつと聞き入る身振）

『おや、妙《めう》な聲《こゑ》で鳴《な》く鳥《とり》だな。センタウ？』（此の一語特にゆつくり、疑ふやうな語調）

又《また》一聲《こゑ》。

『確《たしか》にセンタウと鳴《な》いたやうだ。』

興範《こうはん》さんは急《きふ》に立《た》ち上《あが》りました。

『不思議《ふしぎ》だなあ。何《なん》の鳥《とり》だらう。センタウ、センタウと鳴《な》くんだから、ことによつたらあの天人《てんにん》の仙桃《せんたう》を食《た》べてゐる鳥《とり》かも知《し》れないぞ。一つ見《み》てやらう。』

聲《こゑ》のする林《はやし》の奥《おく》の方《はう》へ靜《しづ》かに進《すゝ》んで行《ゆ》きました。

『この邊《へん》だつたが、どこにゐるかしら。』

あたりを見廻《みまは》しましたが、何《なに》も見《み》えません。と又《また》ずつと林《はやし》の奥《おく》の方《はう》で、

『センタウ！』

と一聲《こゑ》。

『おや、大分《だいぶ》向《むか》ふの方《はう》だなあ。あちらへ逃《に》げたんだな。今度《こんど》はもつと靜《しづか》かに行《い》つて見《み》てやらう。』

そつと〳〵、足音《あしおと》を立《た》てないように、聲《こゑ》のした方《はう》へ行《い》つてあたりを見廻《みまは》しましたが、やはり何《なに》も見《み》えません。

『はてな、又逃《またに》げたかな。』

すると又林《またはやし》のずつと奥《おく》の方《はう》で、

『センタウ！』

『何《なん》だ、矢張《やは》り逃《に》げてゐたんだな。耳《みゝ》の早《はや》い鳥《とり》だなあ。今度《こんど》こそ逃《に》げない様《やう》に用心《ようじん》して行《い》つてやらう。』

そつと〳〵、這《は》ふ様《やう》にして聲《こゑ》のした方《はう》へ行《い》つて、あたりを見廻《みまは》しましたが、矢《や》張《は》り何《なに》も見《み》えません。

『今度《こんど》は大丈夫《だいぢやうぶ》だと思《おも》つたが、又逃《またに》げたかな。』

すると又林《またはやし》の奥《おく》の方《はう》で、

『センタウ！』

『餘程耳《よほどみゝ》のよくきこえる鳥《とり》だなあ。今度《こんど》こそ。』

興範《こうはん》さんはその鳥《とり》を見《み》つけたい一心《しん》で、鳥《とり》の聲《こゑ》の後《あと》を追《お》ひ〳〵、だん〳〵山《やま》の奥《おく》へ入《はい》つて行《ゆ》きました。

その中《うち》に、大《おほ》きな湖《みづうみ》の所《ところ》まで來《き》ますと、鳥《とり》の聲《こゑ》はそれきり聞《きこ》えなくなりました。

『どこへ行《い》つたらう。』

いくら耳《みゝ》をすましても何《なに》も聞《きこ》えません。湖《みづうみ》は廣《ひろ》くて、青々《あを〳〵》と深《ふか》い。その周圍《まはり》には枝《えだ》ぶりのよい松《まつ》の木《き》が立《た》ち並《なら》んだり、大《おほ》きな岩《いは》があつたりして、大變《たいへん》いゝ眺《なが》めですけれども、興範《こうはん》さんは、そんな景色《けしき》を眺《なが》めてゐるどころではありません。

鳥《とり》のことばかり考《かんが》へてゐるのです。

『湖《みづうみ》の向《むか》ふへ行《い》つたのか知《し》ら。』

興範《こうはん》さんが湖《みづうみ》の向《むか》ふを見《み》た時《とき》、

『あつ！』（大きく強く）

と驚《おどろ》きました。湖《みづうみ》の向《むか》ふの大《おほ》きな岩《いは》の側《そば》から、天《てん》の方《はう》へ、赤《あか》、靑《あを》、黄《き》、紫《むらさき》と、七色《いろ》の美《うつ》しい〳〵虹《にじ》がかゝつてゐます。

興範《こうはん》さんは、これまでこんな美《うつく》しい虹《にじ》を、しかもこんなに目近《まぢか》く見《み》たことがありませんでした。

『まあ、美《うつく》しい。』

鳥《とり》のことも何《なに》も忘《わす》れて、虹《にじ》を見上《みあ》げてゐた興範《こうはん》さんは、又《また》、

『あつ！』

と驚《おどろ》きました。驚《おどろ》いた興範《こうはん》さんは、眼《め》をこすつては見直《みなほ》し〳〵して、虹《にじ》の高《たか》い方《はう》を眺《なが》めました。そこには一體《たい》何《なに》があつたのでせう。（間）

そこには美《うつく》しい〳〵女《をんな》の人《ひと》が五人《にん》、皆揃《みなそろ》ひの金色《きんいろ》、銀色《ぎんいろ》、赤《あか》、靑《あを》、紫《むらさき》などで彩《いろど》つた、羽《はね》のついた衣服《きもの》を着《き》て、まるで踊《をど》りでも踊《をど》つてゐるように、その衣服《きもの》をふはり〳〵と風《かぜ》に靡《なび》かせながら、虹《にじ》の橋《はし》を渡《わた》つて、谷川《たにがは》の方《はう》へ下《お》りて來《き》てゐるのです。興範《こうはん》さんは眼《め》をぱちくり〳〵させて夢《ゆめ》でも見《み》てゐるように見《み》てゐました。

その中《うち》に五人《にん》の女《をんな》の人《ひと》は次第《しだい》〳〵に下《した》へ下《お》りて來《き》ました。興範《こうはん》さんは自分《じぶん》の汚《きたな》いのに氣《き》がついて、恥《はづ》かしいような氣《き》がしましたので、松《まつ》の蔭《かげ》にかくれてその樣《やう》子《す》を見《み》てゐました。

五人《にん》はいよ〳〵下《した》へ下《お》りて來《き》ました。するとその美《うつく》しい女《をんな》の人達《ひとたち》は、羽《はね》の衣服《きもの》を脫《ぬ》いで松《まつ》の木《き》にかけて、湖《みづうみ》のほとりの淺《あさ》い所《ところ》へ行《い》つて、身體《からだ》を水《みづ》に浸《ひた》して、樂《たの》しさうに話《はなし》をしたり笑《わら》つたりして、手足《てあし》を洗《あら》つてゐました。

その時《とき》、峰《みね》から吹《ふ》き下《おろ》した風《かぜ》に、松《まつ》の木《き》にかけてあつた羽《はね》の衣服《きもの》の一枚《まい》が、パツと吹《ふ》き飛《と》ばされて湖《みづうみ》の眞中《まんなか》へ落《お》ちてしまひました。

これを見《み》た五人《にん》は、

『あつ、大變《たいへん》。羽衣《はごろも》が吹《ふ》き飛《と》ばされた、あんなに深《ふか》い所《ところ》へ。』

『誰《だれ》のでせう。』

『誰《だれ》のでせう。』

皆《みな》は直《す》ぐに岸《きし》に上《あが》つて、松《まつ》の木《き》の所《ところ》へ行《い》つて、それ〴〵自分《じぶん》のを着《き》ましたが、一人《ひとり》だけは着《き》るのがありません。

『あら、私《わたし》のだわ。どうしませう。』

もう羽衣《はごろも》のない一人《ひとり》は泣《な》き聲《ごゑ》です。

『ねえ、どうかして取《と》つて下《くだ》さい。』

『だつて困《こま》るわ、あんなに深《ふか》い所《ところ》なんですもの。』

『羽衣《はごろも》がなかつたら、私《わたし》天《てん》へ歸《かへ》れないんですもの。ねえ、取《と》つて下《くだ》さい、取《と》つて下《くだ》さい。』

たうとう泣《な》き出《だ》しました。しかし誰《だれ》にも取《と》ることは出來《でき》ませんでした。

他《ほか》の四人《にん》は氣《き》の毒《どく》に思《おも》ひましたが、どうすることも出來《でき》ないので、一人《ひとり》だけを殘《のこ》して天《てん》に上《のぼ》つて行《い》つてしまひました。後《あと》に殘《のこ》つた一人《ひとり》は、湖《みづうみ》の眞中《まんなか》に浮《う》いてゐる羽衣《はごろも》を見《み》ては、只泣《たゞな》くばかりでした。

四

此《こ》の樣子《やうす》を見《み》てゐた興範《こうはん》さんは、大變氣《たいへんき》の毒《どく》になつて來《き》ました。

『あの衣服《きもの》を取《と》つて持《も》つて行《い》つて上《あ》げよう。』

かう思《おも》つて、裸《はだか》になつて、ドブンと湖《みづうみ》に飛《と》びこみました。そして拔手《ぬきて》を切《き》つて泳《およ》ぎ出《だ》しました。

大分遠《だいぶとほ》い。興範《こうはん》さんはやつとその羽衣《はごろも》をとると、泣《な》いてゐる女《をんな》の人《ひと》の側《そば》に持《も》つて行《い》つてやりました。

女《をんな》の人《ひと》は大喜《おほよろこ》び。

『有難《ありがた》うございます、有難《ありがた》うございます。お陰《かげ》で私《わたし》は天《てん》へ歸《かへ》ることが出來《でき》ます。』

と興範《こうはん》さんを拜《をが》んで禮《れい》を云《い》ひました。

興範《こうはん》さんはふと考《かんが》へました。虹《にじ》の橋《はし》を渡《わた》つて、天《てん》から下《お》りて來《き》たこの美《うつく》しい女《をんな》の人《ひと》は何《なん》だらう。天《てん》へ歸《かへ》ると云《い》ふから、ことによつたらこれがあの天人《てんにん》といふものではあるまいか。おゝ、きつとさうだ。さうに違《ちが》ひない。一つきいて見《み》よう。

『あなたは天人《てんにん》さんとは違《ちが》ひますか。』

ときゝますと、

『はい、私《わたし》は天上《てんじやう》に住《す》む天人《てんにん》です。』

『えつ？ 天人《てんにん》？ （思ひ切り大きく強く歡喜の聲）ほ、ほ、ほんとうですか？』（性急な質問）

『天人《てんにん》は決《けつ》して嘘《うそ》など申《まを》しません。』

『ぢやほんとうの天人《てんにん》さんですね。有難《ありがた》い〳〵。』

興範《こうはん》さんは天人《てんにん》を拜《をが》んで、有難《ありがた》い〳〵と云《い》ひつゞけてゐます。

『何《なに》をおつしやるんです、私《わたし》があなたにお禮《れい》を申《まを》し上《あ》げてゐますのに。』

『いゝえ、有難《ありがた》いんです、有難《ありがた》いんです。お禮《れい》を申《まを》します、お禮《れい》を申《まを》します。』

『御《お》禮《れい》といつて、何《なん》のお禮《れい》でございますか。』

『何《なん》のお禮《れい》といつて、あの、あなたは天人《てんにん》ぢやありませんか。』

『えゝ、天人《てんにん》です。』

『だからお禮《れい》を云《い》ふんです。有難《ありがた》い〳〵。』

『まあ、ちつともわかりません。私《わたし》こそあなたにお禮《れい》を申《まを》し上《あ》げて、何《なに》か差《さ》し上《あ》げようと思《おも》つてゐますのに。』

『だからお禮《れい》を云《い》ふんです。ほんとうに下《くだ》さるんですね。』

『氣《き》の早《はや》い方《かた》ですこと、何《なに》も上《あ》げない先《さき》からお禮《れい》などおつしやつて。』

『だつてほんとに下《くだ》さるんでせう？　だから有難《ありがた》いんです。』

『して何《なに》がそんなにほしいのですか。』

『何《なに》がつて、あなたは天人《てんにん》さんでせう？　だからあれを下《くだ》さるんでせう？』

『あれつて何《なに》？』

『あれつてあれですよ。』

『あれつてあれですでは分《わか》りませんね。』

『だつてあなたは天人《てんにん》さんでせう。だからあれを下《くだ》さい。そしたらすぐにお父《とう》さんの御病氣《ごびやうき》は治《なほ》るんだ。あゝ、うれしい。』

『まあ何《なん》のことでせう。お父《とう》さんの病氣《びやうき》が治《なほ》る？（考へる）はゝあ、（合點する）仙桃《せんたう》ですか？』

『えゝ、さうですとも。あなた分《わか》つてるくせに。』

『だつて私《わたし》にはちつとも分《わか》りませんでしたよ。』

『私《わたし》にはよく分《わか》つてゐたんだがなあ。その仙桃《せんたう》を下《くだ》さるでせう？　あゝ、有難《ありがた》いくゝ。』

『仙桃位何《せんたうぐらゐなん》でもありません。すぐに取《と》つて來《き》て上《あ》げますから暫《しはら》くお待《ま》ち下《くだ》さい。』

天人《てんにん》は虹《にじ》の橋《はし》を上《のぼ》つて行《ゆ》きましたが、間《ま》もなく下《お》りて來《き》て、大《おほ》きな仙桃《せんたう》を下《くだ》さいました。

興範《こうはん》さんは厚《あつ》くお禮《れい》を云《い》つて、しつかりとそれを懐《ふところ》に入《い》れて、家《うち》に驅《か》けて歸《かへ》ると、門口《かどぐち》から、

『お父《とう》さん、仙桃《せんたう》くゝ。』（大きな聲）

と叫《さけ》びながら家《いへ》の中《なか》へ入《はい》つて來《き》て、それをお父《とう》さんに上《あ》げると、不思議《ふしぎ》、一口食《くちた》べたお父《とう》さんは、寢床《ねどこ》の上《うへ》へ起《お》き上《あが》られました。これは不思議《ふしぎ》と又《また》一口食《くちた》べると、今度《こんど》は立《た》ち上《あが》る事《こと》が出來《でき》ました。これは不思議《ふしぎ》と又《また》一口《くち》、今度《こんど》は歩《ある》くことが出來《でき》ました。これは不思議《ふしぎ》と又《また》一口《くち》、今度《こんど》は驅《か》け出《だ》すことが出來《でき》ました。

こんな風《ふう》に、お父《とう》さんの病氣《びやうき》は直《す》ぐ治《なほ》つてしまひました。

結

それからは、お父《とう》さんは元氣《げんき》で長生《ながいき》をされて、二人《ふたり》は幸福《かうふく》な日《ひ》を送《おく》つたと云《い》ふことです。

銀の玉、金の玉

枕

加《か》藤清正《とうきよまさ》の名《な》高《だか》い虎退治《とらたいぢ》は、朝鮮《てうせん》であつたことですね。朝鮮《てうせん》には昔《むかし》から虎《とら》がたくさんゐて、今《いま》でも深《ふか》い山《やま》に入《はい》れば、やはり虎《とら》がゐます。それで朝鮮《てうせん》では、この虎《とら》についての恐《おそ》ろしいお話《はなし》や勇《いさま》しいお話《はなし》が、たくさん傳《つた》はつてゐます。私《わたし》はその中《うち》の一つの面白《おもしろ》いお話《はなし》をいたしませう。

一

朝鮮《てうせん》の北《きた》の方《はう》の山奥《やまおく》に、よいお爺《ぢい》さんとよいお婆《ばあ》さんが住《す》んでゐました。お家《うち》は貧《まづ》しいけれども、正直《しやうぢき》に働《はたら》いて、皆《みな》からいつもよい人《ひと》だと云《い》つてほめられてゐ

ました。お米《こめ》でお餅《もち》を搗《つ》いて、町《まち》に持《も》つて行《い》つて賣《う》るのが商賣《しやうばい》でした。

朝早《あさはや》くから起《お》きて、お婆《ばあ》さんはお米《こめ》を蒸《む》す。お爺《ぢい》さんは杵《きね》や臼《うす》を洗《あら》ふ。仕度《したく》が出來《でき》ると、お爺《ぢい》さんが杵《きね》を振《ふ》り上《あ》げてお餅《もち》を搗《つ》く。お婆《ばあ》さんはこねる。

ペツタラコ、ペツタラコ、ペツタラ〳〵ペツタラコ。

二人《ふたり》は聲《こゑ》を揃《そろ》へて歌《うた》ひます。

『お餅搗《もちつ》け〳〵、餅搗《もちつ》いて、
お餅《もち》を賣《う》つて餅賣《もちう》つて、
餅米買《もちごめか》つて米買《こめか》つて、
明日《あす》も又々《また〳〵》お餅搗《もちつ》き、
ペツタラ、ペツタラ、ペツタラコ。』

（此の歌の間は杵を上下する身振とこねる身振を交互にする）

歌《うた》つてゐる中《うち》にお餅《もち》は搗《つ》けます。

『もう搗《つ》けましたよ。』

『よし。』

お爺《ぢい》さんは杵《きね》をおく。お婆《ばあ》さんが丸《まる》める。旨《おい》しいお餅《もち》が出來《でき》る。籠《かご》に入《い》れて町《まち》に賣《う》りに行《ゆ》きます。

『餅召《もちめ》せ、餅召《もちめ》せ、白《しろ》い餅《もち》、
爺婆《ぢいは》が自慢《じまん》の旨《うま》い餅《もち》、
一つ食《た》べたら元氣《げんき》づく、
二つ食《た》べたら血《ち》がふえる、
三つ食《た》べたら肉《にく》がつく、
四つ食《た》べたら若《わか》うなる、
五つ命《いのち》の延《の》びる餅《もち》。』

愉快《ゆくわい》に歌《うた》つて賣《う》り歩《ある》きます。

賣《う》つたお金《かね》で、お爺《ぢい》さんやお婆《ばあ》さんの食《た》べるお米《こめ》や、明日《あした》搗《つ》くお餅《もち》のお米《こめ》を買《か》つて歸《かへ》るのです。

貧乏《びんぼふ》ながらも、二人《ふたり》は幸福《しあはせ》な日《ひ》を送《おく》つてゐました。所《ところ》が或《あ》る年《とし》、それは毎日毎日《まいにちまいにち》旱天《ひでり》が續《つゞ》いて、稻《いね》も麥《むぎ》も粟《あは》も豆《まめ》も皆枯《みなか》れてしまつた大饑饉年《おほききんどし》がありました。餅屋《もちや》のお爺《ぢい》さんお婆《ばあ》さんは、お餅《もち》を搗《つ》くお米《こめ》が町《まち》に出《で》ても買《か》へないので困《こま》りました。お餅《もち》を搗《つ》いて暮《くら》しを立《た》てゝゐた二人《ふたり》には、お餅《もち》が搗《つ》けなくなると、もうその日《ひ》から食《た》べるお米《こめ》が買《か》へません。初《はじ》めの間《あひだ》は山《やま》に行《い》つて、木《き》の實《み》や草《くさ》の葉《は》を取《と》つて來《き》て食《た》べてゐましたが、それもだん〴〵になくなつてしまひました。

二

此《こ》のお爺《ぢい》さんのお家《うち》の隣《となり》に、やつぱりお爺《ぢい》さんとお婆《ばあ》さんが住《す》んでゐました。大《おほ》きなお百姓《しやう》さんで、お米《こめ》やお金《かね》がお倉《くら》に一杯《はい》あつて、一年《ねん》や二年《ねん》や三年位《ねんぐらゐ》、お

米《こめ》が一粒《つぶ》もとれなくとも、飢《う》える樣《やう》なことはありません。そんな大金持《おほがねもち》でも、慾《よく》の深《ふか》い上《うへ》に、大變意地《たいへんいぢ》の惡《わる》い人《ひと》で、他《ほか》の人《ひと》が饑饉《ききん》で困《こま》つてゐても、自分一人《じぶんひとり》だけ旨《うま》いものを食《た》べて、知《し》らん顔《かほ》をしてゐます。村《むら》の人《ひと》が、

『少《すこ》しお米《こめ》を賣《う》つて下《くだ》さい。』

と賴《たの》むと、

『お前達《まへたち》に賣《う》るお米《こめ》はない。』

『お倉《くら》にたくさんあるぢやありませんか。少《すこ》し貸《か》して下《くだ》さい。』

『あれは私《わし》が食《く》ふお米《こめ》だ。』

『あんなに澤山《たくさん》はいらないでせう。來年《らいねん》の秋《あき》になつたら倍《ばい》にしてお返《かへ》ししますから。』

『來年《らいねん》のことを云《い》ふと鬼《おに》が笑《わら》ふぞ。わしはお前等《まへら》に賣《う》つたり貸《か》したりする積《つも》りでお米《こめ》を作《つく》つてはゐない。お前等《まへら》に貸《か》すよりも雞《にはとり》にやつた方《はう》が增《ま》しだ。卵《たまご》を生《う》むか

らな。』

『そんな無慈悲《むじひ》なことを云《い》はないで、どうか少《すこ》しお貸《か》し下《くだ》さい。』

『うるさいね、一度《ど》貸《か》さんと云《い》つたらどうしても貸《か》さないんだ。』

『でもお米《こめ》がないと私達《わたしたち》は死《し》んでしまひますから。』

『お前達《まへたち》が死《し》ぬのはわしの知《し》つたことぢやないよ。愚圖々々《ぐづぐづ》云《い》はずに早《はや》く歸《かへ》れ。』

村《むら》の人々《ひとびと》の中《うち》には、もう飢《う》えて死《し》ぬ人《ひと》もありました。それでも此《こ》のお爺《ぢい》さんは、お倉《くら》にあるお米《こめ》を出《だ》してくれませんでした。

自分《じぶん》の所《ところ》の雞《にはとり》や馬《うま》や牛《うし》には、食《た》べ切《き》れぬほどの米《こめ》や麥《むぎ》をやり、自分《じぶん》はお酒《さけ》を飲《の》み、旨《おい》しいものを食《た》べて、歌《うた》など歌《うた》つてゐます。村《むら》の人《ひと》は此《こ》のお爺《ぢい》さんお婆《ばあ》さんを怨《うら》みました。

餅屋《もちや》のお爺《ぢい》さんも、此《こ》の隣《となり》のお爺《ぢい》さんに頼《たの》みましたが、一粒《つぶ》のお米《こめ》も貸《か》してくれませんでした。

三

餅屋《もちや》のお爺《ぢい》さんはいつもの様《やう》に、食《た》べ物《もの》を探《さが》しに山《やま》へやって來《き》ました。方々《はう〴〵》を探《さが》しましたけれども、木《き》の實《み》も草《くさ》の葉《に》も、食《た》べられるものは一つもありません。疲《つか》れて松《まつ》の木《き》の下《した》にどっかと坐《すわ》って休《やす》んでゐる中《うち》に、いつかうと〳〵と眠《ねむ》ってしまひました。

するど白《しろ》い衣服《きもの》を着《き》た小《ちひ》さな〳〵小人達《こびとたち》がたくさんやって來《き》て、お爺《ぢい》さんを取《と》りまいて、手《て》を拍《う》って踊《をど》り始《はじ》めました。(次の歌に簡單な手振りをつけて小人の踊りを表現したらいゝと思ひます。)

『お餅《もち》搗《つ》け〳〵、餅《もち》搗《つ》いて、
お餅《もち》を賣《う》って餅《もち》賣《う》って、
餅米《もちごめ》買《か》って米《こめ》買《か》って、

明日《あす》も又々《また〱》お餅搗《もちつ》き。』

お爺《ぢい》さんはこんな面白《おもしろ》い踊《をど》りは見《み》たことがないから、一心《しん》に見《み》てゐると、小人《こびと》は踊《をど》りがすんだと見《み》えて、二列《れつ》に並《なら》んで、一番先頭《ばんせんとう》のが、

『前《まへ》へ進《すゝ》め！』

と號令《がうれい》をかけると、足並《あしなみ》を揃《そろ》へてお爺《ぢい》さんのあぐらを組《く》んでゐる右左《みぎひだり》の足《あし》から、一列《れつ》づゝぞろ〱ぞろ〱と、お爺《ぢい》さんの膝頭《ひざがしら》から腰《こし》、腰《こし》からお腹《なか》、お腹《なか》から胸《むね》、胸《むね》から肩《かた》、肩《かた》まで上《のぼ》ると、今度《こんど》は兩手《りやうて》を傳《つた》はつて下《お》りて來《き》だしました。（此の所では足から肩、肩から兩手を下りろまで、順次兩手で傳ふ樣な身振りを示す）そしてお爺《ぢい》さんが握《にぎ》つてゐる掌《てのひら》の中《なか》に、コロ〱と轉《ころ》がり込《こ》むと、その小人《こびと》はもう小《ちひ》さな一粒《つぶ》の白《しろ》いお米《こめ》に變《かは》つてしまふ。コロ〱コロ〱、コロ〱コロ〱、次《つぎ》から次《つぎ》へとだん〱お爺《ぢい》さんの掌《てのひら》の中《うち》はお米《こめ》がたくさんになる。一番《ばん》しまひの小人《こびと》がお爺《ぢい》さんの掌《てのひら》の中《なか》にコロ〱と轉《ころ》がり込《こ》んだ時《とき》には、もう兩方《りやうはう》の掌《てのひら》がお米《こめ》で一杯《はい》になつてゐ

ました。

『おかしいなあ。』

と思《おも》つた時《とき》、お爺《ぢい》さんの夢《ゆめ》はさめて眼《め》がぽつかり開《あ》きました。

『おや、今《いま》のは夢《ゆめ》であつたのか。私《わたし》の掌《てのひら》がお米《こめ》で一杯《はい》になつた所《ところ》まではよく覺《おぼ》えてゐるが。』

と云《い》ひながら、ふと兩方《りやうはう》の手《て》を見《み》ると、しつかりと握《にぎ》つてゐる。しかも中《なか》に何《なに》かあるやうです。ザラ〳〵する。木《き》の葉《は》でも握《にぎ》つてゐるのかしらと思《おも》つて開《ひら》いて見《み》ると、眞白《まつしろ》いお米《こめ》が一杯《ぱい》。

『やつ、今《いま》の夢《ゆめ》はほんとうのことであつたぞ。これは神樣《かみさま》が私《わたし》を哀《あは》れんで下《くだ》さつたものに違《ちが》ひない。有難《ありがた》い〳〵。』

お爺《ぢい》さんは急《いそ》いで歸《かへ》つて來《く》ると、

『お婆《ばあ》さん、今戻《いまもど》つたよ。』（思ひ切り大聲）

『まあ、びつくりするぢやありませんか、そんな大《おほ》きな聲《こゑ》で。』

『びつくりしてもいゝよ。さあ、仕度《したく》をしろ、仕度《したく》を。』

『仕度《したく》？　何《なん》の仕度《したく》？』

『あの仕度《したく》だ。』

『あのつて何《なに》。』

『あれさ、早《はや》く〳〵。』

『あれつて分《わか》らんぢやありませんか。まあほんとうに、お爺《ぢい》さんはあはてゝ、何《なに》が何《なん》だかちつともわからないよ。』

『分《わか》らない？　困《こま》つた奴《やつ》だなあ。あれだよ、あのさ、あれだよ。』

『あれつて、何《なに》かわからんぢやありませんか。』

『あつ、まだ云《い》はなかつたかなあ。これは御免《ごめん》々々《〳〵》。餅搗《もちつ》きの仕度《したく》だよ。』

『えつ？　餅搗《もちつ》きの仕度《したく》？』

『うん、早《はや》く〳〵。』

『お爺《ぢい》さん、氣《き》でも違《ちが》つたのぢやないの。餅搗《もちつ》きと云《い》つたつてお米《こめ》が一粒《つぶ》もないことはよくわかつてゐるのに。』

『お米《こめ》はある。今山《いまやま》から持《も》つて來《き》た。』

『山《やま》にお米《こめ》があるもんですか。いよ〳〵ほんとうに氣狂《きちが》ひになつたんぢやないかしら。』

『いや、大丈夫《だいぢやうぶ》ぢや。金輪際《こんりんざい》氣狂《きちが》ひにはなつてゐない。』

『ほんとうならそのお米《こめ》を見《み》せて御覽《ごらん》。』

『よし來《き》た、見《み》せてやるぞ。お婆《ばあ》さん、驚《おどろ》いちやいかんよ。（兩手を開く身振）そーれ。』

『まあ、ほんとに、お米《こめ》ぢや、お米《こめ》ぢや。』

『さあ、早《はや》く餅搗《もちつ》きの仕度《したく》をするんだ。』

『でもそればかりでは。』

『いや、いゝんだ。小人《こびと》が餅搗《もちつ》きの歌《うた》を歌《うた》つてくれたのだから、お餅《もち》を搗《つ》かなきやいけない。』

そこでお爺《ぢい》さんは、夢《ゆめ》の話《はなし》を詳《くは》しく話《はな》しましたので、お婆《ばあ》さんもやつと承知《しようち》して、餅搗《もちつ》きの仕度《したく》をして、久《ひさ》し振《ぶ》りに杵《きね》や臼《うす》が持《も》ち出《だ》されました。

四

お爺《ぢい》さんもお婆《ばあ》さんも、お腹《なか》の空《す》いてゐるのも忘《わす》れて大元氣《おほげんき》。

『お餅《もち》つけ〳〵、餅搗《もちつ》いて、
お餅《もち》を賣《う》つて餅賣《もちう》つて、
餅米《もちこめ》買《か》つて米買《こめか》つて、
明日《あす》も又《また》々〳〵お餅搗《もちつ》き、
ペツタラ、ペツタラ、ペツタラコ、

ペッタラ、ペッタラ、ペッタラコ。

お餅搗《もちつ》け〳〵、餅搗《もちつ》いて、
ペッタラ、ペッタラ、ペッタラコ。』

一生懸命《しやうけんめい》に搗《つ》きます。

『お爺《ぢい》さん、もういゝよ。』

『よし、もう一つおまけに。』（杵を打ち下す身振）

そこでお婆《ばあ》さんが丸《まる》めます。

『たつた二つしか出來《でき》ませんよ。』

『二つで結構《けつこう》。出來《でき》た〳〵。久《ひさ》し振《ぶ》りにお餅《もち》の顔《かほ》を見《み》たわい。お腹《なか》が空《す》いてゐるからきつと旨《うま》いに違《ちが》ひない。さあ、お婆《ばあ》さん、お前《まへ》と私《わたし》と一つづゝぢや。』

二人《ふたり》が空《す》いたお腹《なか》で搗《つ》き立《た》てのお餅《もち》を食《た》べ様《やう》としてゐると、表《おもて》から、

『御免《ごめん》なさい。』

入《はい》つて來《き》た人《ひと》があります。見《み》ると汚《きたな》いボロ〳〵の衣服《きもの》を着《き》たお爺《ぢい》さんとお婆《ばあ》さん。よろ〳〵と倒《たふ》れさうなのを、杖《つゑ》で支《さゝ》へてやつと立《た》つてゐます。

『何《なに》か御用《ごよう》ですかえ。』

『私達《わたしたち》は十日《か》の間《あひだ》何《なに》も食《た》べないので、もう死《し》にさうですから、何《なに》か食《た》べるものがあつたら下《くだ》さいませ。』

『十日《か》も食《た》べない？ それはひどいね。實《じつ》はわし等《ら》も三日《か》ばかり食《た》べてゐないんだが、丁度今日《ちやうどけふ》は不思議《ふしぎ》なことで少《すこ》しお米《こめ》が手《て》に入《はい》つたから、お餅《もち》を二つこしらへて今《いま》食《た》べ樣《やう》としてゐた所《どころ》だ。まあ、わし等《ら》の方《はう》はもう一日《いちにち》や二日《ふつか》は我慢《がまん》が出來《でき》る。さあ、これを上《あ》げるからお上《あが》り。おい、お婆《ばあ》さんもそれをあのお婆《ばあ》さんにおやりよ。』

『あゝ、いゝとも。さあ、たつた一つだがお上《あが》り。お湯《ゆ》だけはたんとあるから今《いま》汲《く》んで來《き》てあげるよ。』

『これは〳〵、有難《ありがた》うございます。お陰《かげ》で命《いのち》が助《たす》かります。』

ボロ〳〵のお爺《ぢい》さんとお婆《ばあ》さんは、お餅《もち》を一つづゝ食《た》べてお湯《ゆ》を呑《の》んで、やつと元氣《げんき》も出《で》たので、立《た》ち上《あが》つて歸《かへ》りかけました。そして入口《いりくち》の所《ところ》まで出《で》て後《うしろ》を振《ふ》り向《む》いて、

『お爺《ぢい》さん、お婆《ばあ》さん、世《よ》の中《なか》にあなた方《がた》ほどお情深《なさけぶか》い人《ひと》はない。神樣《かみさま》もきつとあなた方《がた》をおほめになるに違《ちが》ひない。就《つ》いては此《こ》のお禮《れい》にいゝことを教《をし》へて上《あ》げませう。あれ、あの向《むか》ふに高《たか》い山《やま》がありませう。あの山《やま》の谷《たに》に行《い》つて見《み》ると大《おほ》きな岩《いは》があります。その岩《いは》の上《うへ》に金色《きんいろ》の玉《たま》と銀色《ぎんいろ》の玉《たま》があるから、その中《うち》の銀色《ぎんいろ》の玉《たま》を持《も》つてお歸《かへ》りなさい。きつといゝことがあります。』

さう云《い》ふと、直《す》ぐ二人《ふたり》の姿《すがた》は戸口《とぐち》の外《そと》に消《き》えてしまひました。

お爺《ぢい》さんは早速《さつそく》教《をし》へられた通《とほ》り、高《たか》い山《やま》を越《こ》えて谷《たに》に來《き》て見《み》ますと、大《おほ》きな岩《いは》があつて、その上《うへ》にキラ〳〵光《ひか》る金《きん》の玉《たま》と、ギラ〳〵光《ひか》る銀《ぎん》の玉《たま》が並《なら》んでゐます。

『綺麗《きれい》な玉《たま》だなあ。』

お爺《ぢい》さんは岩《いは》に上《のほ》つて、銀《ぎん》の玉《たま》を取《と》つて歸《かへ》りました。

『お婆《はあ》さん、これを御覽《ごらん》。何《なん》と綺麗《きれい》ぢやないか。』

『まあ、綺麗《きれい》。こんな綺麗《きれい》な玉《たま》はまだ見《み》たことがない。(間)でもこんなに飢《う》えて居《ゐ》る時《とき》には、綺麗《きれい》な玉《たま》を見《み》てもうれしくない。寶物《たからもの》よりもお米《こめ》がほしい。』

すると不思議《ふしぎ》、此《こ》の銀《ぎん》の玉《たま》のごこからか、ボロ〳〵ボロ〳〵と、銀《ぎん》の樣《やう》な艶《つや》のある眞白《まつしろ》なお米《こめ》がこぼれます。

『やつ、お米《こめ》だ、お米《こめ》だ。お婆《はあ》さん、早《はや》く入《い》れ物《もの》を。』

お婆《はあ》さんはあはてゝ、お箸《はし》と茶椀《ちやわん》を持《も》つて來《き》ました。

『何《なん》だい、これは。あはてゝは駄目《だめ》だ。早《はや》く〳〵。』

やつとお婆《はあ》さんが米櫃《こめびつ》を持《も》つて來《き》た時《とき》は、お米《こめ》はその米櫃《こめびつ》に一杯《はい》になるほご出《で》て、まだボロ〳〵ボロ〳〵と出《で》てゐます。

『やあ、隨分澤山出《ずゐぶんたくさんで》るなあ、もういゝに。入《い》れ物《もの》がないわ。』
するとお米《こめ》はピタッと止《とま》りました。
お爺《ぢい》さんお婆《ばあ》さんは、直《す》ぐに餅搗《もちつ》きの用意《ようい》にとりかゝりました。
ペッタラコ、ペッタラコ、ペッタラ〳〵ペッタラコ。

　『お餅搗《もちつ》け〳〵、餅搗《もちつ》いて、
　お餅《もち》を賣《う》つて餅賣《もちう》つて……』

と元氣《げんき》よく搗《つ》きます。そしてたくさん搗《つ》きました。それをお爺《ぢい》さんは大《おほ》きな車《くるま》に
積《つ》んで、

　『餅召《もちめ》せ、餅召《もちめ》せ、白《しろ》い餅《もち》、
　爺婆《ぢいば》が自慢《じまん》のうまい餅《もち》、
　一つ食《た》べたら元氣《げんき》づく、
　二つ食《た》べたら血《ち》がふえる、

三つ食《た》べたら肉《にく》がつく、
四つ食《た》べたら若《わか》うなる、
五つ命《いのち》の延《の》びる餅《もち》。』

聲高《こゑたか》く賣《う》つて歩《ある》きます。村《むら》の人《ひと》は久《ひさ》し振《ぶ》りでお爺《ぢい》さんの歌《うた》を聞《き》いたが、お餅《もち》の搗《つ》ける筈《はず》がないので、不思議《ふしぎ》に思《おも》つて出《で》て見《み》ると、車《くるま》に一杯《はいつ》積んであります。

『さあ、皆《みな》さん、今日《けふ》は大安賣《おほやすう》り〳〵。お餅《もち》の大安賣《おほやすう》り。一つが一文《もん》、お金《かね》のない人《ひと》は只《たゞ》ぢや〳〵。只《たゞ》のお餅《もち》ぢや、大安賣《おほやすう》り。』

皆《みな》は、大抵《たいてい》三日《か》も四日《か》も何《なに》も食《た》べてゐない時《とき》ですから、大喜《おほよろこ》びでお爺《ぢい》さんのお餅《もち》を買《か》つて食《た》べます。お金《かね》のない者《もの》は只《たゞ》で貰《もら》へる。見《み》る間《ま》にお餅《もち》はなくなつてしまひます。お爺《ぢい》さんは大急《おほいそ》ぎで歸《かへ》ると、銀《ぎん》の玉《たま》を取《と》り出《だ》して、

『お米《こめ》がほしいなあ。』

と云《い》ふと又《また》ポロ〳〵ポロ〳〵と出《で》る。すぐお餅《もち》を搗《つ》く。車《くるま》に積《つ》んで賣《う》りに出《で》る。

こんなにしてゐる中《うち》に、お爺《ぢい》さんは大金持《おほがねもち》になるし、村《むら》の人《ひと》も命《いのち》が助《たすか》つて、お爺《ぢい》さんやお婆《ばあ》さんを大變敬《たいへんうやま》ひました。そしてお爺《ぢい》さんのお餅《もち》は大變評判《たいへんひやうばん》がよく、朝鮮《てうせん》一の名物《めいぶつ》のお餅《もち》となりました。

五

此《こ》の話《はなし》を聞《き》いた慾深爺《よくふかぢい》さん、

『隣《となり》の爺奴《ぢゞいめ》、旨《うま》いことをやつてゐる。わしも一つやつてやらう。』

山《やま》に來《き》て、松《まつ》の木《き》の下《した》で兩手《りやうて》をしつかり握《にぎ》つて眠《ねむ》りましたが、夢《ゆめ》を見《み》ません。手《て》を開《ひら》いて見《み》ると汗《あせ》ばかり。

次《つ》ぎの日《ひ》も、一日中《にちぢう》松《まつ》の木《き》の下《した》で眠《ねむ》りましたが、やはり夢《ゆめ》を見《み》ません。その次《つ》ぎの日《ひ》も矢張《やは》り駄目《だめ》。仕方《しかた》がない。その次《つ》ぎの日《ひ》はお米《こめ》を倉《くら》から出《だ》して、兩手《りやうて》で握《にぎ》つて山《やま》に來《き》て、松《まつ》の木《き》の下《した》で眠《ねむ》つてから歸《かへ》つて來《き》ました。

『おい、お婆《ばあ》さん、今戻《いまもど》つたよ。(間) 何《なに》を愚圖々々《ぐづ〱》してゐるんだえ。』
『何《なに》を愚圖々々《ぐづ〱》してゐるつて何《なに》をするんですかえ。』
『何《なに》をするのかわからんのか、馬鹿《はか》。大金儲《おほがねまう》けぢやないか。』
『大金儲《おほがねまう》け？ それは有難《ありがた》い。早《はや》くやりなさい。』
『馬鹿《はか》、一人《ひとり》で出來《でき》るかえ。愚圖々々《ぐづ〱》しないで早《はや》く仕度《したく》しろ。』
『どこかへ出《で》かけるのですかえ。』
『分《わか》らん奴《やつ》だな、お金儲《かねまう》けだ。』
『お金儲《かねまう》けは分《わか》つてゐるが、どうするんです。』
『あの、その、あの、銀《ぎん》の玉《たま》だよ。』
『銀《ぎん》の玉《たま》がなんですか。』
『おゝ、さう〱、忘《わす》れてゐた。餅搗《もちつ》きの仕度《したく》をするんだ。』
『餅搗《もちつき》がお金儲《かねまう》けですか。』

『何《なん》でもいゝから早《はや》くしろ。』

お婆《ばあ》さんはわけがわからないから、ブツ〳〵言《い》つて臼《うす》を出《だ》したり、杵《きね》を出《だ》したりします。お爺《ぢい》さんもやつと落付《おちつ》いて、隣《となり》の餅搗《もちつ》き爺《ぢい》さんのお話《はなし》をしたので、お婆《ばあ》さんもやつと分《わか》つて、一生懸命《しやうけんめい》で仕度《したく》をする。そして二つのお餅《もち》が出來上《できあが》りました。

『お前《まへ》一つ食《た》べかけてゐるんだよ。一つは私《わし》が食《た》べることにしておくんだ。』

二人《ふたり》で一つづゝお餅《もち》を持《も》つて待《ま》つてゐます。

『まだ來《こ》ないかなあ。早《はや》く來《く》ればいゝに。』

待《ま》つてゐる所《ところ》へ、ボロ〳〵のお爺《ぢい》さんとお婆《ばあ》さんがやつて來《き》ました。

『私等《わたしら》は十日《か》の間《あひだ》何《なに》も食《た》べないんで、もう死《し》にさうですから、何《なに》か食《た》べものがあつたら下《くだ》さいませ。』

『よくお出《い》でなさいました。待《ま》つてゐましたよ。さあ〳〵、此處《こゝ》にお餅《もち》があるから

お上《あが》り。私等《わしら》も三日《か》ばかり何《なに》も食《た》べないんだが、まあ、あなた方《がた》に上《あ》げませう。』

『これは〳〵、有難《ありがた》うございます。』

むしや〳〵と食《た》べて歸《かへ》りかけました。

『おい〳〵、お待《ま》ちなさい。何《なに》か云《い》ふことを忘《わす》れてはゐませんかな。』

『何《なに》も忘《わす》れてはゐませんよ、お禮《れい》は言《い》つたし。』

『あの銀《ぎん》の玉《たま》のことを。』

『銀《ぎん》の玉《たま》のこと？　は、は、分《わか》りました。だがそれを云《い》つてもあなた方《がた》の爲《ため》になりませんよ。』

『いゝや、私等《わしら》はお金儲《かねまう》けがしたいんだから、爲《ため》にならなくてもいゝから言《い》つて下《くだ》さい。』

『ぢや、云《い》ひませう。あれ、あの向《むか》ふに高《たか》い山《やま》がありませう。あの山《やま》の谷《たに》に行《い》つて見《み》ると大《おほ》きな岩《いは》があります。その岩《いは》の上《うへ》に金色《きんいろ》の玉《たま》と銀色《ぎんいろ》の玉《たま》とがあるから、

その中《うち》の銀色《ぎんいろ》の玉《たま》を持《も》つてお歸《かへ》りなさい。きつといゝことがあります。しかし慾《よく》を起《おこ》してはいけませんよ。』

と云《い》ひ捨《す》てゝ、何處《どこ》かへ姿《すがた》は消《き》えてしまひました。

慾張《よくば》りお爺《ぢい》さんは直《す》ぐに出《で》かけました。山《やま》を越《こ》えて谷《たに》に來《き》て見《み》ると、美《うつく》しい二つの玉《たま》があります。

『これは綺麗《きれい》だ。銀《ぎん》の玉《たま》からはお米《こめ》が出《で》たから、金《きん》の玉《たま》からは金貨《きんくわ》が出《で》るに違《ちが》ひない。これも持《も》つて行《い》つてやらう。』

お爺《ぢい》さんは慾《よく》を起《おこ》して、二つの玉《たま》を持《も》つて歸《かへ》りました。

『おい、お婆《ばあ》さん、これをごらん。綺麗《きれい》だらう。銀《ぎん》の方《はう》からはお米《こめ》、金《きん》の方《はう》からは金貨《きんくわ》が出《で》るに違《ちが》ひない。ねえ、旨《うま》いことをやつたらう。』

大威《おほゐ》張《ば》りです。

『まあ、ほんとに綺麗《きれい》ですね。早《はや》く何《なに》か出《で》て見《み》るといゝにねえ。』

『待《ま》て〳〵、急《いそ》がんでもいい。大《おほ》きな金箱《かねはこ》と米櫃《こめびつ》を作《つく》つてからぢや。』

お爺《ぢい》さんは白木《しらき》で大《おほ》きな箱《はこ》を二つ作《つく》りました。

『もう出《で》てもいゝがねえ。』

と云《い》つたかと思《おも》ふと、金《きん》の玉《たま》がグラ〳〵ッと搖《ゆ》れて眞《まつ》二つに割《わ》れ、中《なか》から、

『うおー！』（急に大きく）

と唸《うな》つて、金色《きんいろ》の大《おほ》きな虎《とら》が飛《と》び出《だ》し、アッと云《い》ふ間《ま》もなく、驚《おどろ》くお爺《ぢい》さんお婆《ばあ》さんを嚙《か》み殺《ころ》して、山《やま》へ逃《に》げて行《い》つてしまひました。

結

お金箱《かねはこ》と米櫃《こめびつ》とに作《つく》つた二つの箱《はこ》は、そのまゝお爺《ぢい》さんお婆《ばあ》さんの死骸《しがい》を入《い》れる棺《くわん》になつたといふことです。

コカム

枕

私《わたくし》はこれからコカムのお話《はなし》をします。コカム、妙《めう》な名前《なまへ》ですね。コカムつて何《なに》か知《し》つてますか。知《し》らないでせう。これは朝鮮語《てうせんご》です。朝鮮《てうせん》には柿《かき》がたくさん出《で》來《き》ます。此《こ》の柿《かき》を日《ひ》に乾《ほ》すと大變甘《たいへんあま》くなつて、しかもいつまでおいても腐《くさ》らないから、冬《ふゆ》の寒《さむ》い時《とき》にも食《た》べられます。此《こ》の乾柿《ほしがき》を朝鮮語《てうせんご》でコカムと云《い》ひます。朝《てう》鮮《せん》の子供《こども》は此《こ》のコカムが大變好《たいへんす》きです。此《こ》のコカムに就《つ》いて面白《おもしろ》いお話《はなし》を一つ致《いた》しませう。

一

朝鮮《てうせん》の或《あ》る山奥《やまおく》に、大《おほ》きな虎《とら》が一匹《ぴき》ゐました。一度吼《ほ》えると、山《やま》の獸《けもの》も鳥《とり》も縮《ちぢ》み上《あが》つてしまふと云《い》ふ強《つよ》い虎《とら》でした。それで自分《じぶん》より強《つよ》いものはないと大威張《おほゐば》りで、よく山《やま》を歩《ある》き廻《まは》つて自慢《じまん》してゐました。

此《こ》の大虎《おほとら》が或《あ》る晩《ばん》、獲物《えもの》を探《さが》しにノソ〳〵と村《むら》の方《はう》へやつて來《き》ました。そして或《あ》る家《いへ》の牛小屋《うしごや》を覗《のぞ》いて見《み》ると、大《おほ》きな牛《うし》が一匹《ぴき》ゐます。

『これはうまいぞ。』

虎《とら》は牛小屋《うしごや》の中《なか》に入《はい》つて、牛《うし》を一撃《うち》に殺《ころ》さうとしましたが、

『待《ま》てよ。人《ひと》が起《お》きてゐると、又鐵砲《またてつはう》など持《も》ち出《だ》して面倒《めんだう》になるから、一つ樣子《やうす》を見《み》てやらう。』

家《いへ》の樣子《やうす》に氣《き》を付《つ》けて見《み》ると、ワーン、ワーンと子供《こども》の泣《な》いてゐる聲《こゑ》が聞《きこ》えます。

『人間《にんげん》の子供《こども》は妙《めう》な聲《こゑ》で泣《な》くものだね。でもあんな小《ちひ》さい子供《こども》は旨《うま》いだらうな。』

こんなことを思《おも》つてゐると、母親《はゝおや》の聲《こゑ》がして、

『そんなに泣《な》くと山猫《やまねこ》が來《く》るぞ。』

しかし子供《こども》は泣《な》き止《や》みません。

『そら、山《やま》の奧《おく》の大虎《おほとら》がそこまで來《き》てゐるよ。』

子供《こども》はそれでも泣《な》き止《や》みません。するとこれを聞《き》いた虎《とら》は、

『おや〳〵、此《こ》の母親《はゝおや》はわしの來《き》てゐることをちやんと知《し》つてゐるぞ。これはうつかり出來《でき》んぞ。人間《にんげん》には忍術《にんじゆつ》とやら云《い》ふ不思議《ふしぎ》な術《じゆつ》があつて、目《め》の前《まへ》にないものでも見《み》ることが出來《でき》たり、自分《じぶん》を誰《だれ》からも見《み》えない樣《やう》にかくすことの出來《でき》る法《はふ》を知《し》つてゐる者《もの》もあると云《い》ふことを聞《き》いたが、此《こ》の母親《はゝおや》はことによつたら忍術《にんじゆつ》を知《し》つてゐるのかも知《し》れんぞ。それにあの子供《こども》も恐《おそ》ろしい奴《やつ》に違《ちが》ひない。わしが來《き》てゐると云《い》つても、ちつとも恐《こは》がらない所《ところ》を見《み》ると、餘程《よほど》強《つよ》いに違《ちが》ひない。此《こ》の母親《はゝおや》と此《こ》の子供《こども》とがゐるんぢや、とても油斷《ゆだん》はならんわい。』

虎《とら》は少々《せう〳〵》氣味《きみ》惡《わる》くなつて來《き》て、牛小屋《うしごや》の中《なか》へそつと入《はい》つて、牛《うし》の側《そば》に靜《しづ》かに横《よこ》になつて、尚《なほ》も聞耳《きゝみゝ》を立《た》てゝゐますと、

『仕方《しかた》のない子《こ》だね。それ、コカムだ。』

此《こ》の聲《こゑ》がすると、子供《こども》はぴたりと泣《な》き止《や》んでしまひました。

『おや、コカム？　何《なん》だらう。コカム？　コカムの一聲《こゑ》で子供《こども》が泣《な》き止《や》んでしまつた。(間) これはきつと餘程《よほど》強《つよ》いものに違《ちが》ひないぞ。わしをも恐《おそ》れないあの子供《こども》が、恐《おそ》れて泣《な》き止《や》む位《くらゐ》だから、とてもわし等《ら》が手向《てむか》ひ出來《でき》るものぢやあるまい。これはいよ〳〵大變《たいへん》なことになつたぞ。うつかりしてコカムにやつて來《こ》られてはひどい目《め》に會《あ》ふだらう。早《はや》く逃《に》げた方《はう》がよい。』

虎《とら》はぶる〳〵震《ふる》へながら、牛小屋《うしごや》から逃《に》げ出《だ》さうとしました。

二

丁度《ちやうど》この時《とき》、眞暗《まつくら》な闇《やみ》の中《なか》を一人《ひとり》の牛泥棒《うしどろばう》がやつて來《き》て、牛小屋《うしごや》の中《なか》へ入《はい》つて來《き》ました。そしてそこらを探《さが》しますと、毛並《けなみ》のいゝ、よく肥《こ》えた小牛《こうし》がゐます。

『しめた！』

その首《くび》にしつかりと綱《つな》をかけて、外《そと》に引《ひ》き出《だ》しました。

牛泥棒《うしどろばう》の引出《ひきだ》したのは、ほんとうの小牛《こうし》でせうか。（間）お分《わか》りですね。あの大《おほ》虎《とら》でありました。

所《ところ》が虎《とら》の方《はう》では、ぶる／＼震《ふる》へてゐる時《とき》に大《おほ》きな者《もの》がやつて來《き》て、自分《じぶん》の首《くび》に綱《つな》をかけたからたまりません。

『いよ／＼コカムが來《き》たぞ。どんな目《め》に會《あ》ふのか知《し》ら。きつと今《いま》に殺《ころ》されるだらうが、あまり手向《てむか》ひしない方《はう》がよい。』

と思《おも》つて、引《ひ》き出《だ》されるまゝに外《そと》に出《で》ると、牛泥棒《うしどろぼう》はその背《せ》に飛《と》び乗《の》りました。飛《と》び乗《の》つて見《み》ると、度々《たび〴〵》牛《うし》を盗《ぬす》んで牛《うし》に乗《の》り慣《な》れてゐるが、どうも牛《うし》の背《せ》とは違《ちが》ふ様《やう》です。これは變《へん》だと思《おも》つて、あちこちに觸《さは》つてみると、これは大變《たいへん》、大《おほ》きな虎《とら》です。

『困《こま》つたことになつたなあ。』

牛泥棒《うしどろぼう》はぶる〳〵震《ふる》へ出《だ》しました。しかし今下《いまお》りて逃《に》げやうとすれば、却《かへ》つて噛《か》み殺《ころ》されるに定《きま》つてゐる。仕方《しかた》がない。何《なん》とでもなるがいゝ。かう決心《けつしん》して、虎《とら》の首《くび》にしつかりとしがみつきました。

虎《とら》は、もうしめ殺《ころ》されるか、もう叩《たゝ》き殺《ころ》されるかとビク〳〵してゐる時《とき》、首《くび》を強《つよ》くしめられたので、そら、いよ〳〵殺《ころ》されるわいと、もう覺悟《かくご》をしてゐましたが、あまり強《つよ》くしめられるので呼吸《いき》が苦《くる》しい。じつとしてはゐられないから、急《きふ》に飛《と》び出《だ》しました。

泥棒《ごろぼう》は、

『そら、いよ〱虎《とら》が暴《あば》れ出《だ》した。わしを振《ふ》り落《おと》してかみ殺《ころ》さうとしてゐるんだな。』

かう思《おも》ふと、恐《おそ》ろしくてたまりませんから、いよ〱しつかりと首《くび》に抱《だ》きつきました。

虎《とら》はもうたまりません。しかし一生懸命《しようけんめい》になつて山《やま》の方《はう》へ飛《と》び出《だ》しました。そうしてどうかして此《こ》のコカムを振《ふ》り落《おと》したいと思《おも》つて、高《たか》く飛《と》び上《あが》るやら、高《たか》い崖《がけ》から飛《と》び下《お》りるやらしました。

牛泥棒《うしごろぼう》は、そんな時《とき》はもうこれまでだと覺悟《かくご》して、眼《め》を閉《と》ぢて、念佛《ねんぶつ》を稱《とな》へてゐました。しかし虎《とら》の首《くび》だけは放《はな》しません。

虎《とら》はごん〱山《やま》の奥《おく》へ入《はい》つて行《ゆ》きます。

『ははあ、巣《す》につれて行《い》つて食《た》べようとしてゐるんだな。どうかして逃《に》げること

が出來《でき》んものだらうか。』

泥棒《どろぼう》は色々《いろ〳〵》と逃《に》げることを考《かんが》へてゐる中《うち》に、虎《とら》が大《おほ》きな木《き》の下《した》を通《とほ》る時《とき》、そこにつき出《で》てゐる木《き》の枝《えだ》にヒラリと飛《と》びついて、手早《てはや》くその枝《えだ》の上《うへ》に登《のぼ》りました。

『あゝ、やつと助《たすか》つた。怖《こは》い〳〵。もう少《すこ》しの所《ところ》でひどい目《め》に會《あ》ふ所《ところ》だつた。』

胸《むね》を撫《な》で下《おろ》してほつと一息《ひといき》つきました。しかし木《き》の上《うへ》で愚圖々々《ぐづ〳〵》してゐて、又《また》虎《とら》に見《み》つかつては大變《たいへん》と、木《き》の下《した》に洞穴《ほらあな》があつたので、その中《なか》へかくれました。

三

虎《とら》は虎《とら》で、急《きふ》に背《せ》が輕《かる》くなつたので、

『おや、コカムは何所《どこ》かへ逃《に》げたらしいぞ。やれうれしや、これでやつと助《たすか》つた。こんなに恐《おそ》ろしい目《め》に會《あ》つたのは初《はじ》めてだ。でもうか〳〵してゐて、又《また》コカムに見《み》つかつては大變《たいへん》だから早《はや》く逃《に》げよう。』

一散《いつさん》に飛《と》んで山《やま》の頂上《ちやうじやう》までやつて來《き》ました。丁度《ちやうど》その時夜《ときよ》が明《あ》けて、あたりが明《あか》るくなりました。虎《とら》はその邊《へん》をキョロ〳〵と見廻《みまは》して、さも安心《あんしん》したらしく、どつかと腰《こし》を下《おろ》して休《やす》んでゐました。

その時下《ときした》の方《はう》で、ガサ〳〵と云《い》ふ音《おと》がしましたので、虎《とら》はびつくりして、飛《と》び上《あが》つて逃《に》げ出《だ》さうとすると、

『虎《とら》さん〳〵、どうしたんです、馬鹿《ばか》にビク〳〵して。』

と云《い》ふ聲《こゑ》に、ヒョイと後《うしろ》を向《む》いて見《み》ると、小《ちひ》さな兎《うさぎ》です。

『何《なん》だ、兎公《うさこう》か。びつくりさすぢやないか。』

『いつも自慢《じまん》の虎《とら》さんが、此《こ》の小《ちひ》さな兎《うさぎ》にびつくりするとはどう云《い》ふわけですか。』

『今《いま》、それは〳〵恐《おそ》ろしいものに出會《であ》つて、も少《すこ》しでしめ殺《ころ》される所《ところ》だつたもんだからね、それで、又《また》そいつが來《き》たかと思《おも》つたのさ。』

『そんなに恐《おそ》ろしいものつて何《なん》ですか。』

『あのコカムだよ。』

『コカム? 聞《き》いたことがないなあ。』

『コカムを知《し》らないのか。世界《せかい》で一番強《いちばんつよ》い奴《やつ》だ。わしの姿《すがた》を見《み》て逃《に》げないものはないんだが、此《こ》のコカムはわしを見《み》るとわしの背《せ》にヒラリと飛《と》び乗《の》つて、此《こ》の首《くび》をしつかりとしめつけるんだ。もう少《すこ》しでわしの呼吸《いき》が止《とま》る所《ところ》だつたよ。』

『へえ、そんな強《つよ》いコカムと云《い》ふものはどんな形《かたち》をしてゐるんですか。』

『さあ、どんな形《かたち》だつたかなあ。實《じつ》はあんまり恐《おそ》ろしいので、よくその形《かたち》を見《み》なかつたんだ。』

『まあ、いつも強《つよ》い虎《とら》さんに似合《にあ》はない。姿《すがた》も見《み》ないで逃《に》げて來《く》るなんてをかしいなあ。』

『何分恐《なにぶんおそ》ろしいんで、只《たゞ》逃《に》げることばかり考《かんが》へてゐたもんだから、姿《すがた》なんか見《み》て

はゐられなかつたよ。』

『してそのコカムは何處《どこ》へ行《い》つたんですか。』

『ついその下《した》の木《き》の枝《えだ》に止《とま》つてゐるらしいね。』

『ぢや、私《わたし》一《ひと》つどんなものか見《み》て來《き》ませう。』

『おい〳〵、止《よ》せよ。生意氣《なまいき》なことをするもんぢやないよ。お前達《まへたち》だつたら一《ひと》つまみにつまみ殺《ころ》されるぞ。』

『いや、大丈夫《だいぢやうぶ》。若《も》しかやつて來《き》たら、此《こ》の早足《はやあし》で逃《に》げるだけですよ。』

兎《うさぎ》は平氣《へいき》で木《き》の下《した》まで來《き》て、上《うへ》を見上《みあ》げたが何《なに》も見《み》えません。どこにゐるんだらうと方々《はう〴〵》を探《さが》して見《み》ると、木《き》の下《した》の洞穴《ほらあな》に人間《にんげん》がゐます。

『何《なん》だ、人間《にんげん》ぢやないか。虎《とら》さんはどうしてこんな者《もの》を恐《おそ》れたんだらう。變《へん》だなあ。一《ひと》つ虎《とら》さんに食《た》べさしてやらう。それにしても逃《に》げるといけないから、わしのお尻《しり》で此《こ》の穴《あな》に蓋《ふた》をしておいて、虎《とら》さんを呼《よ》んでやらう。』

かう云《い》ひながら、穴《あな》の所《どころ》にお尻《しり》でしつかりと蓋《ふた》をしました。

　これを聞《き》いた牛泥棒《うしどろぼう》は驚《おどろ》きました。

『今度《こんど》こそ虎《とら》の餌食《ゑじき》かな。そんなことになつては大變《たいへん》だ。』

かう思《おも》つて、兎《うさぎ》のお尻《しり》の蓋《ふた》がされない様《やう》にと、兎《うさぎ》の尾尻《しつほ》をしつかと握《にぎ》つて、

『うーん！』

と中《なか》の方《はう》へ引《ひ》つ張《ぱ》りました。

　兎《うさぎ》は尻尾《しつほ》を引張《ひつぱ》られて、痛《いた》くてたまりません。

『あつ、いたい〱。』

大《おほ》きな聲《こゑ》を立《た》てゝ泣《な》き出《だ》しました。

　これを聞《き》いた虎《とら》は、

『それみろ、兎《うさぎ》がコカムにやられた。愚圖《ぐづ》〱してゐると又《また》やつて來《く》るぞ。早《はや》く遠《とほ》くへ逃《に》げよう。』

どん〳〵逃《に》げて行《い》つてしまひました。

兎《うさぎ》は尻尾《しつほ》を引《ひ》つ張《は》られて、痛《いた》くてたまりません。そしてだん〳〵體《からだ》までも中《なか》へ入《はい》りさうになつて來《き》たので、

『これは大變《たいへん》だ、命《いのち》には代《か》へられない。』

兎《うさぎ》は命《いのち》かぎりの力《ちから》を出《だ》して、後足《あとあし》で跳《は》ね上《あが》つたので、尻尾《しつほ》はプッリと切《き》れて、やうやく逃《に》げて行《ゆ》くことが出來《でき》ました。

結

兎《うさぎ》の尻尾《しつほ》はその時《とき》から短《みじか》くなつたと云《い》ふことです。

金の實、石の實

枕

浦島太郎《うらしまたらう》さんは、龍宮《りうぐう》へ行《ゆ》く時《とき》何《なに》に乘《の》つて行《ゆ》きましたかね。(間) さう、龜《かめ》に乘《の》つて行《ゆ》きました。ところが朝鮮《てうせん》にも、龜《かめ》についての面白《おもしろ》いお話《はなし》があります。しかしこれは海《うみ》の龜《かめ》ではなくて、川《かは》の龜《かめ》のお話《はなし》です。

一

朝鮮《てうせん》の或《あ》る町《まち》はずれに、相當《さうたう》な暮《くら》しをしてゐる一家《か》がありました。

お父《とう》さんお母《かあ》さんと男《をとこ》の子《こ》が三人《にん》、女《をんな》の子《こ》が一人《ひとり》で六人暮《にんぐら》し。お父《とう》さんの生《い》きてゐる間《あひだ》は、何《なに》も變《かは》つたことはありませんでしたが、お父《とう》さんがお亡《な》くなりにな

ると、一番《ばん》の兄《にい》さんの甲萬《かふまん》さんは、お父《とう》さんの殘《のこ》しておいた家《いへ》やお金《かね》や田畑《たはた》を皆《みな》自分《じぶん》のものにしようと云《い》ふ、大變惡《たいへんわる》い考《かんが》へを起《おこ》しました。そしてお母《かあ》さんや弟《おとうと》や妹《いもうと》を、毎日苛《まいにちいぢ》めるのです。苛《いぢ》めるばかりか、御飯《ごはん》さへもろく〳〵食《た》べさせません。次《つ》ぎの弟《おとっと》の徳萬《とくまん》さんは親孝行《おやかうかう》で、弟《おとうと》や妹《いもうと》を可愛《かはい》がつてゐましたが、兄《にい》さんの此《こ》のやり方《かた》を見《み》て、

『兄《にい》さん、あんまりですよ。私《わたし》はどんなに苦《くる》しい目《め》に會《あ》つてもかまひませんが、お母《かあ》さんや弟《おとうと》や妹《いもうと》たちには、御飯《ごはん》だけは食《た》べさしておやりなさい。』

『何《なに》を云《い》ふんだい、弟《おとうと》のくせに。家《いへ》と云《い》ふものは、父親《ちゝおや》がなくなれば一番上《ばんうへ》の男《をとこ》の子《こ》が主人《しゆじん》になるに決《きま》つてゐるではないか。此《こ》の家《いへ》の主人《しゆじん》はわしだ。わしの家《いへ》だからわしの自由《じいう》にする。不足《ふそく》があるなら皆《みんな》で出《で》て行《ゆ》け。』

『まあ、そんなひどいことを云《い》ふもんぢやありませんよ。私《わたし》は一人《ひとり》で出《で》ても行《ゆ》きませうが、他《ほか》の者《もの》は出《で》て行《い》つた所《ところ》で働《はたら》けもしませんから、困《こま》るぢやありません

か。』

『困《こま》るなら默《だま》つてゐろ。』

『だつて年老《としと》つたお母《かあ》さんや、年《とし》の行《ゆ》かない弟達《おとうとたち》が可哀《かはい》さうですもの。』

『可哀《かはい》さうならお前《まへ》が勝手《かつて》に可愛《かあい》がつてやれ、わしは知《し》らんよ。』

こんな風《ふう》で、一向《かう》とり合《あ》ひません。そしてだん〳〵そのやり方《かた》がひどくなつて來《き》ます。お母《かあ》さんや弟達《おとうとたち》は皆物置《みなものおき》の中《なか》へ入《い》れてしまつて、座敷《ざしき》の方《はう》へは來《こ》ないようにするし、御飯《ごはん》も日《ひ》に一度《ど》しか食《た》べさせません。

あまりの仕打《しうち》に、素直《すなほ》な德萬《とくまん》さんもたまりかねて、

『兄《にい》さん、大恩《だいおん》あるお母《かあ》さんをあんな目《め》に會《あ》はし、同《おな》じ腹《はら》から生《うま》れた弟《おとうと》や妹《いもうと》をあんなひどい事《こと》をして、それで兄《にい》さんは人間《にんげん》と云《い》へますか。どうか心《こゝろ》を入《い》れかへて、お母《かあ》さんを大切《たいせつ》にしてお上《あ》げなさい。弟《おとうと》や妹《いもうと》が一人前《にんまへ》になるまで世話《せわ》をしてやつて下《くだ》さい。そのために兄《にい》さんがお父《とう》さんに代《かは》つて主人《しゆじん》になるんぢやあり

ませんか。お願《ねが》ひです、お願《ねが》ひです。』

涙《なみだ》を流《なが》し、兩手《りやうて》をついての 弟《おとうと》の願《ねが》ひも、情《なさけ》のない甲萬《かふまん》さんの心《こゝろ》にはちつともこたへません。

『うるさいね。そんなことわしは知《し》らんよ。わしのやり方《かた》が悪《わる》いなら、皆《みんな》で出て行《い》つてくれ。いや、もう今日《けふ》はわしの方《はう》からお願《ねが》ひする。いつも〳〵そんな事《こと》を云《い》はれると面倒《めんだう》だから、今日《けふ》限《かぎ》り皆《みんな》に出《で》て行《い》つて貰《もら》ふ。さあ、一時《とき》も早《はや》く出《で》て行《い》つてくれ。わしも邪魔《じやま》者拂《ものはら》ひしていゝから。』

『皆出《みなで》て行《ゆ》けとおつしやるんですか。』

『うん、出《で》て行《い》つて貰《もら》ふ。わしの家《いへ》にはゐて貰《もら》ふまい。』

『それは本氣《ほんき》ですか。』

『うそは云《い》はん。』

『あんまりです、あんまりです。年老《としと》つた親《おや》を追《お》ひ出《だ》し、一本立《ほんだ》ちも出來《でき》ない弟《おとうと》

や妹《いもうと》を追《お》ひ出《だ》すなんて、三千世界《ぜんせかい》にそんな人《ひと》がありますか。』

『あるから仕方《しかた》がない。さつさと出《で》て行《い》つてくれ。出《で》て行《い》かなきや叩《た》き出《だ》すぞ。』

『出《で》て行《ゆ》きます。私《わたし》の腕《うで》一本《ほん》でお母《かあ》さんや弟達《おとうとたち》を養《やしな》つて行《い》きます。だが兄《にい》さん、それであなたにいゝ報《むくい》が來《き》ませうか。』

『いゝ報《むくい》が來《こ》ようと、悪《わる》い報《むくい》が來《こ》ようと、お前《まへ》のお世話《せわ》にならん。一旦《たん》出《で》て行《ゆ》けば赤《あか》の他人《たにん》だ。いらんおせつかいは止《や》めて貰《もら》はう。それよりも、一時《とき》も早《はや》く出《で》て行《い》つたがいゝ。』

『ぢや兄《にい》さん、お暇《いとま》します。お體《からだ》を大切《たいせつ》にして、お父《とう》さんのお墓《はか》のお世話《せわ》を願《ねが》ひます。』

『うるさいね。わしのことはどうでもいゝ。默《だま》つて出《で》て行《ゆ》け。』

徳萬《とくまん》さんは、お母《かあ》さんと弟《おとうと》と妹《いもうと》をつれて、住《す》みなれた家《いへ》を出《で》て行《ゆ》きました。そして町《まち》の近《ちか》くに來《き》て、小《ちひ》さな家《いへ》を借《か》りて住《す》みました。

固《もと》より、家《いへ》を出《で》る時《とき》に一文《もん》のお金《かね》だつて貰《もら》つてゐませんから、資本《もとで》がないのでこれと云《い》ふよい仕事《しごと》もありません。

チゲ（『不思議な扇子』の枕参照）一つ背負《せお》つて、朝早《あさはや》くから山《やま》に出《で》かけて、薪《たきゞ》を取《と》つては町《まち》に賣《う》り出《だ》して儲《まう》ける僅《わづ》かのお金《かね》で、一家《か》を支《さゝ》へてゐました。

二

或《あ》る日《ひ》のこと、徳萬《とくまん》さんはいつもの様《やう》に山《やま》へ出《で》かけて、薪《たきゞ》を取《と》つてゐる中《うち》に、すつかり疲《つか》れて來《き》ましたので、谷川《たにがは》の側《そば》の岩《いは》の上《うへ》に腰《こし》を下《おろ》して休《やす》んでゐると、ポツツと云《い》ふ音《おと》がして、コロ〳〵と徳萬《とくまん》さんの足下《あしもと》に落《お》ちたものがあります。

『何《なん》だらう。』

と見《み》ると栗《くり》です。

『これは有難《ありがた》い。』

と拾《ひろ》ひ上《あ》げて、

『これはお母《かあ》さんに。』

といふと、どこかで、

『これはお母《かあ》さんに。』（小さい聲）

『おや、誰《だれ》か私《わたし》の眞似《まね》をした様《やう》だぞ。こんな所《ところ》へ人《ひと》は來《き》てゐまいに。變《へん》だな、山《やま》彦《びこ》にしてはあんまり近《ちか》いが。』

と思《おも》つてゐると、又《また》ポツツ、コロ〳〵と栗《くり》が一《ひと》つ。

『又栗《またくり》だ。』

拾上《ひろひあ》げて、

『これは弟《おとうと》に。』

といふと、

『これは弟《おとうと》に。』（小さい聲）

『おや、又眞似《またまね》したぞ。變《へん》だなあ。』
又栗《またくり》が落《お》ちました。拾《ひろ》ひ上《あ》げて、
『これは妹《いもうと》に。』
『これは妹《いもうと》に。』(小さい聲)
『いよ〳〵をかしいぞ。待《ま》て〳〵、何《なに》かゐるに違《ちが》ひない。一つ探《さが》してやらう。』
そこらを探《さが》して見《み》ると、向《むか》ふの小《ちひ》さい岩《いは》の上《うへ》に龜《かめ》がゐます。
『龜《かめ》がゐる。これが物《もの》を言《い》つたのか知《し》ら。それにしては不思議《ふしぎ》だなあ。』
すると龜《かめ》は首《くび》を長《なが》く延《の》ばして、
『不思議《ふしぎ》だなあ。』
といひます。德萬《とくまん》さんはびつくりしました。
『これだ〳〵。妙《めう》な龜《かめ》だなあ。これは珍《めづら》しい、一《ひと》つ持《も》つて行《い》つて皆《みんな》に見《み》せてやらう。』

徳萬《とくまん》さんは龜《かめ》を懷《ふところ》に入《い》れて、町《まち》に歸《かへ》つて來《き》ました。

『皆《みな》さん、珍《めづら》しい龜《かめ》、物言《ものい》ふ龜《かめ》を御覽下《ごらんくだ》さい。』

大《おほ》きな聲《こゑ》で云《い》ふと、町《まち》を通《とほ》つてゐる人《ひと》も、家《いへ》の中《なか》にゐる人《ひと》も、そこらの人《ひと》は皆《みな》集《あつま》つて來《き》ました。

徳萬《とくまん》さんは龜《かめ》を懷《ふところ》から取出《とりだ》して、

『これはお母《かあ》さんに。』

と云《い》ふと、龜《かめ》は首《くび》を長《なが》く延《の》ばして、

『これはお母《かあ》さんに。』

見物人《けんぶつにん》は驚《おどろ》いて見《み》てゐます。

『こんなものは初《はじ》めてだ。不思議《ふしぎ》だなあ。』

すると龜《かめ》は、

『不思議《ふしぎ》だなあ。』

見物人《けんぶつにん》は大喜《おほよろこ》び。だん〳〵澤山《たくさん》集《あつま》つて來《き》て、おすな〳〵の大騷《おほさは》ぎです。すると龜《かめ》も、

『おすな、おすな。』

と云《い》ひます。

『おい、靜《しづ》かにしろ、龜《かめ》がおすな〳〵と云《い》つてるぞ。』

皆《みんな》がやつと靜《しづ》かになる。後《うしろ》の者《もの》は見《み》えませんから、

『前《まへ》の者《もの》はしやがめ〳〵。』

すると龜《かめ》も、

『前《まへ》の者《ちの》はしやがめ〳〵。』

前《まへ》の者《もの》は皆《みんな》しやがみます。

『こんな珍《めづら》しいものは滅多《めつた》に見《み》られない。お金《かね》を出《だ》さうぢやないか。』

と一人《ひとり》が云《い》ふと、皆《みんな》は、

『さうぢや〱。』
すると龜《かめ》も、
『さうぢや〱。』
皆《みんな》はお金《かね》をバラ〱と投《な》げ出《だ》します。
德萬《とくまん》さんはそれを拾《ひろ》つたが、帽子《ぼうし》に一杯《はい》になりました。
『もう結構《けつこう》です。』
と云《い》ふと、
『もう結構《けつこう》です。』
と龜《かめ》もいふ。德萬《とくまん》さんは、
『明日《あす》又來《またき》ます。さよなら。』
といふと、龜《かめ》も、
『さよなら。』

見物人《けんぶつにん》は皆不思議《みなふしぎ》だ〳〵と云《い》つて、この龜《かめ》のことは大評判《おほひやうはん》になりました。

德萬《とくまん》さんは、これからは毎日龜《まいにちかめ》を持《も》つて町《まち》に出《で》て、見世物《みせもの》にして澤山《たくさん》のお金《かね》を儲《まう》け、お母《かあ》さんや弟達《おとうとたち》と安樂《あんらく》に暮《くら》せるやうになりました。

三

或《あ》る日《ひ》、一度《ど》も來《き》たことのない兄《にい》さんの甲萬《かふまん》さんがやつて來《き》ました。

『德萬《とくまん》、ゐるかい。』

『おゝ、これは兄《にい》さんですか。しばらくですな。』

『お前《まへ》は此頃《このごろ》うまいことをやつてゐるさうだな。大分《だいぶ》お金《かね》も儲《まうか》つたらうなあ。』

『ハイ、此《こ》の龜《かめ》のお蔭《かげ》でね。』

『所《ところ》で德萬《とくまん》、わしに願《ねが》ひがあるが聞《き》いてくれまいか。』

『私《わたし》に出來《でき》ることでしたら何《なん》でもいたします。』

『さうか、それは有難《ありがた》い。他《ほか》でもないが、その龜《かめ》をしばらく私《わし》に貸《か》してくれないか。』

『この龜《かめ》を？　それは一寸困《ちよつとこま》りますな。』

『何故困《なぜこま》るんだい。お前《まへ》はもう澤山《たくさん》お金《かね》を儲《まう》けたんぢやないか。』

『だつて兄《にい》さんは亂暴《らんばう》だから、龜《かめ》を苛《いぢ》めるでせう。』

『なに、苛《いぢ》めるもんか。お金《かね》を儲《まう》けさしてくれるんだから大切《だいじ》にするよ。』

たうとう兄《にい》さんは、弟《おとうと》がまだ貸《か》すとも何《なん》とも云《い》はない中《うち》に、その龜《かめ》をとつてしまひました。そしてどん／＼走《はし》つて町《まち》に來《く》ると、大聲《おほごゑ》で、

『皆《みな》さん、珍《めづら》しい龜《かめ》、物言《ものい》ふ龜《かめ》を御覽下《ごらんくだ》さい。』

町《まち》の人《ひと》たちは、それ、評判《ひやうばん》の物言《ものい》ふ龜《かめ》が來《き》たと云《い》ふので集《あつま》つて來《き》ます。

『おや、此《こ》の人《ひと》は前《まへ》の人《ひと》とは違《ちが》ふぞ。物云《ものい》ふ龜《かめ》が他《ほか》にもゐるんかな。』

不思議《ふしぎ》に思《おも》つて見《み》てゐます。

『えゝ、これからこの龜《かめ》に物《もの》を云《い》はせます。首尾《しゆび》よく申《まを》しましたらお金《かね》をたくさんやつて下《くだ》さい。』

初《はじ》めからお金《かね》のことを云《い》つてゐます。

『おい、龜《かめ》さん、しつかりやつておくれよ。うまく言《い》つたらお前《まへ》の好《す》きなお酒《さけ》をたんとやるからな。』

龜《かめ》の背《せ》を撫《な》でながら、

『これはお母《かあ》さんに。』

するとすぐ續《つゞ》いて、

『これはお母《かあ》さんに。』

と云《い》ふかと思《おも》ふと大違《おほちが》ひ、龜《かめ》は首《くび》を甲《かふ》の中《なか》へ引《ひ》つこめてしまひました。

甲萬《かふまん》さんは、

『おい、何故《なぜ》言《い》はないんだ。』(小聲に)

『これはお母《かあ》さんに。』（大聲に）

けれども龜《かめ》は、首《くび》を引《ひ》つ込《こ》めたきり二度《ど》と出《だ》しません。

見物人《けんぶつにん》はガヤ〳〵騒《さは》ぎ出《だ》しました。

『どうしたんだい〳〵。』

『何故《なぜ》早《はや》く言《い》はせないんだ。』

『お前《まへ》は贋《にせ》ぢやないか。』

『嘘《うそ》つきは酷《ひど》い目《め》に會《あ》はせてやるぞ。』

氣《き》の早《はや》い見物人《けんぶつにん》は、腕《うで》まくりをして甲萬《かふまん》さんの前《まへ》へ出《で》て來《き》ました。

『ハイ〳〵、只今《ただいま》言《い》はせますから、少々《せう〳〵》お待《ま》ち下《くだ》さい。』

『おい、龜公《かめこう》、今度《こんど》云《い》はないとひどい目《め》に會《あ》はせるぞ。今度《こんど》こそ言《い》ふんだぞ。いいか。これはお母《かあ》さんに。』（此の句だけ特にゆつくり大きく）

しかし龜《かめ》は動《うご》きもしません。見物人《けんぶつにん》は益々《ますます》騒《さは》ぐばかり。

『何《なん》だい、人《ひと》を集《あつ》めておいて、嘘《うそ》つき奴《め》が、太《ふと》い奴《やつ》だ。』

『やつつけろ〳〵。』

もう見物人《けんぶつにん》は我慢出來《がまんでき》ないで、甲萬《かふまん》さんを打《う》つ、蹴《け》る、ひどい目《め》に會《あ》はせました。甲萬《かふまん》さんはやつと皆《みんな》の中《なか》をくゞつて逃《に》げ出《だ》しました。そして町端《まちはづ》れまでくると龜《かめ》を取《と》り出《だ》して、

『えらい目《め》に會《あ》つた。これと云《い》ふのもお前《まへ》が物《もの》を云《い》はないからだ。覺《おぼ》えて居《ゐ》ろ、こん畜生《ちくしやう》め！』

大《おほ》きな石《いし》の上《うへ》に、龜《かめ》を強《つよ》く叩《たゝ》きつけたからたまりません。龜《かめ》は碎《くだ》けて死《し》んでしまひました。

四

弟《おとうと》の德萬《とくまん》さんは、いくら待《ま》つても兄《にい》さんが龜《かめ》を返《かへ》しに來《こ》ないので、兄《にい》さんの

家《いへ》へやつて來《き》ました。

『兄《にい》さん、あの龜《かめ》を返《かへ》して下《くだ》さい。』

德萬《とくまん》さんを見《み》ると、兄《にい》さんはぷん〳〵怒《おこ》つて、

『何《なん》だ、龜《かめ》を返《かへ》せと？　この噓《うそ》つき奴《め》が、よくもわしを欺《だま》したな。』

『どうしてそんなに怒《おこ》つてゐるんですか。いつ私《わたし》が兄《にい》さんを欺《だま》しました。』

『いつ欺《だま》したか分《わか》つてゐるぢやないか。物云《ものい》ひもしない龜《かめ》を、物云《ものい》ふと云《い》つて貸《か》したぢやないか。お蔭《かげ》でわしはひどい目《め》に會《あ》つたぞ。』

『どうしたんです。ぢや龜《かめ》が物《もの》を言《い》はなかつたんですか。』

『どうしたもこうしたもないもんだ。あんな贋《にせ》の龜《かめ》を貸《か》しておいて、龜《かめ》を返《かへ》せなんてよくも言《い》へたもんだね。』

『ほんとの龜《かめ》、贋《にせ》の龜《かめ》と云《い》つたつて、あれ一匹《ぴき》しかゐないんですもの。どうかお返《かへ》し下《くだ》さい。』

『誰《だれ》があんなものを持《も》つてゐるもんか。』

『ぢや、どこかへやつたんですか。』

『叩《たゝ》き殺《ころ》してしまつた。』

『えつ？ 殺《ころ》してしまつたんですか。まあ、可哀《かはい》さうに。』

徳萬《とくまん》さんは驚《おどろ》いたが、仕方《しかた》がないからその龜《かめ》を殺《ころ》した所《ところ》へ行《い》つて、その死骸《しがい》を拾《ひろ》つて來《き》て、土《つち》の中《なか》に埋《う》めて、その上《うへ》に木《き》を削《けづ》つてお墓《はか》を立《た》てゝやりました。

翌朝《よくあさ》起《お》きて行《い》つてみると、そのお墓《はか》の木《き》が、昨日《きのふ》よりも大《おほ》きくなつてゐる様《やう》です。

『おや、此《こ》の墓《はか》の木《き》はこんなに大《おほ》きくはなかつた筈《はず》だが。枯木《かれき》だから大《おほ》きくなるわけはないがなあ。』

次《つぎ》の朝《あさ》行《い》つて見《み》ると、又《また》ずつと大《おほ》きくなつてゐます。

『おや、これは不思議《ふしぎ》だ。確《たしか》に大《おほ》きくなつてゐる。』

その木《き》は毎日《まいにち》〳〵だん〳〵大《おほ》きくなつて、枝《えだ》が出《で》る、葉《は》が出《で》る、美《うつく》しい花《はな》が咲《さ》く。花《はな》が落《お》ちると眞丸《まんまる》い大《おほ》きな實《み》が三つ生《な》りました。それがだん〳〵大《おほ》きくなつて黄色《きいろ》くなる。もう西瓜《すゐくわ》のやうに大《おほ》きくなりました。黄色《きいろ》はだん〳〵金色《きんいろ》にかはつて、キラ〳〵光《ひか》つてゐます。

『珍《めづら》しいものが生《な》つた。きつと旨《うま》いに違《ちが》ひない。あの色《いろ》はキラ〳〵光《ひか》つて、まるで金貨《きんくわ》の樣《やう》だ。もう熟《じゆく》したんだらう。一《ひと》つ取《と》つて見《み》よう。』

徳萬《とくまん》さんがその木《き》に登《のぼ》つて一《ひと》つ取《と》りましたが、重《おも》くて〳〵持《も》ち切《き》れない位《くらゐ》。やつと持《も》つて下《お》りて來《き》て、庖丁《はうちやう》で割《わ》らうとしましたが、庖丁《はうちやう》の刃《は》が立《た》ちません。仕《し》方《かた》がないから、口《くち》で嚙《か》みついて見《み》ましたが、齒《は》がいたくなるばかりです。

試《ため》しに庖丁《はうちやう》の刃《は》で叩《たゝ》いて見《み》ると、チン〳〵カン〳〵といふ音《おと》がします。

『やつ、これは金《きん》だぞ。』

徳萬《とくまん》さんは驚《おどろ》きました。お母《かあ》さんも弟《おとうと》も妹《いもうと》も大喜《おほよろこ》び。三つの大《おほ》きな金《きん》の

塊《かたまり》を賣《う》つて、德萬《とくまん》さんは大金持《おほがねもち》になりました。

五

慾《よく》の深《ふか》い甲萬《かふまん》さんは、これを聞《き》いてぢつとしてはゐられなくなり、早速德萬《さつそくとくまん》さんの家《うち》へやつて來《き》ました。

『金《きん》の塊《かたまり》が生《な》つたさうだな。わしにその木《き》の枝《えだ》をくれないか。』

『あゝ、よろしうございます。いくらでも持《も》つておいでなさい。』

甲萬《かふまん》さんは大《おほ》きな枝《えだ》を切《き》つて、自分《じぶん》の家《うち》の裏《うら》へ植《う》ゑました。

木《き》は見《み》る／＼中《うち》に大《おほ》きくなりました。花《はな》が咲《さ》く。三つ實《み》が生《な》る。眞丸《まんまる》い青《あを》い實《み》がだん／＼大《おほ》きくなるにつれて、黄色《きいろ》にはならないで黒《くろ》くなつて來《き》ます。

『おや、金色《きんいろ》にはならないのかなあ。まるで土《つち》か石《いし》の樣《やう》だなあ。』

しかし色《いろ》は惡《わる》いが、大《おほ》きくなるわ／＼。まるで牛《うし》の腹《はら》の樣《やう》に大《おほ》きくなりまし

た。

『うまいぞ。あんなに大《おほ》きくなつたのだから、外《そと》の色《いろ》は惡《わる》くとも、きつと中《なか》には寶物《たからもの》や、金貨《きんくわ》や銀貨《ぎんくわ》が入《はい》つてゐるんだらう。一《ひと》つとつて見《み》よう。』

梯子《はしご》をかけて一段上《だんのぼ》ると、その木《き》がぶる〳〵と震《ふる》へたと思《おも》ふと、ドシンと大《おほ》きな音《おと》がして、ガラ〳〵ドタン！

見《み》ると甲萬《かふまん》さんの大切《たいせつ》なお米《こめ》の入《はい》つてゐるお倉《くら》が粉微塵《こなみぢん》。

『一《ひと》つ落《お》ちたんだな。あれは腐《くさ》つてゐたんだな。倉《くら》はつぶれたがまだ二《ふた》つあるから、あれから寶物《たからもの》が出《で》れば、あんな倉《くら》は二十でも三十でも建《た》つ。よし、今度《こんど》はあつちのを取《と》つてやらう。』

梯子《はしご》を又一段上《またいちだんのぼ》ると、木《き》がぶる〳〵と震《ふる》へて、ドシン！　又落《またお》ちたなと思《おも》ふ間《ま》もなく、ガラ〳〵ドタン！

今度《こんど》は甲萬《かふまん》さんのお家《うち》が粉微塵《こなみぢん》。

『なんだ、あれも腐《くさ》つてゐたのか。家《いへ》や倉《くら》はつぶれても、あの一《ひと》つがあれば、家《いへ》の二十や三十は建《た》てられる。あれは大丈夫《だいぢやうぶ》だらう。』

甲萬《かふまん》さんは、眞上《まうへ》に生《な》つてゐる殘《のこ》りの一《ひと》つを取《と》るために、又梯子《またはしご》を一段上《だんのぼ》ると、木《き》がぶる〳〵。

ドシン！　今度《こんど》はガラ〳〵ともドタンとも云《い》はない。只《たゞ》、

『キヤツ！』

と一聲《ひとこゑ》、人《ひと》の叫《さけ》び聲《こゑ》がしたゞけでした。

結

最後《さいご》のは何處《どこ》へ落《お》ちたのでせう。そして甲萬《かふまん》さんはどうなつたのでせう。

パカチ

枕

これから朝鮮《てうせん》のお話《はなし》を一つ致《いた》しませう。朝鮮《てうせん》の田舍《ゐなか》に行《い》つて見《み》ると、よく女《をんな》の人《ひと》が頭《あたま》の上《うへ》に瓶《かめ》を載《の》せて、手《て》には大《おほ》きなお椀《わん》の樣《やう》なものを持《も》つて、水《みづ》を汲《く》みに行《ゆ》くのを見受《みう》けます。此《こ》のお椀《わん》の樣《やう》なものは、パカチといふ朝鮮《てうせん》によく出來《でき》る瓢簞《へうたん》の一種《しゆ》で、その中《なか》の實《み》をくり出《だ》して外《そと》の皮《かは》で作《つく》つたもので、水《みづ》を汲《く》む柄杓《ひしやく》の代《かは》りに使《つか》つたり、大《おほ》きなものはバケツ位《ぐらゐ》もあつて、その中《なか》で食器《しよくき》を洗《あら》ふ道具《だうぐ》に使《つか》つたりするのであります。朝鮮《てうせん》の田舍《ゐなか》では、このパカチは大切《たいせつ》なもの、重寶《ちようほう》なものとして有難《ありがた》がられるのです。それですから、此《こ》のパカチに就《つ》いては、昔《むかし》から色々《いろいろ》と面白《おもしろ》いお話《はなし》が傳《つた》はつてゐます。私《わたし》はその中《うち》の一つを致《いた》しませう。

一

昔朝鮮《むかしてうせん》の片田舎《かたゐなか》に、二人《ふたり》の兄弟《きやうだい》が住《す》んでゐました。兄《にい》さんの怒夫《のるぶ》さんはお金持《かねもち》でしたけれども、弟《おとうと》の興夫《ふんぶ》さんは大變貧乏《たいへんびんぼふ》でありました。

けれども慾《よく》の深《ふか》い情知《なさけし》らずの兄《にい》さんは、貧乏《びんぼふ》で困《こま》つてゐる弟《おとうと》の興夫《ふんぶ》さんを、ちつともかまつてくれません。正直《しやうぢき》で情深《なさけぶか》い興夫《ふんぶ》さんは、中々《なかなか》の働《はたら》き者《もの》でありましたが、運《うん》の惡《わる》い人《ひと》で、いくら働《はたら》いてもちつともお金《かね》がたまらないで、苦《くる》しいその日《ひ》〳〵を送《おく》つてゐました。こんな風《ふう》ですから、時《とき》には兄《にい》さんの所《ところ》へお金《かね》を借《か》りに行《ゆ》くことなどもあります。そんな時《とき》には、怒夫《のるぶ》さんはきまつて、

『馬鹿《ばか》、誰《だれ》がお前《まへ》に貸《か》す様《やう》なお金《かね》を持《も》つてゐるものか。お前《まへ》はいつも怠《なま》けて居《ゐ》るからそんなに貧乏《びんぼふ》するんだ。お金《かね》が欲《ほ》しけりや働《はたら》いたらいゝぢやないか。人《ひと》からお金《かね》を借《か》りた所《ところ》で、一文《もん》だつて返《かへ》すことも出來《でき》ん癖《くせ》に、よくもお金《かね》を借《か》りに來《き》た

ものだ。』

『きつとお返し〻ます。たつた三日の間ですから、それにお金もほんの僅かでいいんですから。』

『うるさいなあ。いくら少《すこ》しだつて貸《か》せないと云《い》つたら貸《か》せないよ。馬《うま》に食《く》はすお金《かね》はあつても、お前《まへ》に貸《か》すお金《かね》はないんだよ。早《はや》く歸《かへ》れ。いくらそこに立《た》つてゐたつて駄目《だめ》だよ。ぐづ〳〵してゐると叩《たた》き出《だ》すぞ。』

こんなに叱《しか》りつけて貸《か》さないくせに、田植《たうゑ》や刈入《かりいれ》の忙《いそが》しい時《とき》になると、輿夫《ふんぷ》さんを朝《あさ》から晩《ばん》までこき使《つか》つて仕事《しごと》をさせます。

『兄《にい》さん、私《わたし》も田《た》を植《う》ゑねばなりませんから、明日《あす》は來《こ》られませんよ。』

とでも云《い》はふものなら、眞赤《まつか》になつて怒《おこ》ります。

『何《なん》だ、弟《おとうと》のくせに。弟《おとうと》は弟《おとうと》らしく兄《あに》の命令《めいれい》に從《したが》つてゐればいゝんだ。生意氣《なまいき》云《い》ふと承知《しようち》しないぞ。』

素直《すなほ》な興夫《ふんぶ》さんは、兄《にい》さんに背《そむ》きません。しかしいくら働《はたら》いてもお金《かね》を呉《く》れるではなし、有難《ありがた》うを一口《くち》云《い》ふではありません。そこがいかん、こいつが駄目《だめ》だと叱言《こごと》を云《い》ふばかりです。

二

或《あ》る年《とし》の春《はる》、いつもの通《とほ》り南《みなみ》の遠《とほ》い國《くに》から、燕《つばめ》がたくさん飛《と》んで來《き》ました。そして小《ちひ》さい興夫《ふんぶ》さんの家《うち》の梁《はり》にも巣《す》を作《つく》つて、雛《ひな》が五羽《は》孵《かへ》りました。興夫《ふんぶ》さんは、

『まあ、こんな小《ちひ》さな家《うち》にもよく巣《す》を作《つく》つてくれたものだ。』

と云《い》つて、その燕《つばめ》の巣《す》を大切《たいせつ》にして、よく世話《せわ》をしてやりました。所《ところ》が雛《ひな》が大分《だいぶ》大《おほ》きくなつて、もう大方《おほかた》巣《す》立《だ》ちが出來《でき》るやうになつて、時々《ときどき》飛《と》ぶ稽古《けいこ》をしてゐましたが、その中《うち》の一羽《は》がどうしたことか、飛《と》ぶ拍子《ひやうし》に家《うち》の柱《はしら》にぶつかつて、下《した》に落《お》ちて來《き》ました。興夫《ふんぶ》さんが拾《ひろ》ひ上《あ》げてみると、一本《ほん》の足《あし》が折《を》れてゐました。

『これはいけない。可哀《かはい》さうに。』

興夫《ふんぶ》さんはすぐに藥《くすり》をつけて、色々《いろいろ》と介抱《かいはう》してやりました。お蔭《かげ》で燕《つばめ》の子《こ》は間《ま》もなく足《あし》も治《なほ》つて、大《おほ》きくなると親達《おやたち》と一緒《しよ》に、南《みなみ》の國《くに》へ飛《と》んで歸《かへ》りました。

その年《とし》の秋《あき》も暮《く》れ、冬《ふゆ》も過《す》ぎて、又新《またあたら》しい春《はる》が來《き》ました。興夫《ふんぶ》さんの家《うち》には、昨年《さくねん》のやうに燕《つばめ》が飛《と》んで來《き》て、巣《す》を作《つく》り始《はじ》めました。

『おゝ、又燕《またつばめ》が來《き》たわい。今年《ことし》は足《あし》を折《を》らないやうに、よく氣《き》を付《つ》けてやらねばいけない。』

こんなことを云《い》ひながら梁《はり》の上《うへ》を見上《みあ》げてゐますと、燕《つばめ》の巣《す》から何《なに》か小《ちひ》さなものが、興夫《ふんぶ》さんの足下《あしもと》に落《お》ちて來《き》ました。

『おや、何《なに》か落《お》ちた樣《やう》だぞ。(小さい粒を掌に拾ひ上げて見る身振)何《なん》だ、小《ちひ》さなパカチの實《み》ぢやないか。燕《つばめ》が持《も》つて來《き》てくれたのかしら。』

そのたつた一つのパカチの實《み》を、掌《てのひら》に載《の》せてよく見《み》ると、小《ちひ》さい金《きん》の文字《もじ》が彫《ほ》

りつけてあります。

『おや、何《なに》か字《じ》が書《か》いてあるぞ。小《ちひ》さいからよく見《み》えないな。何《なん》と云《い》ふ字《じ》かな。(目をこする身振)あゝ分《わか》つた。福《さいはひ》といふ字《じ》だな。妙《めう》だな。裏《うら》の方《はう》はどうかしら。(寶を裏返す身振) 小《ちひ》さい字《じ》がたくさん書《か》いてあるぞ。待《ま》て〱、眼鏡《めがね》がないと見《み》えんわい。』

興夫《ふんぶ》さんは眼鏡《めがね》をかけて讀《よ》んで見《み》ると、そこには『南《みなみ》の王《わう》より』と書《か》いてあります。

『こりや不思議《ふしぎ》だ。何《なん》でもいゝから早速《さつそく》植《う》ゑて見《み》やう。』

興夫《ふんぶ》さんはそれを裏《うら》の畑《はたけ》に蒔《ま》いて、水《みづ》をかけてやりました。翌日《よくじつ》起《お》きて畑《はたけ》に行《い》つて見《み》ると、驚《おどろ》きました。昨日《きのふ》蒔《ま》いたパカチがもう芽《め》をだしてゐます。

『もう芽《め》をだしてゐる。不思議《ふしぎ》だなあ。元氣《げんき》よささうだからすぐ大《おほ》きくなるだらう。』

又水《またみづ》をやりました。そして翌朝畑《よくあさはたけ》に行《い》つて見《み》ると、花《はな》が咲《さ》いてゐます。

『おや〳〵、もう花《はな》が咲《さ》いてゐる。どうしてこんなに早《はや》いんだらう。』

又水《またみづ》をやる。翌朝畑《よくあさはたけ》に行《い》つて見《み》ると、もうパカチが生《な》つてゐます。興夫《ふんぶ》さんはいよ〳〵驚《おどろ》きました。

『おや〳〵、實《み》が生《な》つてゐる。一つ、二つ、三つ、四つ、四つもなつてゐる。こんなに早《はや》く大《おほ》きくなるんなら、もう十日《か》もしたら、取《と》つてパカチを作《つく》つて町《まち》に賣《う》りに出《で》られるぞ。』

又水《またみづ》をかけてやる。そして翌朝《よくあさ》行《い》つて見《み》ると、もうこんなに（兩手で人頭大の輪を作つて示す）大《おほ》きくなつてゐます。

『これは不思議《ふしぎ》だ。こんなに大《おほ》きくなつてしまつた。こんな風《ふう》なら明日《あした》はされるだらう。』

興夫《ふんぶ》さんは樂《たの》しみにして水《みづ》をかけてやりました。そして翌朝《よくあさ》行《い》つて見《み》て、興夫《ふんぶ》

さんはびつくり。しばらくは聲《こゑ》も出《で》ません。

パカチは大《おほ》きく〳〵、こんなに（兩手一杯を左右に擴げて半圓を作る）大《おほ》きくなつてゐます。

『こんなパカチは生《うま》れてから見《み》たことがない。なんと大《おほ》きいんだらう。もう大丈夫《だいぢやうぶ》だ。こんな大《おほ》きな奴《やつ》でパカチを作《つく》つて町《まち》に持《も》つて行《ゆ》けば、きつとお金《かね》をたくさん貰《もら》へるだらう。』

と、大喜《おほよろこ》びで一つ取《と》つて、鋸《のこぎり》でひき割《わ》ることにしました。

三

興夫《ふんぶ》さんは大《おほ》きな鋸《のこぎり》を取《と》り出《だ》して、パカチを引《ひ》き割《わ》り始《はじ》めました。ギイコ、ギイコ、鋸《のこぎり》はだん〳〵深《ふか》く入《はい》つて行《ゆ》きます。（鋸を使ふ身振）

ギイコ、ギイコ、もう大方半分位《おほかたはんぶんぐらゐ》の所《ところ》まで鋸《のこぎり》が來《き》た時《とき》、パカチはボカッと自《ひとり》

然《で》に割《わ》れました。

『おやつ！』

と思《おも》ふ間《ま》もなく、中《なか》から青《あを》い衣服《きもの》を着《き》た美《うつく》しい子供《こども》が飛《と》び出《だ》して、どんな病氣《びやうき》にも效《き》くと云《い》ふ、不思議《ふしぎ》な藥《くすり》の入《はい》つてゐる袋《ふくろ》を興夫《ふんぶ》さんに渡《わた》して、かき消《け》すやうに姿《すがた》が消《き》えてしまひました。

不思議《ふしぎ》なことがあるものだと思《おも》ひながら、もう一つとつて割《わ》りますと、今度《こんど》のからはお家《うち》の中《なか》で入用《いりよう》な道具《だうぐ》は何《なん》でも出《で》て來《き》ました。机《つくゑ》や椅子《いす》、丼《どんぶり》や鍋《なべ》、茶椀《ちやわん》や蒲團《ふとん》、バケツや盥《たらひ》、きれいな衣物《きもの》や下駄《げた》や洋服《やうふく》や靴《くつ》、これでお家《うち》の道具《だうぐ》が皆揃《みなそろ》ひました。

『序《ついで》にもう一つ。』

今度《こんど》のからは、お米《こめ》や麥《むぎ》や、粟《あは》や豆《まめ》や、お金《かね》や寶物《たからもの》が溢《あふ》れるほど出《で》て來《き》ました。

興夫《ふんぶ》さんは夢《ゆめ》の樣《やう》に思《おも》ひながら、殘《のこ》りの一つを割《わ》りました。それからは何《なに》が出《で》

て來《き》たでせうか。たくさんの大工《だいく》さんや左官《さくわん》さんや石工《いしや》さんが出《で》て來《き》ました。

『正直々々《しやうぢき〳〵》、トントコトン、
働《はたら》け〳〵、エンヤラヤ、
情《なさけ》は人《ひと》のためならず、
トントコエンヤラドツコイショ！』

節面白《ふしおもしろ》く歌《うた》ひながら、槌《つち》の音《おと》、鑿《のみ》の音勇《おといさま》しく、見《み》る間《ま》に家《いへ》が建《た》つ、倉《くら》が立《た》つ、御門《ごもん》が出來《でき》る、お庭《には》が出來《でき》る、お池《いけ》が出來《でき》る。

それからは、興夫《ふんぶ》さんは幸福《かうふく》な日《ひ》を送《おく》ることが出來《でき》ました。

四

兄《にい》さんの乭夫《のるぶ》さんはこの事《こと》を聞《き》いて、

『興夫《ふんぶ》の奴《やつ》、旨《うま》いことをやつてゐやがる。私《わし》の所《ところ》へも燕《つばめ》が來《き》てくれゝばいゝに。』

これまでは燕《つばめ》が入《はい》つてくると、汚《きたな》い、うるさいと云《い》つて、燕《つばめ》を見《み》れば追《お》ひ出《だ》し、巣《す》を作《つく》れば叩《たゝ》きこはしてゐた怒夫《のるぶ》さん、急《きふ》に梁《はり》に燕《つばめ》の巣《す》を作《つく》れるやうな臺《だい》を作《つく》つて待《ま》つてゐました。

燕《つばめ》が來《き》ました。いゝ所《ところ》があると大喜《おほよろこ》びで、その臺《だい》の上《うへ》に巣《す》を作《つく》り、卵《たまご》が孵《かへ》つて五羽《は》の雛《ひな》が生《うま》れました。

『早《はや》く大《おほ》きくなつて足《あし》を折《を》つてくれゝばいゝなあ。』

怒夫《のるぶ》さんは、毎日《まいにち》燕《つばめ》の巣《す》の下《した》で、雛《ひな》が大《おほ》きくなつて怪我《けが》をするのを待《ま》つてゐましたが、中々《なか〳〵》落《お》ちて來《き》ません。たうとう一羽《は》の雛《ひな》を巣《す》から取《と》り出《だ》して、チーチク〳〵鳴《な》く雛《ひな》の足《あし》を無理《むり》にポキンと折《を》りました。

『これはいけない。可哀《かはい》さうに。』

と云《い》つて、藥《くすり》をつけてやりました。

雛《ひな》は大《おほ》きくなつて南《みなみ》の國《くに》へかへりました。そして翌年《よくねん》の春《はる》、怒夫《のるぶ》さんはもう來《く》

るか〳〵と待《ま》つてゐると、一羽《は》の燕《つばめ》が飛《と》んで來《き》ました。

『よし、來《き》たぞ。』

乭夫《のるぶ》さんの足下《あしもと》に、一粒《つぶ》のパカチの實《み》を落《おと》して、巣《す》も作《つく》らないでその儘《まゝ》飛《と》んで行《い》つてしまひました。

『おゝ、持《も》つて來《き》たな、有難《ありがた》い。』

乭夫《のるぶ》さんが拾《ひろ》ひ上《あ》げてみると、金《きん》の文字《もじ》が書《か》いてあります。

『よし〳〵、これだ。金《きん》の文字《もじ》があるから大丈夫《だいぢやうぶ》。』

乭夫《のるぶ》さんは、その文字《もじ》を讀《よ》みもしないで畑《はたけ》に植《う》ゑてしまひました。

皆《みな》さん、乭夫《のるぶ》さんの拾《ひろ》つたパカチの實《み》には、福《さいはひ》といふ字《じ》が書《か》いてあつたでせうか。それには福《さいはひ》と云《い》ふ字《じ》によく似《に》てはゐるが、意味《いみ》は丸《まる》で反對《はんたい》の禍《わざわい》と云《い》ふ字《じ》が書《か》いてあつたのでした。乭夫《のるぶ》さんは翌朝早《よくあさはや》く起《お》きて畑《はたけ》に行《い》つてみると、芽《め》が出《で》てゐます。

次《つぎ》の朝《あさ》は花《はな》が咲《さ》きました。

その次《つぎ》の朝《あさ》は實《み》がなりました。しかも十一。

『うまいぞ〳〵。興夫《ふんぶ》のは只《たゞ》の四つだが、わしのは十一だ。』

乭夫《のるぶ》さんは大喜《おほよろこ》び。

その次《つぎ》の朝《あさ》はこんなに（前同樣の身振）大《おほ》きくなりました。

その次《つぎ》の朝《あさ》はこんなに大《おほ》きく〳〵なりました。

『もうよし。』

乭夫《のるぶ》さんは十一のバカチを木《き》からとつて、並《なら》べておいて、先《ま》づ第《だい》一番目《はんめ》から引《ひ》き割《わ》り始《はじ》めました。

五

乭夫《のるぶ》さんは、

『第《だい》一番目《はんめ》からは不老不死《ふらうふし》の藥《くすり》だな。』

ギイコ、ギイコ。自然《ひとりで》に割《わ》れて出《で》て來《き》たのはたくさんの蜂《はち》、ブーン、ブーン。砮夫《のるぶ》さんの顏《かほ》や頭《あたま》や手《て》を所嫌《ところきら》はずチクリ〱と刺《さ》しては飛《と》んで逃《に》げます。

『あつ、いたい〱。』

砮夫《のるぶ》さんは腫《は》れ上《あが》つた顏《かほ》を腫《は》れた手《て》で撫《な》でながら、

『今度《こんど》のはきつといゝぞ。』

第《だい》二番目《はんめ》のを割《わ》ると、がや〱大騷《おほさは》ぎして出《で》て來《き》たのは、笛吹《ふえふ》き、喇叭《ラツパ》吹《ふ》き、琴彈《ことひ》き、太鼓叩《たいこた》き。

『ドンコ〱ピー、プードンドンピー。』

騷《さは》がしいこと〱。そして樂隊《がくたい》のお禮《れい》だと云《い》つて、澤山《たくさん》のお金《かね》を取《と》つて逃《に》げて行《い》つてしまひました。

『何《なん》だ、人《ひと》を馬鹿《はか》にしてゐる。今度《こんど》のはいゝだらう。』

第《だい》三番目《ばんめ》のを割《わ》ると驚《おどろ》きました。葬式人夫《さうしきにんぷ》が出《で》て來《き》て、アイゴー〳〵と哭《な》きながら、葬式《さうしき》の費用《ひよう》だと云《い》つて、殘《のこ》つてゐるお金《かね》を皆《みな》とつて行《ゆ》きました。

『いよ〳〵けしからん。しかし今度《こんど》のはいゝだらう。』

第《だい》四番目《ばんめ》のからは、澤山《たくさん》の歌《うた》ひ手《て》が出《で》て來《き》て、大《おほ》きな聲《こゑ》で埣夫《のるぶ》さんの惡口《わるくち》を云《い》つて、座敷中《ざしきぢう》を荒《あら》し廻《まは》つて逃《に》げて行《い》きました。

『何《なん》だ畜生《ちくしやう》。しかしこれからがいよ〳〵本物《ほんもの》だらう。』

第《だい》五番目《ばんめ》、それから出《で》て來《き》たのは、大《おほ》きな牛《うし》が何《なん》百匹《びき》。

『それ、出《で》たぞ。うまい〳〵。』

埣夫《のるぶ》さんが喜《よろこ》んで見《み》てゐる中《うち》に、牛《うし》はお倉《くら》の中《なか》へ入《はい》つて麥《むぎ》をむしや〳〵食《た》べ出《だ》しました。お倉《くら》の麥《むぎ》を皆食《みなた》べて、どこかへ逃《に》げて行《い》つてしまひました。

『何《なん》だ、これは困《こま》つた。しかし今度《こんど》はきつといゝぞ。』

第《だい》六番目《ばんめ》、それからはコツケツコー、コツケツコーと、雞《にはとり》が千羽《ば》と雀《すゞめ》が一萬《まん》

羽《は》。お倉《くら》の米《こめ》を皆食《みなた》べて逃《に》げて行《い》きました。

乽夫《のるぶ》さんはたうとうやけになつて、殘《のこ》りの五つを皆《みな》一緒《しよ》に地《ち》べたに叩《たた》きつけると、どれからも／＼水《みづ》がピユーと噴《ふ》き出《だ》して、見《み》る／＼大洪水《だいこうずゐ》になつて、乽夫《のるぶ》さんのお家《うち》もお倉《くら》も皆流《みなな が》してしまひました。

結

お家《うち》もお倉《くら》もお金《かね》もお米《こめ》も皆《みな》なくした乽夫《のるぶ》さんは、乞食《こじき》になるより他《ほか》に仕方《しかた》がありませんでしたが、弟《おとうと》の興夫《ふんぶ》さんは、兄《にい》さんに自分《じぶん》の持《も》つてゐる物《もの》を皆半分《みなはんぶん》づゝ分《わ》けてやりました。それからは、乽夫《のるぶ》さんも自分《じぶん》の惡《わる》いことに氣《き》がついて、兄弟仲《きやうだいなか》よく正直《しやうぢき》に暮《くら》したと云《い》ふことです。

不思議な玉

枕

皆《みな》さんは、ドンブラコッコスッコッコの桃太郎《もゝたらう》さんのお話《はなし》だの、こゝ掘《ほ》れワンワンの花咲爺《はなさかぢゞい》さんのお話《はなし》だの、カチ〱山《やま》だの、瘤取《こぶと》りだの、色々《いろ〱》の面白《おもしろ》いお話《はなし》を知《し》つてゐらつしやる。これらはみな日本《にほん》に古《ふる》くから傳《つた》はつてゐるお話《はなし》ですが、朝鮮《てうせん》にも子供《こども》の喜《よろこ》ぶ面白《おもしろ》いお話《はなし》がたくさん傳《つた》はつてゐます。私《わたくし》はこれから『不思《ふし》議《ぎ》な玉《たま》』と云《い》ふ朝鮮《てうせん》のお話《はなし》を一つ致《いた》しませう。

一

昔《むかし》、朝鮮《てうせん》の山奥《やまおく》に貧《まづ》しい一家《か》がありました。お父《とう》さんと兄弟《きやうだい》二人《ふたり》の三人暮《にんぐら》し。

お父《とう》さんは長《なが》い間《あひだ》病氣《びやうき》の床《とこ》について中々《なか〱》の重病《ぢうびやう》。兄弟《きやうだい》はどうかしてお父《とう》さんの病氣《びやうき》を治《なほ》したいと、夜《よ》も日《ひ》も眠《ねむ》らず介抱《かいはう》しました。しかし貧乏《びんばふ》ですから、十分《ぶん》の手當《てあて》をすることが出來《でき》ません。

兄《にい》さんが山《やま》へ行《い》つて、薪《たきゞ》を取《と》つて來《き》て、町《まち》に賣《う》りに出《で》る日《ひ》は、弟《おとうと》がお父《とう》さんの側《そば》についてゐて頭《あたま》を揉《も》む、足《あし》を撫《な》でる。次《つぎ》の日《ひ》は弟《おとうと》が山《やま》へ行《い》つて、兄《にい》さんが介抱《かいはう》。兄弟《きやうだい》は互《たがひ》に助《たす》け合《あ》ひ勞《いた》はり合《あ》つて、お父《とう》さんの病氣《びやうき》の治《なほ》ることを祈《いの》つてゐました。

『兄《にい》さん、只今歸《たゞいまかへ》りました。お父《とう》さんはどんなですか。』

山《やま》から歸《かへ》つて來《き》た弟《おとうと》を見《み》ると、兄《にい》さんは、

『御苦勞《ごくらう》だつたね。お父《とう》さんは相變《あひかは》らずだ。お前疲《まへつか》れたらう。早《はや》く上《あが》つてゆつくりお休《やす》み。』

『いゝえ、私《わたし》ちつとも疲《つか》れません。兄《にい》さんこそお疲《つか》れでしたらう。私《わたし》かはりますからお休《やす》み下《くだ》さい。今日《けふ》はね、薪《たきゞ》をたくさん取《と》つたので、お金《かね》が大分《だいぶ》貰《もら》へました

から、お父《とう》さんのお好《す》きなお魚《さかな》を買《か》つて來《き》ましたよ。』

『さうかえ。それはよかつたね。ぢや私《わたし》が燒《や》いて上《あ》げやう。』

『では私《わたし》はお父《とう》さんの足《あし》を撫《な》でませう。』

こんな風《ふう》に、兄弟《きやうだい》は毎日《まいにち》々々《〳〵》一心《しん》こめて看病《かんびやう》するけれども、どうしたものか、お父《とう》さんはだん〳〵惡《わる》くなられます。

『困《こま》つたなあ、どうしてよくおなりにならないんだらう。まだ私達《わたしたち》の誠心《まごころ》が足《た》りないのかしら。』

『そんなに心配《しんぱい》することはない。きつともうすぐよくおなりだから、力《ちから》を落《おと》してはいけないよ。元氣《げんき》を出《だ》して御介抱《ごかいはう》しよう。』

兄《にい》さんが勵《はげ》ませば、弟《おとうと》は、

『えゝ、私《わたし》一生懸命《しやうけんめい》です。神様《かみさま》にも佛様《ほとけさま》にもお願《ねが》ひしてゐるんです。けれどちつともよくおなりでないんだもの。』

『私《わたし》もお願《ねが》ひしてゐる。しかし決《けつ》して神様《かみさま》や佛様《ほとけさま》を怨《うら》んではいけないよ。只誠心《たゞまごころ》をこめてやつてゐればいゝんだ。』

こんなに心《こゝろ》を籠《こ》めた兄弟《きやうだい》の看病《かんびやう》にもかゝはらず、秋《あき》の初《はじ》めの或《あ》る夕方《ゆふがた》に、お父《とう》さんはたうとうお亡《な》くなりになりました。兄弟《きやうだい》はお父《とう》さんの死骸《しがい》にとり縋《すが》つて泣《な》き明《あ》かしました。そして泣《な》く／＼お葬《とむら》ひをしてからは、兄弟二人《きやうだいふたり》淋《さび》しい中《うち》にも、仲《なか》よく暮《くら》してゐましたが、或《あ》る日《ひ》のこと、兄《にい》さんは弟《おとうと》に、

『私達《わたしたち》があれほどにしたのに、お父《とう》さんはお亡《な》くなりになつてしまつた。これからは私達二人《わたしたちふたり》だけが、お互《たがひ》に此《こ》の世《よ》の中《なか》で頼《たよ》りになるばかりだ。仲《なか》よくして、しつかり働《はたら》いて偉《えら》い人《ひと》にならう。それが亡《な》き親《おや》への何《なに》よりの孝行《かう〳〵》だからね。』

『はい、どうか私《わたし》を可愛《かはい》がつて下《くだ》さい。これからは兄《にい》さんをお父《とう》さんとも思《おも》ひ、お母《かあ》さんとも思《おも》つて大切《たいせつ》にしますから。』

『よく云《い》つてくれた。互《たがひ》に力《ちから》を合《あは》せてやらう。』

『兄《にい》さん、私《わたし》それについてお願《ねが》ひがあるんです。』

『お願《ねが》ひつて何《なん》だ。』

『お父《とう》さんやお母《かあ》さんのお墓《はか》がないから、私《わたし》は旅《たび》に出《で》てうんと働《はたら》いて、お金《かね》を儲《まう》けて來《き》てお墓《はか》を作《つく》りたいと思《おも》ふんです。でしばらくの間《あひだ》お暇《ひま》を下《くだ》さい。』

『それはいゝ所《ところ》へ氣《き》がついた。しかしお前《まへ》一人《ひとり》だけ旅《たび》に出《で》るなんてそれはいけない。私《わたし》も出《で》よう。そして二人《ふたり》で働《はたら》いたらお金《かね》もたくさんとれて、立派《りつぱ》なお墓《はか》が出《で》來《き》るからね。』

二人《ふたり》は働《はたら》きに出《で》ることにきめて、旅《たび》の用意《ようい》をして、お父《とう》さんとお母《かあ》さんの位牌《ゐはい》を背負《せお》つて、住《す》みなれた家《いへ》を出《で》ました。

二

野《の》を越《こ》え山《やま》を越《こ》えて二人《ふたり》がやつて來《く》ると、大《おほ》きな川《かは》に出《で》ました。橋《はし》がない。二《ふ》

人《たり》は手《て》を取《と》り合《あ》つて助《たす》け合《あ》ひながら、此《こ》の川《かに》を渡《わた》りました。

川《かは》の中頃《なかごろ》まで來《き》た時《とき》、二人《ふたり》はおやつと云《い》つた儘《まゝ》、立《た》ち止《やま》りました。

『何《なん》だらう。』

『何《なん》でせう。』

二人《ふたり》は川《かは》の底《そこ》をぢつと見《み》ました。するとそこには、水《みづ》を通《とほ》してキラ〳〵光《ひか》る玉《たま》があるのです。

『捨《ひろ》つて見《み》よう。』

兄《にい》さんが捨《ひろ》ひ上《あ》げて見《み》ると、美《うつく》しい玉《たま》。見方《みかた》によつては金《きん》に光《ひか》り、銀《ぎん》に光《ひか》り、綠《みどり》に光《ひか》つたり、紅《あか》く光《ひか》つたりします。

『まあ、綺麗《きれい》ですね。何《なん》の玉《たま》でせうか。』

『きつと寶物《たからもの》に違《ちが》ひないよ。』

『町《まち》に持《も》つて行《い》つて賣《う》つたらいゝでせう。』

『さうしよう。』

兄《にい》さんはその玉《たま》を箱《はこ》に入《い》れて、大切《たいせつ》に持《も》つて行《ゆ》きました。暫《しばら》く歩《ある》いてゐる中《うち》に、

『おかしいぞ。此《こ》の箱《はこ》がだん／＼重《おも》くなつて來るよ。』

『玉《たま》の入《はい》つてゐる箱《はこ》が重《おも》くなるんですか。』

『うん、中々《なか／＼》重《おも》くて、もう持《も》ち切《き》れないほどだ。』

『それは不思議《ふしぎ》ですね。中《なか》を明《あ》けてごらんなさい。』

二人《ふたり》が箱《はこ》を開《ひら》くと、ピカリと光《ひか》つて、二人《ふたり》の足下《あしもと》にザラ／＼チリン／＼と音《おと》を立《た》てゝ、こぼれ落《お》ちたものがあります。

『何《なん》だらう。』

二人《ふたり》が驚《おどろ》いて見《み》ると、箱《はこ》の中《なか》にも二人《ふたり》の足下《あしもと》にも、金貨《きんくわ》や銀貨《ぎんくわ》が一ぱい。

『お金《かね》だ、お金《かね》だ。』

二人《ふたり》は大喜《おほよろこ》び。そのお金《かね》を拾《ひろ》ひ集《あつ》めて袋《ふくろ》に入《い》れる。これだけのお金《かね》があればお

墓《はか》は立派《りつぱ》に出來《でき》る。もう旅《たび》に出《で》るのはやめて家《うち》へ歸《かへ》ることにして、今度《こんど》は弟《おとうと》がその玉《たま》の入《はい》つてゐる箱《はこ》を持《も》つて、家《うち》の方《はう》へ引《ひ》き返《かへ》しました。

家《うち》へ歸《かへ》ると弟《おとうと》は、

『あつ、重《おも》い。初《はじ》めはこんなに重《おも》くはなかつたのに。』

と云《い》ひながら、箱《はこ》を開《ひら》いて見《み》ると驚《おどろ》いた。又金貨《またきんくわ》や銀貨《ぎんくわ》が一ぱい。

『これは不思議《ふしぎ》だ。又《また》お金《かね》が出《で》た。ことによつたら、これこそよく話《はなし》に聞《き》いてゐるお金《かね》を生《う》む玉《たま》かも知《し》れないぞ。』

『えつ？　ではあの錢生珠《せんせいしゆ》と云《い》ふ玉《たま》なのでせうか。』

『うん、錢生珠《せんせいしゆ》らしいね。若《も》しさうだつたら有難《ありがた》いものだ。』

二人《ふたり》は此《こ》のお金《かね》で、お父《とう》さんお母《かあ》さんの立派《りつぱ》なお墓《はか》を作《つく》りました。

三

兄弟《きやうだい》は時々《とき／＼》玉《たま》の入《い》れてある箱《はこ》を開《ひら》いて見《み》ると、その度《たび》に一ぱいの金貨《きんくわ》や銀貨《ぎんくわ》が出《で》て來《き》ます。此《こ》の玉《たま》は實際《じつさい》、世《よ》にも不思議《ふしぎ》なお金《かね》を生《う》む錢生珠《せんせいじゆ》と云《い》ふ玉《たま》なのでした。

二人《ふたり》はたくさんのお金《かね》が出來《でき》たので、別々《べつ／＼》に立派《りつぱ》なお家《うち》を建《た》て、お金《かね》やお道具《だうぐ》も半分《はんぶん》づゝに分《わ》けて、別々《べつ／＼》に住《す》むことになりました。そこで兄《にい》さんが、

『かうしてお家《うち》を別々《べつ／＼》にして別《わか》れて暮《くら》すことになつたが、矢張《やは》り以前《いぜん》の様《やう》に仲《なか》よく暮《くら》さうね。』

と云《い》ふと弟《おとうと》も、

『はい／＼、それは申《まを》すまでもありません。家《うち》は別《べつ》でも、いつまでも可愛《かはい》がつて下《くだ》さい。決《けつ》して兄《にい》さんのお心《こゝろ》に背《そむ》く様《やう》なことはいたしませんから。』

『よく云《い》つてくれた。それで私《わたし》も安心《あんしん》した。お前《まへ》が私《わたし》を大切《たいせつ》にして、よく私《わたし》の云《い》ふことを聞《き》いてくれるので、私《わたし》は有難《ありがた》く思《おも》つてゐる。』

『勿體《もつたい》ない。私《わたし》こそ兄《にい》さんのやさしい御心《おこゝろ》には泣《な》いてお禮《れい》を申《まを》してゐます。』

『何《なに》もかも二つに分《わ》けたが、あの玉《たま》は一つしかない。これを分《わ》けることは出來《でき》ない。お前《まへ》にやるから持《も》つて行《ゆ》きなさい。』

『飛《と》んでもない。あれは兄《にい》さんが拾《ひろ》つたのだから兄《にい》さんのものです。』

『いや、私《わたし》が拾《ひろ》つたのではない。二人《ふたり》で一緒《しよ》に拾《ひろ》つたのだ。』

『一緒《しよ》に拾《ひろ》つたにしても、家《うち》のものは兄《にい》さんが持《も》つに決《きま》つてゐますもの。』

『それはさうだが、私《わたし》はもうお金《かね》もたくさんあるし、それにお前《まへ》の素直《すなほ》な心《こゝろ》、私《わたし》を大切《たいせつ》にしてくれるその御褒美《ごほうび》として、お前《まへ》に上《あ》げよう。』

『いゝえ、いゝえ、私《わたし》はあんな立派《りつぱ》なお家《うち》を立《た》てゝ貰《もら》ひ、その上《うへ》にお金《かね》もお道具《だうぐ》もたくさん貰《もら》つたんですもの、此《こ》の上此《うへこ》の玉《たま》を貰《もら》つたら、私《わたし》にはきつと天罰《てんばつ》が當《あた》ります。どうか兄《にい》さんがお取《と》り下《くだ》さい。』

『まあ、そんなことを云《い》はんでお前取《まへと》つておおき。』

『いゝえ、兄《にい》さん。』（玉を互にやり取りする身振）

『いゝや、お前《まへ》。』

『いゝえ、兄《にい》さん。』

『いゝや、お前《まへ》。』

これまで喧嘩《けんくわ》一つしたことのない二人《ふたり》も、中々《なかなか》此《こ》の玉《たま》を自分《じぶん》で取《と》らうとは云《い》ひません。

『お前《まへ》取《と》つておゝきと云《い》つたら。』

『いゝえ、私《わたし》どうしても頂《いたゞ》けません。』

『剛情《がうじやう》いはないで取《と》つておき。』

『勿體《もつたい》ない。どうしても兄《にい》さんのものです。』

『困《こま》つたなあ、いくら云《い》つてもお前《まへ》は取《と》らないから。』

『困《こま》りましたなあ、いくら云《い》つても兄《にい》さんはお取《と》りにならないんだもの。』

『困《こま》るなあ。』

『困《こま》りますね。』

『どうしたらいゝかなあ。』

『兄《にい》さんがお取《と》りになれば云《い》ふことはないんだがなあ。』

『お前《まへ》が取《と》つておけばそれでいゝんだがなあ。』

『困《こま》りましたなあ。』

『お前《まへ》が私《わたし》の云《い》ふことを聞《き》かないから。』

『だつてこればかりはあまりですもの。』

『どうしたらいゝかなあ。』

暫《しばら》く考《かんが》へてゐた兄《にい》さんは、

『ぢや仕《し》方《かた》がない。二人《ふたり》の仲《なか》には替《か》へられない。どうしてもお前《まへ》が取《と》らないなら、此《こ》の玉《たま》を捨《す》てゝしまふより他《ほか》に仕《し》方《かた》がない。』

『えゝ、私《わたし》はどうしても頂《いたゞ》けませんから。』

『こんな事《こと》で喧嘩《けんくわ》にでもなつては大變《たいへん》だ。元《もと》の所《どころ》へ捨《す》てゝ來《こ》よう。』

『ぢやさう致《いた》しませう。』

二人《ふたり》は玉《たま》を持《も》つて元《もと》の川《かは》に來《き》ました。そしてその玉《たま》のあつた所《どころ》へ來《き》て捨《す》てやうとすると、どうでせう、そこには、二人《ふたり》の來《く》るのを待《ま》つてゐたかのやうに、ギラ〳〵と光《ひか》つてゐる玉《たま》があるではありませんか。

『おや、これはをかしい。』

拾《ひろ》つて見《み》ると、形《かたち》も色《いろ》も前《まへ》のとちつとも違《ちが》はない、お金《かね》を生《う》む錢生珠《せんせいしゆ》です。

『不思議《ふしぎ》々々。』

二人《ふたり》は一つの玉《たま》を捨《す》てようとして、新《あたら》しく一つの玉《たま》を拾《ひろ》つたのでした。

結

二人《ふたり》に二つの珠《たま》。そこで一人《ひとり》が一つづゝ取《と》つて、いつまでも仲《なか》よく暮《くら》したさいふお話《はなし》。

不思議な扇子

枕

朝鮮《てうせん》は寒《さむ》い所《ところ》です。冬《ふゆ》になつたら中々《なかく》ひどい。朝鮮《てうせん》の人達《ひとたち》は此《こ》の冬《ふゆ》をどうして暮《くら》すかと申《まを》しますと、家《いへ》の座敷《ざしき》の床《ゆか》の下《した》に火《ひ》を焚《た》いて室《へや》を温《あた》めます。所《ところ》が内地《ないち》の家《いへ》の様《やう》では、床《ゆか》の下《した》に火《ひ》を焚《た》けば、すぐ火事《くわじ》になつて大變《たいへん》ですが、朝鮮《てうせん》の床《ゆか》は皆《みな》赤土《あかつち》をこねて造《つく》つてあります。その赤土《あかつち》の床《ゆか》の上《うへ》には、疊《たゝみ》は敷《し》いてなくて、厚《あつ》い紙《かみ》が貼《は》つてあります。しかしあまり部屋《へや》が廣《ひろ》くて天井《てんじやう》が高《たか》いと、温《あた》まりにくいから、部屋《へや》が狭《せま》く天井《てんじやう》が低《ひく》い。それで朝鮮《てうせん》の家《いへ》はどれも〳〵小《ちひ》さくて、まるで牛《うし》が臥《ね》てゐる位《くらゐ》。

此《こ》の土《つち》で造《つく》つた床《ゆか》を温突《おんどる》と申《まを》します。温突《おんどる》を焚《た》くには木《き》が澤山《たくさん》いります。それ

で朝鮮《てうせん》では木《き》を切《き》りに行《ゆ》きます。その木《き》を脊負《せお》ふ道具《だうぐ》はチゲと云《い》つて、短《みじか》い梯子《はしご》の樣《やう》なもので、後《うしろ》に二本《ほん》の棒《ぼう》が出《で》て、その棒《ぼう》の上《うへ》に木《き》を積《つ》み重《かさ》ねて、それを縛《しば》つて脊負《せお》ふのです。此《こ》の溫突《おんどる》とチゲは朝鮮《てうせん》の名物《めいぶつ》です。でもこの名物《めいぶつ》は、靜岡《しづをか》の甘《あま》納豆《なつとう》や岡山《をかやま》の吉備《きび》團子《だんご》のやうに、おいしい名物《めいぶつ》ではありませんね。

一

朝鮮《てうせん》の或《あ》る片田舍《かたゐなか》に、一人《ひとり》のお爺《ぢい》さんがありました。此《こ》のお爺《ぢい》さんは貧乏《びんばふ》だけれども、大變《たいへん》正直《しやうぢき》なよく働《はたら》くよいお爺《ぢい》さんで、善兵衞《ぜんべゑ》さんと云《い》ふ名《な》。所《ところ》が此《こ》のお爺《ぢい》さんの隣《となり》にもう一人《ひとり》のお爺《ぢい》さんがありました。お金持《かねもち》でありましたが、大變《たいへん》慾《よく》張《ば》りの情知《なさけし》らずの惡《わる》いお爺《ぢい》さんで、惡兵衞《あくべゑ》さんと云《い》ふ名《な》。

惡兵衞《あくべゑ》さんは朝《あさ》から晩《ばん》まで溫突《おんどる》の中《なか》に寢《ね》そべつて、長《なが》い太《ふと》い煙管《きせる》で、スッパ、スッパと煙草《たばこ》を吹《ふ》かしてゐます。村《むら》の金《かね》のない人達《ひとたち》は、惡兵衞《あくべゑ》さんの所《ところ》へ行《い》つて

お金《かね》を借《か》りる。惡兵衛《あくべゑ》さんは高《たか》い利子《りし》をつけて貸《か》します。若《も》しそのお金《かね》を返《かへ》す日《ひ》が來《き》ても持《も》つて來《こ》ないと、怠《なま》け者《もの》の惡兵衛《あくべゑ》さんはのこ〳〵出《で》かけて行《い》つて、蒲團《ふとん》でも鍋《なべ》でも何《なん》でもかでもさらつて來《き》ます。時《とき》には病人《びやうにん》の呑《の》んでゐる藥《くすり》まで取《と》つて來《く》ると云《い》ふやり方《かた》。

所《ところ》が善兵衛《ぜんべゑ》さんは、朝早《あさはや》くから山《やま》に出《で》かけて、木《き》を切《き》つて町《まち》に行《い》つて賣《う》る。賣《う》れ殘《のこ》りは自分《じぶん》の家《うち》に持《も》つて來《き》て、冬《ふゆ》の用意《ようい》に取《と》つておきます。惡兵衛《あくべゑ》さんは、善《ぜん》兵衛《べゑ》さんに少《すこ》しお金《かね》を貸《か》してゐるので、冬《ふゆ》が來《く》ると、善兵衛《ぜんべゑ》さんに溫突《おんどる》を焚《た》かせます。善兵衛《ぜんべゑ》さんは自分《じぶん》の家《うち》から薪《たきゞ》を持《も》つて來《き》て、惡兵衛《あくべゑ》さんの溫突《おんどる》を焚《た》くのです。溫突《おんどる》の溫《あた》まりが惡《わる》いと、惡兵衛《あくべゑ》さんは怒《おこ》ります。

『おい、善兵衛《ぜんべゑ》、ちつとも溫《あた》かくならんぞ。お前薪《まへたきゞ》を惜《を》しんでたくさん焚《た》かないんだな。そんなことすればお前《まへ》に貸《か》してあるお金《かね》と利子《りし》とを皆貰《みなもら》ふぞ。』

『そんなこと云《い》つても、惡兵衛《あくべゑ》さん、無理《むり》ですよ。私《わたし》がこれまで焚《た》いた薪《たきゞ》の代金《だいきん》

は、お前《まへ》さんに借《か》りてゐるお金《かね》の三倍《ばい》からになつてゐるんですよ。』

『馬鹿《ばか》云《い》ふな。お前《まへ》の薪《たきぎ》は山《やま》へ行《い》つて只拾《たゞひろ》つて來《く》るんだ。お金《かね》が山《やま》に轉《ころ》がつてゐるか。お金《かね》と薪《たきゞ》とは違《ちが》ふぞ。お金《かね》を借《か》りたらお金《かね》を返《かへ》さねばならぬ。』

『でもこんなに澤山薪《たくさんたきゞ》を焚《た》いてゐるのに。』

『それはお金《かね》を借《か》りたお禮《れい》だ。まだ一文《もん》もお金《かね》は返《かへ》してはゐないんだよ。お金《かね》を返《かへ》すまでは、毎日《まいにち》さうして焚《た》かねばならんぞ。』

『そりや困《こま》りますよ。』

『困《こま》る？　困《こま》るならすぐにお金《かね》を返《かへ》せ。』

　こんな風《ふう》に無理《むり》なことを云《い》つて、善兵衛《ぜんべゑ》さんを苛《いぢ》めてゐました。けれども善兵衛《ぜんべゑ》さんは怒《おこ》りません。

『悪兵衛《あくべゑ》さんはあんな人《ひと》だ。怒《おこ》つても仕方《しかた》がない。默《だま》つてゐやう。我慢《がまん》してゐやう。』

かう思《おも》つて、毎日《まいにち》々々《〳〵》惡兵衛《あくべゑ》さんの溫突《おんどる》を焚《た》いてゐました。

二

善兵衛《ぜんべゑ》さんはいつもの樣に、チゲを脊負《せお》つて山《やま》に薪取《たきぎと》りに行《ゆ》きました。取《と》つた薪《たきゞ》は、所々《ところどころ》に積《つ》んでおきます。いつもより澤山《たくさん》とれたので、もう歸《かへ》らうと思《おも》つて、積《つ》んでおいた薪《たきゞ》を集《あつ》めて、チゲにつけ樣《やう》とすると、今《いま》まで積《つ》み重《かさ》ねておいた薪《たきゞ》がちつともありません。

『おや、妙《めう》だな。どうしたんだらう。誰《だれ》も盜《ぬす》んで行《ゆ》く樣《やう》な者《もの》はゐない筈《はず》だが、不《ふ》思議《しぎ》だなあ。仕方《しかた》がない、もう一度《ど》取《と》らう。』

それから又薪《またたきゞ》を切《き》つて、あちこちに積《つ》み重《かさ》ねました。さうしてもう歸《かへ》らうと思《おも》つて、チゲに付《つ》け樣《やう》として積《つ》んでおいた所《ところ》を見《み》ると、矢張《やは》りなくなつてゐます。

『これは困《こま》つたなあ。確《たし》かに、こゝと、こゝと、こゝとに積《つ》んでおいたんだが。

誰《だれ》かいたづらする奴《やつ》がゐるのかも知《し》れんぞ。今度《こんど》は少《すこ》し骨《ほね》が折《を》れるが、皆一所《みなひとところ》へ集《あつ》めておいてやらう。いや〳〵、取《と》る端《はし》からチゲに付《つ》けておかう。さうすれば大丈夫《だいぢやうぶ》だ。』

今度《こんど》は、手《て》に一ぱいになるとチゲに付《つ》け、又手《またて》に一ぱいになるとチゲのある所《ところ》まで戻《もど》つて來《き》て、それをチゲに付《つ》けて、又集《またあつ》めに行《ゆ》く。かう云《い》ふ風《ふう》に何度《なんど》も〳〵してゐました。

『もう大分《だいぶ》たくさんになつたぞ。もう一度《ど》集《あつ》めて來《く》れば一荷《か》になるだらう。今度《こんど》はうまくいつた。』

善兵衞《ぜんべゑ》さんは、もうすつかり疲《つか》れたけれども、もう一度《ど》薪《たきゞ》を切《き》りに向《むか》ふの方《はう》へ行《い》つて、腕《うで》一ぱいかゝへてチゲの所《ところ》へ來《き》て見《み》ると、どうでせう、今《いま》まで集《あつ》めた薪《たきゞ》もなければチゲもありません。

『おや〳〵、チゲまでないぞ。誰《だれ》が盗《と》つて行《ゆ》くんだらう。困《こま》つたなあ。チゲがな

くなりや、明日《あす》から薪採《たきゞと》りも出來《でき》ぬ。困《こま》つたことになつたなあ。』
善兵衞《ぜんべゑ》さんは泣《な》き顏《がほ》をして、そこらを探《さが》しました。けれども見《み》つかりません。

眼《め》を皿《さら》の樣《やう》にして、草《くさ》の間《あひだ》や木《き》の上《うへ》までも探《さが》したがありません。善兵衞《ぜんべゑ》さんは暑《あつ》いので、汗《あせ》をだら〳〵流《なが》してすつかり疲《つか》れてしまひました。仕方《しかた》がないから歸《かへ》らうと思《おも》つて行《ゆ》きかけると、足下《あしもと》に何《なに》か白《しろ》いものが落《お》ちてゐます。

『何《なん》だらう。』

拾《ひろ》つて見《み》ると一本《ほん》の扇子《せんす》。

『おや、扇子《せんす》だね。誰《だれ》がこんな山奥《やまおく》へ扇子《せんす》など持《も》つて來《き》たのだらう。』

開《ひら》いて見《み》ると、

『何《なん》だ、これはわしの名前《なまへ》の善兵衞《ぜんべゑ》の善《ぜん》と云《い》ふ字《じ》が書《か》いてあるぞ。』

善兵衞《ぜんべゑ》さんは餘《あま》り暑《あつ》いので、そこに腰《こし》を下《おろ》して、その扇子《せんす》でバタ〳〵と扇《あふ》いでゐると、急《きふ》に嚔《くさめ》がしたくなつて來《き》ました。

『ハックション！』（強く大きく）

『おや、嚔《くさめ》が出《で》たぞ。この暑《あつ》いのに風邪《かぜ》なんか引《ひ》く筈《はず》はないが。おや〳〵、急《きふ》に涼《すゞ》しくなつたぞ。汗《あせ》も出《で》なくなつた。お日様《ひさま》はあんなに強《つよ》く照《て》つてゐなさるのに、何《なん》だか寒《さむ》い位《くらゐ》涼《すゞ》しい。ほんとにいゝ氣持《きもち》だ。不思議《ふしぎ》だなあ、急《きふ》にこんなに涼《すゞ》しくなるなんて。』

善兵衛《ぜんべゑ》さんが立《た》ち上《あが》ると、疲《つか》れてゐるので足《あし》がだるい。

『やれ〳〵、今日《けふ》は大分《だいぶ》働《はたら》いたが、此《こ》の扇子《せんす》一本《ほん》。おまけにチゲはなくなるし、足《あし》はこの通《とほ》りだるいし。』

ぶつ〳〵云《い》ひながら扇子《せんす》を開《ひら》いて、足《あし》をバタ〳〵扇《あふ》ぐと、又急《またきふ》に、

『ハックション！』

『おや、いよ〳〵風邪《かぜ》かな。』

かう云《い》ひながら、歩《ある》き出《だ》して見《み》ると、足《あし》は少《すこ》しもだるくない。輕《かる》い。すた〳〵歩《ある》

ける。驅《か》ける樣《やう》に早《はや》い。

『こりや不思議《ふしぎ》だ。どうしたことだらう。この扇子《せんす》で扇《あふ》いでハックションをしたら足《あし》が輕《かる》くなつた。妙《めう》なことだ。ことによつたら、此《こ》の扇子《せんす》の力《ちから》かも知《し》れないぞ。』

かう思《おも》ふと、善兵衞《ぜんべゑ》さんは急《きふ》に驅《か》け出《だ》しました。急《いそ》いで〳〵家《うち》へ歸《かへ》つて來《く》ると、牛小屋《うしごや》へ飛《と》び込《こ》みました。

牛小屋《うしごや》には、四五日前《にちまへ》から病氣《びやうき》の牛《うし》が、ゴロッと横《よこ》になつて苦《くる》しさうに唸《うな》つてゐます。善兵衞《ぜんべゑ》さんは臥《ね》てゐる牛《うし》の側《そば》へ來《く》ると、扇子《せんす》を開《ひら》いてバタ〳〵扇《あふ》ぎました。すると牛《うし》は大《おほ》きな口《くち》をあけて、

『もー。』

『おや、鳴《な》くぞ。』

と思《おも》つてゐる中《うち》に、その『もー』は、

『もークション！』

嚏《くさめ》に變《かは》りました。此《こ》の嚏《くさめ》をすると、牛《うし》は急《きふ》に立《た》ち上《あが》つて、そこにあつた青草《あをくさ》を旨《うま》さうに食《た》べては、

『もーん、もーん。』

と鳴《な》きながら、元氣《げんき》よくあちこち歩《ある》き始《はじ》めました。

『やあ、牛《うし》が治《なほ》つた、牛《うし》が治《なほ》つた。こりや只《たゞ》の扇子《せんす》ぢやない。有難《ありがた》い扇子《せんす》だ。不《ふ》思議《しぎ》な扇子《せんす》だ。これ一本《ほん》あれば、どんな病氣《びやうき》でも治《なほ》せるぞ。』

善兵衛《ぜんべゑ》さんは大變喜《たいへんよろこ》んで、すぐにその扇子《せんす》を持《も》つて、近所《きんじよ》の家《うち》に行《い》つて此《こ》の話《はなし》をする。すると、

『それは不思議《ふしぎ》だ。私《わたし》の所《ところ》では赤坊《あかんばう》が泣《な》いて困《こま》るから一《ひと》つ治《なほ》してくれ。』

と頼《たの》むものがあるかと思《おも》へば、

『わしの所《ところ》では雞《にはとり》が病氣《びやうき》だから治《なほ》してくれ。』

『わしの所《ところ》ではお婆《ばあ》さんが歩《ある》けないから治《なほ》してくれ。』

と、次《つぎ》から次《つぎ》と賴《たの》んで來《き》ます。善兵衞《ぜんべゑ》さんは、
『よし〳〵。』
と云《い》つて、その赤坊《あかんぼう》をパタ〳〵扇《あふ》ぐと、赤坊《あかんぼう》は、
『ワーン、ワーン！』
と泣《な》いてゐたのが、
『クション！』（小さく高く）
とやつたと思《おも》ふと、もうニコ〳〵してゐます。
雞《にはとり》を扇《あふ》げば、
『コケークション！』
それで治《なほ》つてしまひます。足《あし》の立《た》たないお婆《ばあ》さんも、
『ハックション！』
一《ひと》つで治《なほ》ります。

三

さあ、此《こ》のことが近所《きんじよ》から隣村《となりむら》、隣村《となりむら》から又次《またつぎ》の隣村《となりむら》、又《また》その次《つぎ》の隣村《となりむら》と、だん〳〵に傳《つた》はつて行《ゆ》くと、方々《はう〳〵》から病人《びやうにん》がやつて來《き》て、扇《あふ》いで貰《もら》つてはハックションー《ひと》つで治《なほ》つてしまひます。

善兵衞《ぜんべゑ》さんはそのお禮《れい》に、お金《かね》を澤山《たくさん》貰《もら》つて急《きふ》にお金持《かねもち》になりました。

このことを聞《き》いた惡兵衞《あくべゑ》さん、

『善兵衞《ぜんべゑ》の奴《やつ》、旨《うま》いことをやつてゐやがる。あの扇子《せんす》が欲《ほ》しいものだな。』

かう思《おも》つて、滅多《めつた》に外《そと》へ出《で》たことのない惡兵衞《あくべゑ》さんが、善兵衞《ぜんべゑ》さんの家《うち》へやつて來《き》ました。

『善兵衞《ぜんべゑ》、ゐるかえ。』

『惡兵衞《あくべゑ》さんですか。まあお上《あが》りなさい。何《なん》ぞ御用《ごよう》ですかえ。』

『いや、大《たい》した用《よう》でもないがね、何《なん》でも噂《うわさ》で聞《き》けば、お前《まへ》は不思議《ふしぎ》な扇子《せんす》を拾《ひろ》つて來《き》て、隨分《ずゐぶん》お金儲《かねまう》けをしてゐるさうだね。』

『いえ、お金儲《かねまう》けといふわけでもないんですが、病氣《びやうき》が治《なほ》るので、皆《みな》さんがお金《かね》を下《くだ》さるものですから。』

『旨《うま》いことやつてゐるな。所《ところ》で一《ひと》つ頼《たの》みがあるんだが、聞《き》いて呉《く》れるかえ。』

『どこぞ痛《いた》い所《ところ》があるんですかえ。痛《いた》い所《ところ》があるんでしたら、直《す》ぐなほして上《あ》げますよ。』

『いや、痛《いた》い所《ところ》はないんだ。』

『ぢやどんな頼《たの》みです。』

『その扇子《せんす》をわしにくれないか。』

『扇子《せんす》を？』

『うん。』

『あれは大切《だいじ》なものですから困《こま》りますな。』

『大切《だいじ》なものだと云《い》つても、お前《まへ》は山《やま》から拾《ひろ》つて來《き》たんだらう。拾《ひろ》はないと思《おも》へば元々《もと〳〵》だ。それにもう大分《だいぶ》儲《まう》けてゐるんだから、もうわしに讓《ゆづ》つてもいゝぢやないか。』

『でもあればかりはね。』

『くれないかえ。お前《まへ》とは隣同志《となりどうし》で、長《なが》い間《あひだ》つき合《あ》つて來《き》たんだもの、少《すこ》しは親《しん》切《せつ》をしてもいゝよ。ねえ、善兵衞《ぜんべゑ》、お願《ねが》ひだ。わしにも少《すこ》し金儲《かねまう》けをさして呉《く》れ。ねえ、ねえ。』

あまり惡兵衞《あくべゑ》さんが頼《たの》むので、善兵衞《ぜんべゑ》さんも仕方《しかた》なしに、たうとうその扇子《せんす》をやつてしまひました。

『だが惡兵衞《あくべゑ》さん、私《わたし》が扇《あふ》げば皆治《みんななほ》りますけれど、誰《だれ》が扇《あふ》いでも治《なほ》るものかどうか知《し》りませんよ。若《も》し治《なほ》つても、それで澤山《たくさん》のお金《かね》を儲《まう》けやうなんて考《かんが》へないで

下《くだ》さいね。お金《かね》はお禮《れい》として下《くだ》さるだけ頂《いたゞ》けばいゝんですから。』

『そんなことはお前《まへ》の世話《せわ》にならんでもいゝよ。貰《もら》つてしまへば私《わし》のものだからね。さよなら。』

惡兵衞《あくべゑ》さんは大喜《おほよろこ》び。

『いよ〳〵これから大金儲《おほがねまう》けが出來《でき》るわい。一《ひと》つ大《おほ》きな廣告《くわうこく》を出《だ》してやりませう。』

惡兵衞《あくべゑ》さんは方々《はう〴〵》へ、

『どんな病氣《びやうき》でもハクッション一《ひと》つで治《なほ》る。不思議《ふしぎ》な扇子《せんす》の治療《ちれう》。一人《ひとり》金《きん》五圓《ゑん》。』

こんな廣告《くわうこく》を出《だ》しました。

四

此《こ》の不思議《ふしぎ》な扇子《せんす》のことは大評判《だいひやうばん》になつてゐるので、此《こ》の廣告《くわうこく》を見《み》た人々《ひと〴〵》は、

『さては、善兵衛《ぜんべゑ》さんから惡兵衛《あくべゑ》さんへ、あの扇子《せんす》を賣《う》つたのかも知《し》れぬ。それにしても一人《ひとり》五圓《ゑん》とは高《たか》いね。』

『善兵衛《ぜんべゑ》さんの時《とき》はお金《かね》は上《あ》げても上《あ》げなくてもよかつたのだが、惡兵衛《あくべゑ》さんのものになつてしまふと、お金《かね》のないものは治《なほ》して貰《もら》へないことになるわけだ。』

『だが、あの慾張《よくば》りの意地惡《いぢわる》の惡兵衛《あくべゑ》さんに、病氣《びやうき》が治《なほ》せるだらうか。』

『そりや治《なほ》せるさ。人《ひと》の力《ちから》ぢやなくて扇子《せんす》の力《ちから》だから、誰《だれ》が扇《あふ》いだつて同《おな》じことよ。』

『いや、さうはいかんかも知《し》れん。あの扇子《せんす》には善兵衛《ぜんべゑ》さんの善《ぜん》と云《い》ふ字《じ》が書《か》いてあると云《い》ふから、善兵衛《ぜんべゑ》さんの様《やう》な善人《ぜんにん》でなくちや、扇子《せんす》の效能《かうのう》は現《あらは》れないと思《おも》ふ。』

口々《くち〴〵》に色々《いろ〳〵》のことを噂《うわさ》し合《あ》ひました。しかし物《もの》はためしだ、一《ひと》つ行《い》つて扇《あふ》いで貰《もら》はうと云《い》ふので、病人《びやうにん》が三人《にん》やつて參《まゐ》りました。

『惡兵衞《あくべゑ》さん、今日《こんにち》は。私《わたし》は腹工合《はらぐあひ》が惡《わる》いんだが、一《ひと》つ扇《あふ》いで治《なほ》して下《くだ》さい。』

『よし〳〵、五圓《ゑん》出《だ》しなさい。』

『治《なほ》して貰《もら》つてからにしませうよ。』

『いや〳〵、前《まへ》に貰《もら》つておかないと困《こま》る。』

仕方《しかた》がないからお金《かね》を出《だ》します。

『私《わたし》は頭《あたま》が痛《いた》んですが。』

『よし〳〵、五圓《ゑん》出《だ》しなさい。』

『私《わたし》は足《あし》がだるくて〳〵たまりません。』

『よし〳〵、五圓《ゑん》出《だ》しなさい。』

皆《みな》はお金《かね》を出《だ》します。惡兵衞《あくべゑ》さんはそのお金《かね》をしまつてから、扇子《せんす》を持《も》ち出《だ》して、皆《みな》を並《なら》べておいて、

『ぢや一度《ど》に扇《あふ》ぐから、痛《いた》い所《ところ》を出《だ》して、この風《かぜ》にあたる樣《やう》にしておきなさい。』

惡兵衛《あくべゑ》さんはパタ〳〵とやり出《だ》しましたが、一向《かう》ハックションが出《で》ません。
『どうぢやね、ハックションが出《で》ないかね。』
『なんともありません。』
『そんな筈《はず》はないがね。思《おも》ひ切《き》つてハックションを云《い》つてごらん。』
『云《い》つてごらんと云《い》つても、出《で》ないものは仕方《しかた》がありません。』
惡兵衛《あくべゑ》さんは少《すこ》し氣持惡《きもちわる》くなつて來《き》ましたが、一生懸命《しやうけんめい》でパタ〳〵パタ〳〵。
『まだかね。』
『ちつとも變《かは》らないよ。』
パタ〳〵パタ〳〵。
『まだかね。』
『何《なん》ともない。』
『こりやをかしい。善兵衛《ぜんべゑ》はわしをだましたのかも知《し》れん。これはうその扇子《せんす》か

も知《し》れんぞ。』

こんなことを思《おも》ひながら、汗《あせ》を出《だ》して扇《あふ》いでゐます。するとその中《うち》に、惡兵衞《あくべゑ》さんの右《みぎ》の頰《ほゝ》が重《おも》くなつて來《き》ました。どうしたんだらうと思《おも》つてゐる中《うち》に、

『ハックション！』

『おや〳〵、病人《びやうにん》がハックションをしないで惡兵衞《あくべゑ》さんがしたぞ。』

見《み》ると、惡兵衞《あくべゑ》さんの右《みぎ》の頰《ほゝ》に大《おほ》きな瘤《こぶ》が一《ひと》つ出來《でき》てぶら下《さが》つてゐます。そして間《ま》もなく、又《また》、

『ハックション！』

今度《こんど》は左《ひだり》の頰《ほゝ》に大瘤《おほこぶ》。

『ハックション！』

今度《こんど》は頭《あたま》の後《うしろ》に大瘤《おほこぶ》。

『ハックション！』

今度《こんど》は右《みぎ》の目《め》の上《うへ》に。

『ハックショ、ハックショ、ハックショ、ハックション！』（連發的に早く）

その度《たび》に、左《ひだり》の目《め》の上《うへ》や、耳《みゝ》の下《した》や、額《ひたひ》へ、大瘤《おほこぶ》がムク／＼ムク／＼と出來《でき》て來《き》ます。それが又痛《またいた》くてたまりません。

『あゝ、いたい／＼。』

惡兵衛《あくべゑ》さんは扇子《せんす》を投《な》げ捨《す》てゝ、大瘤《おほこぶ》を手《て》で抑《おさ》へて、そこにバッタリ倒《たふ》れて唸《うな》りだしました。そこで病人《びやうにん》たちやそこに居合《ゐあは》せた人達《ひとたち》が氣《き》の毒《どく》に思《おも》つて、

『善兵衛《ぜんべゑ》さんに來《き》て貰《もら》つて、扇《あふ》いで貰《もら》つたらいゝだらう。』

と云《い》つて、善兵衛《ぜんべゑ》さんを呼《よ》んで來《き》ました。

善兵衛《ぜんべゑ》さんがその扇子《せんす》を拾《ひろ》つて、惡兵衛《あくべゑ》さんの瘤《こぶ》を扇《あふ》ぐと、惡兵衛《あくべゑ》さんは、

『ハックション！』

右《みぎ》の頰《ほゝ》の瘤《こぶ》がなくなる。

『ハックション！』

左《ひだり》の頰《ほゝ》の瘤《こぶ》がなくなる。

『ハックショ、ハックショ、ハックション！』

ハックション一《ひと》つに瘤《こぶ》が一《ひと》つづゝなくなります。そして瘤《こぶ》が皆《みな》とれて元《もと》の體《からだ》になりました。

結

惡兵衛《あくべゑ》さんは涙《なみだ》を流《なが》しながら、善兵衛《ぜんべゑ》さんの前《まへ》に手《て》をついて、

『善兵衛《ぜんべゑ》さん、赦《ゆる》して下《くだ》さい。此《こ》の扇子《せんす》のおかげで私《わし》もやつと目《め》がさめました。これからは決《けつ》して惡《わる》い心《こゝろ》は持《も》ちません。』

扇子《せんす》は善兵衛《ぜんべゑ》さんに返《かへ》し、前《まへ》に取《と》つたお金《かね》も皆返《みなかへ》して、それからは善兵衛《ぜんべゑ》さんの様《やう》ないゝお爺《ぢい》さんになりました。

森の王様

一

皆《みな》さん、此《こ》の世《よ》の中《なか》で何《なに》が一番強《ばんつよ》いでせう。象《ぞう》でせうか。それとも虎《とら》。いや獅《し》子《し》でせうか。一番強《ばんつよ》いものが王様《わうさま》になるとすれば、誰《だれ》が王様《わうさま》になるでせうか。

或《あ》る森《もり》に、一匹《ぴき》の狐《きつね》が住《す》んでゐました。どうかして此《こ》の森《もり》の王様《わうさま》になりたいと思《おも》つて、そのことばかり考《かんが》へてゐました。或《あ》る日《ひ》のこと、狐《きつね》はお寺《てら》の坊《ばう》さんに出《で》會《あ》ひました。

『もし〳〵、坊《ばう》さん、私《わたくし》は此《こ》の森《もり》の王様《わうさま》になりたいのですが、どうすればいゝんでせう。』

『お前《まへ》が森《もり》の王様《わうさま》になりたいつて？　そんなことわけはないさ。そんな風《ふう》に四つ

足《あし》で歩《ある》かないで、後足《あとあし》だけで立《た》つて、頭《あたま》をぐつと高《たか》く持《も》ち上《あ》げて、前足《まへあし》を勢《いきほひ》よく振《ふ》つて歩《ある》くのだ。そして狼《おほかみ》が來《き》ても虎《とら》が來《き》ても、決《けつ》して恐《おそ》れずに歩《ある》いて行《ゆ》けば、立派《りつぱ》な王様《わうさま》になれるよ。』

坊《ばう》さんはかう云《い》つて、行《い》つてしまひました。狐《きつね》はいゝことを聞《き》いたと思《おも》つて、後《あと》の二本足《ほんあし》で立《た》つて、頭《あたま》を高《たか》く持《も》ち上《あ》げて、前足《まへあし》を兩手《りやうて》の代《かは》りに振《ふ》りながら、威《ゐ》張《は》つて森《もり》の中《なか》を歩《ある》きました。

すると、向《むか》ふから一匹《ぴき》の大《おほ》きな狼《おほかみ》が來《き》ました。狐《きつね》は恐《こは》くなりました。しかし、坊《ばう》さんが恐《おそ》れてはいけないと云《い》つたことを思《おも》ひ出《だ》して、前《まへ》よりももつと威張《ゐは》つて近《ちか》づきました。

これを見《み》た狼《おほかみ》は、

『おや、妙《めう》な狐《きつね》だぞ。あんなに頭《あたま》を持《も》ち上《あ》げて、威張《ゐは》つてゐるから、只《たゞ》の狐《きつね》ぢやあるまい。うつかり手出《てだ》しをしてはひどい目《め》に會《あ》ふかも知《し》れない。』

かう思《おも》つて、頭《あたま》を下《さ》げて狐《きつね》の前《まへ》にお辭儀《じぎ》をしました。狐《きつね》は一寸驚《ちよつとおどろ》きましたが、いよ〳〵王様《わうさま》になれたのだと思《おも》つて、大威張《おほゐは》りで、

『こりや、狼《おほかみ》、わしは此《こ》の森《もり》の王様《わうさま》だ。お前《まへ》はわしのお供《とも》をしろ。』

と云《い》つて、狼《おほかみ》の背《せ》に飛《と》び乘《の》り、狼《おほかみ》の兩方《りやうはう》の耳《みゝ》を引張《ひつぱ》つて、

『進《すゝ》め！』

と號令《がうれい》をかけると、狼《おほかみ》は前《まへ》に進《すゝ》みました。これを見《み》た森中《もりぢう》の狼《おほかみ》は、皆《みな》この狐《きつね》を乘《の》せた狼《おほかみ》の後《うしろ》について、ぞろ〳〵と進《すゝ》んで行《ゆ》きました。

しばらく行《ゆ》くと、向《むか》ふに大《おほ》きな虎《とら》がゐました。ぢつとこちらを睨《にら》んでゐましたが、狼《おほかみ》は恐《おそ》れて立《た》ち止《とま》りました。しかし狐《きつね》は、もうほんとうに王様《わうさま》になつたと思《おも》つてゐるので、

『何《なに》が恐《おそ》ろしいんだ。わしは森《もり》の王様《わうさま》だ。さあ進《すゝ》め。』

狼《おほかみ》は仕方《しかた》なしに、こは〳〵進《すゝ》みました。狐《きつね》はいよ〳〵頭《あたま》を高《たか》く持《も》ち上《あ》げて大《おほ》

威張《ゐは》りです。

これを見《み》た虎《とら》は、

『こりや妙《めう》だぞ。狐《きつね》や狼《おほかみ》が何《なん》千來《き》たつて恐《おそ》れはしないが、あの一番先頭《はんせんとう》の、狼《おほかみ》の背《せ》に乘《の》つてゐる狐《きつね》は只《たゞ》の狐《きつね》ぢやないやうだ。うつかり手《て》を出《だ》したら、ひどい目《め》に會《あ》ふかも知《し》れんぞ。』

かう思《おも》つて、頭《あたま》を下《さ》げて狐《きつね》の前《まへ》にお辭儀《じぎ》をしました。

『こりや虎《とら》、わしは此《こ》の森《もり》の王樣《わうさま》だ。お前《まへ》はわしのお供《とも》をしろ。』

と云《い》つて、狼《おほかみ》の背《せ》から虎《とら》の背《せ》に乘《の》り移《うつ》り、虎《とら》の兩方《りやうはう》の耳《みゝ》を手綱《たづな》のかはりに引《ひ》つぱつて、

『進《すゝ》め！』

と號令《がうれい》をかけると、虎《とら》は前《まへ》に進《すゝ》みます。すると森中《もりぢう》の虎《とら》は何《なん》千となく出《で》て來《き》て、狐《きつね》を乘《の》せた虎《とら》の後《あと》について、ぞろ〳〵と進《すゝ》みます。

虎《とら》や狼《おほかみ》の行列《ぎやうれつ》を見《み》た森中《もりぢう》の獸《けもの》は、我《われ》も〳〵と皆出《みなで》て來《き》て、その行列《ぎやうれつ》の後《あと》について來《く》るので、それはすばらしく長《なが》い行列《ぎやうれつ》になりました。

二

森《もり》の奥《おく》へ〳〵と進《すゝ》んで行《ゆ》くと、大《おほ》きな獅子《しし》がこちらを向《む》いて、大《おほ》きな眼《め》で睨《にら》んでゐます。虎《とら》も狼《おほかみ》もその他《た》の獸《けもの》も、これを見《み》ると皆立《みなた》ち止《どま》つて、ぶる〳〵震《ふる》へだしました。

虎《とら》の背《せ》に乘《の》つてゐる狐《きつね》も、少《すこ》し恐《おそ》ろしくなつて來《き》ましたが、坊《ばう》さんの言葉《ことば》を思《おも》ひ出《だ》して、頭《あたま》を高《たか》く持《も》ち上《あ》げて、大聲《おほごゑ》で怒鳴《どな》りました。

『何《なに》が恐《おそ》ろしいんだ。わしは森《もり》の王樣《わうさま》だ。さあ進《すゝ》め！』

虎《とら》は仕方《しかた》なしに進《すゝ》みました。

これを見《み》た獅子《しし》は、

『どうも妙《めう》だぞ。狐《きつね》や狼《おほかみ》や虎《とら》が、何千萬《なんまんき》來たつて恐《おそ》れはしないが、あの虎《とら》の背《せ》に乘《の》つてゐる狐《きつね》は、只《たゞ》の狐《きつね》ぢやないかも知《し》れん。うつかり手出《てだ》しをしてはいけない。これは一《ひと》つ何《なん》とか試《ため》してやらう。』

かう思《おも》つて、獅子《しゝ》は狐《きつね》の前《まへ》に兩手《りやうて》をついて頭《あたま》を下《さ》げました。

『こりや、獅子《しゝ》、わしは此《こ》の森《もり》の王樣《わうさま》だ。お前《まへ》もお供《とも》をしろ。』

前《まへ》よりも一層大《そうおほ》きな聲《こゑ》で云《い》つて、虎《とら》の背《せ》から獅子《しゝ》の背《せ》に飛《と》び移《うつ》りました。

狐《きつね》は獅子《しゝ》さへ自分《じぶん》の家來《けらい》にしたのだから、もう何《なに》も恐《おそ》れるものはない、いよいよ森《もり》の王樣《わうさま》になつたと思《おも》つて大威張《おほゐば》り。獅子《しゝ》の兩方《りやうはう》の耳《みゝ》を強《つよ》く引《ひ》つぱつて、

『進《すゝ》め!』

で號令《がうれい》をかけましたが、獅子《しゝ》は動《うご》きません。

『進《すゝ》め!』

けれどもやはり動《うご》きません。

『おい、獅子《しゝ》、早《はや》く進《すゝ》まないか。』

獅子《しゝ》は頭《あたま》を持《も》ち上《あ》げました。そしてぢつと向《むか》ふを睨《にら》んでゐます。狐《きつね》はうんと耳《みゝ》を引張《ひつぱ》つて、

『早《はや》く進《すゝ》め！』

『只今《たゞいま》進《すゝ》みます。今《いま》その用意《ようい》をしてゐるのです。』

『何《なに》？　進《すゝ》む用意《ようい》？　どんな用意《ようい》だ。』

『私《わたし》は進《すゝ》む時《とき》には、いつも力《ちから》一杯《はい》の大聲《おほごゑ》を出《だ》して吠《ほ》えてからでないと進《すゝ》めません。今《いま》吠《ほ》えようとしてゐる所《ところ》です。』

かう云《い》つて、兩足《りやうあし》を前《まへ》に出《だ》して、頭《あたま》をブル〳〵と振《ふ》り動《うご》かしました。これを聞《き》いた狐《きつね》は驚《おどろ》きました。他《ほか》の獸《けもの》は、

『待《ま》つて下《くだ》さい、待《ま》つて下《くだ》さい。獅子《しゝ》さんの聲《こゑ》は遠《とほ》くで聞《き》いても身震《みぶる》ひがする。こんな近《ちか》くで聞《き》いたら、きつと死《し》んでしまふ。』

と云《い》つて、皆奥《みなおく》の方《はう》へ逃《に》げかくれてしまひました。

しかし狐《きつね》は、今更逃《いまさらに》げられもせず、獅子《しし》の背《せ》にしがみついてゐました。すると獅子《し》は、

『ううーん！』

と、先《ま》づ低《ひく》い聲《こゑ》で唸《うな》りました。狐《きつね》はこれを聞《き》いて、もう氣《き》を失《うしな》つてしまひました。獅子《し》はいよ〳〵二度目《どめ》に、

『うおーん！　うおーん！』

と大聲《おほごゑ》で唸《うな》ると、狐《きつね》は獅子《し》の背中《せなか》からころ〳〵ところげ落《お》ちて、死《し》んでしまひました。

三

これを見《み》た獅子《し》は、

『森《もり》の王様《わうさま》と云《い》つて威張《ゐば》つてゐた狐《きつね》も、案外《あんぐわい》弱《よわ》い奴《やつ》だ。しかし、森《もり》の獸《けもの》は皆《みな》こいつの家來《けらい》になつてゐた位《くらゐ》だから、此《こ》の狐《きつね》を殺《ころ》したわしこそ、ほんとうに森《もり》の王様《わうさま》になることが出來《でき》るのだ。』

かう云《い》つて、獅子《しし》は大威張《おほゐば》りで、

『ううーん！　うおーん！』

と唸《うな》りながら、森《もり》の中《なか》をあちこち走《はし》り廻《まは》りました。他《ほか》の獸《けもの》は獅子《しし》を見《み》ると、皆恐《みなおそ》れて逃《に》げて行《ゆ》きました。

獅子《しし》はいゝ氣《き》になつて唸《うな》り歩《ある》いてゐると、どこかで小《ちひ》さい聲《こゑ》で、

『獅子《しし》さん、獅子《しし》さん。』

と呼《よ》ぶものがあります。獅子《しし》は大《おほ》きな眼《め》で、そこらを探《さが》しましたけれども何《なに》も見《み》えません。

『森《もり》の王様《わうさま》だと威張《ゐば》つたつて、その眼《め》は何《なん》です。此《こ》の私《わし》が見《み》えない様《やう》なそんなつ

まらない目《め》では、森《もり》の王様《わうさま》にはなれませんね。』

　これを聞《き》いて、獅子《しゝ》は眞赤《まつか》になつて怒《おこ》りました。

『何《なに》を吐《ね》かすんだ。ぐづ〳〵云《い》はんで出《で》て來《こ》い。一撃《ひとうち》に打《う》ち殺《ころ》してやるから。』

『いや〳〵、獅子《しゝ》さんに打《う》ち殺《ころ》されてはたまらないね。そんな弱蟲《よわむし》ぢやないんだから。』

　獅子《しゝ》はいよ〳〵怒《おこ》りました。

『わしは此《こ》の森《もり》の王様《わうさま》だぞ。』

『それは獅子《しゝ》さん一人《ひとり》で決《き》めたことだ。わしはまだお前《まへ》さんの家來《けらい》にはならんぞ。家來《けらい》にしたけりや、わしと戰《いくさ》をしてわしを負《ま》かしたらいゝ。』

『よし、戰《いくさ》をしよう。だがお前《まへ》の姿《すがた》が見《み》えぬ。一體《たい》何物《なにもの》だ。出《で》て來《こ》い。』

『今出《いまで》る。しかし約束《やくそく》がある。若《も》しわしが負《ま》けたら家來《けらい》になるが、お前《まへ》さんが負《ま》けたらどうする。』

『わしが負《ま》ける？　そんな馬鹿《ばか》なことがあるものか。でも約束《やくそく》だけはしてやる。若《も》しわしがまけたら、お前《まへ》の家來《けらい》になつて、お前《まへ》を此《こ》の森《もり》の王樣《わうさま》にしてやる。』

『よし、ぢや始《はじ》めよう。』

かう云《い》つて、獅子《しゝ》の前《まへ》に現《あらは》れたのは何《なん》でせう。大《おほ》きな大《おほ》きな象《ぞう》でしたでせうか。いゝえ、違《ちが》ひます。ぢやあの恐《おそろ》しい大蛇《だいじや》でせうか。矢張《やつは》り違《ちが》ひます。獅子《しゝ》の前《まへ》に出《で》て來《き》たのは、小《ちひ》さな黄色《きいろ》い縞《しま》のある蜂《はち》でした。

これを見《み》た獅子《しゝ》はから〳〵と笑《わら》ひました。

『何《なん》だ、お前《まへ》か。お前《まへ》がわしと戰《いくさ》をするのかえ。可哀《かはい》さうに、わしの尻尾《しつぽ》で只《たゞ》一撃《うち》だ。』

「それは勝《か》つた後《あと》でおつしやることだ。さあ、始《はじ》めませう。』

蜂《はち》は一聲《ひとこゑ》、

『ぶーん！』

と唸《うな》ると、獅子《しゝ》の鼻柱《はなばしら》の上《うへ》をチクリと刺《さ》しました。

『あつ、いたつ！』

獅子《しゝ》は飛《と》んでゐる蜂《はち》を目《め》がけて、只《たゞ》一撃《ひとうち》と跳《と》びかゝつたが、蜂《はち》はぶーんと空高《そらたか》く飛《と》び上《あが》つて、今度《こんど》は後《うしろ》の方《はう》から獅子《しゝ》の尻尾《しつぽ》をチクリ。

『あつ、いたつ！』

獅子《しゝ》が後《うしろ》に向《む》き直《なほ》ると、今度《こんど》は目《め》をチクリ。

『あつ、いたつ！』

獅子《しゝ》の目《め》は片方《かたつぱ》つぶれてしまひました。いよ〳〵怒《おこ》つて獅子《しゝ》はあちらに走《はし》り、こちらに跳《は》ねて、

『うおー！　うおー！』

と唸《うな》るけれども、蜂《はち》は平氣《へいき》で、ぶーん、チクリ、ぶーん、チクリと、獅子《しゝ》の顏《かほ》から腹《はら》から脚《あし》の先《さき》まで刺《さ》しつゞけました。もう獅子《しゝ》は痛《いた》くて〳〵たまりません。蜂《はち》

がいよ〳〵獅子《しゝ》の殘《のこ》つてゐる片方《かたつほ》の眼《め》を目《め》がけて飛《と》んで行《ゆ》かうとした時《とき》、獅子《しゝ》は兩手《りやうて》をついて頭《あたま》を下《さ》げました。

『降參《かうさん》、降參《かうさん》。たしかにわしはあなたの家來《けらい》になります。あなたこそ此《こ》の森《もり》の王《わう》樣《さま》です。』

と云《い》つて、獅子《しゝ》は痛《いた》い顏《かほ》や腹《はら》を撫《な》でまはしながら、森《もり》の奥《おく》に逃《に》げて行《ゆ》きました。

四

蜂《はち》は大威張《おほゐば》り、

『わしはほんとうに强《つよ》い。あの强《つよ》い獅子《しゝ》が降參《かうさん》した位《くらゐ》だから、これから此《こ》の森《もり》の王樣《わうさま》はわしだ。』

かう云《い》つて、あちこちと飛《と》び廻《まは》つてゐました。

するど向《むか》ふの木《き》の枝《えだ》の間《あひだ》に、黑《くろ》い小《ち》さなものがぶら下《さが》つて、

『ブッツ、ブッツ、ブッツ。』
と云《い》つてゐます。
『何《なん》だ、妙《めう》な奴《やつ》だな。』
蜂《はち》が近《ちか》づくと、黒《くろ》いものは尙《なほ》も、
『ブッツ、ブッツ、ブッツ。』
と云《い》つて、蜂《はち》の來《き》たのも知《し》らぬ顏《かほ》です。
『生意氣《なまいき》な奴《やつ》だ。わしは此《こ》の森《もり》の王樣《わうさま》だぞ。そこに出《で》てお辭儀《じぎ》をせんか。』
しかし黒《くろ》いものは、矢張《やは》り、
『ブッツ、ブッツ、ブッツ。』
蜂《はち》は大變怒《たいへんおこ》つて、
『よし、王樣《わうさま》の威光《ゐくわう》を見《み》せてやる。』
その黒《くろ》いものを目《め》がけて、ぶーんと飛《と》びかゝると、不思議《ふしぎ》〳〵、蜂《はち》の體《からだ》は何《なに》か知《し》

らぬが、粘《ねば》い糸《いと》の様《やう》なものにまきつけられて、動《うご》きにくゝなりました。逃《に》げ様《やう》と思《おも》つて、もがけばもがくほど、粘《ねば》いものがだん〳〵たくさんにまきついて來《き》て、もう逃《に》げることも聲《こゑ》を立《た》てることも出來《でき》なくなつて、たうとう死《し》んでしまひました。

結

此《こ》の黒《くろ》いものは、「獅《し》子を降參《かうさん》させた蜂《はち》を虜《とりこ》にしたのだから、俺《おれ》こそ此《こ》の森《もり》の王《わう》様《さま》だ、」と云《い》つて威張《ゐば》つたでせうか。いゝえ、此《こ》の黒《くろ》い小《ちひ》さいものは、森《もり》の王様《わうさま》にならうなどゝは考《かんが》へても見《み》ませんでした。

今《いま》の獲物《えもの》のために破《やぶ》られた自分《じぶん》の家《いへ》を、せつせと直《なほ》しにかゝつて、あちらに糸《いと》を張《は》り、こちらに糸《いと》を張《は》つて、次《つぎ》の獲物《えもの》の來《く》るのを待《ま》つてゐました。

此《こ》の黒《くろ》い小《ちひ》さなもの、これは何《なん》でせう。

鶴の首

枕

皆《みな》さんは鶴《つる》を見《み》たことがありますか。動物園《どうぶつゑん》などにゐますね。ほんとの物《もの》は見《み》たことがなくとも、繪《ゑ》で見《み》たことはありませう。首《くび》が長《なが》くて、頭《あたま》の上《うへ》にちよんぼりと、赤《あか》い頭巾《づきん》の樣《やう》なものがついて居《ゐ》ますね。鶴《つる》の首《くび》はどうしてあんなに長《なが》いのでせう。皆《みな》さんはそのわけを知《し》つてゐますか。(間)知《し》らない？　ぢや私《わたくし》が鶴《つる》の首《くび》の長《なが》くなつたわけをお話《はなし》しませう。

一

或《あ》る山奥《やまおく》に、きれいなお池《いけ》がありました。水《みづ》もたくさんあつて、玉《たま》の樣《やう》に澄《す》ん

でゐました。お池《いけ》のまはりには、大《おほ》きな松《まつ》の木《き》や、杉《すぎ》の木《き》などが立《た》ち並《なら》んでゐて、美《うつく》しい眺《なが》めでした。此《こ》のお池《いけ》には、たくさんの魚《うを》が住《す》んでゐました。鰻《うなぎ》だの、鯉《こひ》だの、鯰《なまづ》だの、鮒《ふな》だの、目高《めだか》だの、それから蛙《かへる》も、蟹《かに》も、すつぽんも住《す》んでゐました。此《こ》のお池《いけ》には、昔《むかし》から人《ひと》が來《き》たことがないので、魚《うを》は捕《と》られたことがないのでした。

ですからだん〳〵數《かず》が殖《ふ》えました。それは〳〵澤山《たくさん》の魚《うを》で、水《みづ》の中《なか》に魚《うを》が住《す》んでゐるのではなくて、魚《うを》の中《なか》に水《みづ》があると云《い》つてもいゝ位《ぐらゐ》でした。

所《ところ》が或《あ》る年《とし》の夏《なつ》、毎日《まいにち》々々《〳〵》旱天《ひでり》が續《つゞ》いて、池《いけ》の水《みづ》がだん〳〵と減《へ》つて行《ゆ》きます。初《はじめ》の間《あひだ》は魚達《うをたち》も心配《しんぱい》しなかつたが、十日《か》二十日《はつか》と旱天《ひでり》が續《つゞ》き、水《みづ》が減《へ》るにつれて、少々《せう〳〵》心配《しんぱい》になつて來《き》ました。

『どうしたんだらうね、こんなに旱天《ひでり》ばかり續《つゞ》いて。』

『もう水《みづ》は少《すこ》ししかない。此《こ》の上《うへ》十日《か》も旱天《ひでり》が續《つゞ》いたら、池《いけ》は空《から》つぽになつて、

わしらは皆死《みなし》んでしまはなけりやならんぞ。』

『困《こま》つたなあ。何《なん》とかいゝ工夫《くふう》はないものか知《し》ら。』

魚達《うをたち》は集《あつま》つて會議《くわいぎ》を開《ひら》きました。そして頭《あたま》をしぼつたり、鬚《ひげ》をひねつたりして考《かんが》へたけれども、いゝ考《かんが》へが浮《うか》びませんでした。

此《こ》の様子《やうす》を、最前《さいぜん》から松《まつ》の木《き》の上《うへ》で眺《なが》めてゐた一羽《には》の鶴《つる》がありました。

『はゝあ、魚共《うをども》が困《こま》つてゐるな。おゝ、さうぢや、いゝことがある。うまいぞ、うまいぞ。』

鶴《つる》は池《いけ》の側《そは》へ飛《と》んで行《い》つて、魚達《うをたち》の集《あつま》つてゐる所《ところ》へ下《お》りて來《き》ました。

『皆《みな》さん、今日《こんにち》は。いゝお天氣《てんき》ですね。』

『あゝ、鶴《つる》さんかえ。あまりいゝお天氣《てんき》でもないよ。わし等《ら》は此《こ》のお天氣《てんき》で困《こま》つてゐるんだ。』

『お天氣《てんき》で困《こま》るつて一體《たい》どう云《い》ふわけですか。』

『實《じつ》はその事《こと》で、皆此處《みなここ》へ集《あつま》つてゐるんですがね、御覽《ごらん》の通《とほ》りお天氣續《てんきつゞ》きで、池《いけ》の水《みづ》はこんなに少《すくな》くなつてしまつたので、もう四五日《にち》もこのまゝで雨《あめ》が降《ふ》らなかつた日《ひ》には、私等《わしら》は皆干《みなひ》ぼしになつてしまふと云《い》ふやうな次第《しだい》で、なんとかいゝ考《かんが》へがないかと相談中《さうだんちう》なのですよ。』

『さうですか。それはお困《こま》りですなあ。全《まつた》くの所《ところ》、雨《あめ》はまだ〳〵降《ふ》りさうもありませんからなあ。』

『雨《あめ》は降《ふ》らないでせうか。』

『私《わし》の考《かんが》へでは、もう三十日位《にちぐらゐ》は駄目《だめ》でせうなあ。』

　これを聞《き》いた魚達《うをたち》は、青《あを》くなつて震《ふる》へ出《だ》しました。

『三十日《にち》？　困《こま》つたなあ。ぢやとても私等《わしら》の命《いのち》はないんだ。』

『鶴《つる》さん、何《なん》とかいゝ工夫《くふう》はないでせうか。私等《わしら》の助《たす》かる方法《はうはふ》はありますまいか。』

鶴《つる》はすましこんで、

『さうですなあ。考《かんが》へがないこともないでせう。』

『どんな考《かんが》へです。どうすればいゝんですかね。早《はや》くお話《はな》し下《くだ》さい。』

『何《なん》でもないことですよ。他《ほか》の池《いけ》へ移《うつ》ればいゝぢやありませんか。』

『他《ほか》の池《いけ》？　他《ほか》にどこかに池《いけ》があるんですか。』

『ありますとも、いくらでも。あなた方《がた》は此《こ》の池《いけ》に住《す》んでゐて、此《こ》の池《いけ》の他《ほか》は何《なに》も知《し》らないけれども、私《わし》は空《そら》を飛《と》ぶ鳥《とり》、空《そら》を飛《と》んでゐると、池《いけ》はいくらでも見《み》つかりますよ、大《おほ》きな、水《みづ》の澤山《たくさん》ある池《いけ》がね。』


これを聞《き》くと魚達《うをたち》は大喜《おほよろこ》び。

『さうだ〳〵、他《ほか》の大《おほ》きな池《いけ》へ移《うつ》るんだ。それがいゝ〳〵。』

これを見《み》た鶴《つる》は、

『ぢや、私《わし》が一寸池《ちよつといけ》を探《さが》して來《き》て上《あ》げませう。』

と云《い》ふと、魚達《うをたち》は、

『お願《ねが》ひします、お願《ねが》ひします。』

そして鶴《つる》の飛《と》び去《さ》るのを見《み》て安心《あんしん》しました。

二

鶴《つる》は間《ま》もなく、羽音《はおと》勇《いさま》しく歸《かへ》つて來《き》ました。

『いゝ池《いけ》がありました。この池《いけ》の五倍《ばい》もあつて、それに水《みづ》は下《した》から湧《わ》き出《で》るのだから、いくら旱天《ひでり》が續《つゞ》いても大丈夫《だいぢやうぶ》。さあ、そこへ移《うつ》りなさい。』

『これは有難《ありがた》い。何處《どこ》にその池《いけ》はありますか。』

『つい近《ちか》くですよ。此《こ》の西《にし》の山《やま》を越《こ》えてすぐその下《した》ですよ。』

『山《やま》を越《こ》える？』

これには一同《どう》驚《おどろ》きました。

羽《はね》もなし、足《あし》もなし、山《やま》を越《こ》えることは出來《でき》ません。折角《せつかく》の池《いけ》でも行《ゆ》くことが出來《でき》なくては、何《なん》にもなりません。やつぱり此處《ここ》で干《ひ》ぼしになるより他《ほか》に仕方《しかた》がない。魚達《うをたち》の當惑《たうわく》してゐるのを見《み》た鶴《つる》は、こゝぞとばかり、

『皆《みな》さんはその池《いけ》へ移《うつ》らないんですか。』

『だつて私達《わしたち》には行《ゆ》けないんですもの。足《あし》もなし、羽《はね》もなし。』

『なに、わけはありませんよ。私《わし》が連《つ》れて行《い》つて上《あ》げませう。』

『鶴《つる》さんが連《つ》れて行《い》つて下《くだ》さるつて？』

『えゝ、雜作《ざふさ》ないんですよ。』

『どうして連《つ》れて行《い》つて下《くだ》さるの？』

『此《こ》の私《わし》の嘴《くちばし》でですよ。これでくはへて行《ゆ》けばいゝぢやありませんか。』

『その嘴《くちばし》で？』

『えゝ、大丈夫《だいぢやうぶ》ですよ。さあ、誰《だれ》からでも運《はこ》んで上《あ》げませう。』

皆《みんな》は顔《かほ》を見合《みあ》せて、多少怖《たせうお》ぢけてゐましたが、一番元氣《はんげんき》よささうな鯉《こひ》が、

『ぢや私《わし》から願《ねが》ひませう。』

『よろしい。動《うご》かないでいらつしやいよ、すぐですから。』

鯉《こひ》をくはへて高《たか》く舞《ま》ひ上《あが》つた鶴《つる》は、西《にし》の山《やま》を越《こ》えて他《ほか》の池《いけ》の方《はう》へ行《い》つたでせうか？ いゝえ、つい側《そば》の松《まつ》の木《き》に止《とま》つて、今《いま》くはへて來《き》た鯉《こひ》をむしや〳〵食《た》べてしまひました。そして飛《と》んで下《お》りると、まことしやかな顏《かほ》をして、

『鯉《こひ》さんは大變喜《たいへんよろこ》んでゐましたよ。次《つぎ》は誰《だれ》ですか。』

といはれて、魚達《うなたち》はもうすつかり鶴《つる》にだまされて、前《まへ》には恐《おそ》れてゐたのに、今度《こんど》は我先《われさき》にと争《あらそ》つて鶴《つる》の嘴《くちばし》に飛《と》びつきました。

鶴《つる》はその中《うち》でも、よく太《ふと》つて旨《うま》さうな鯰《なまづ》をくはへて舞《ま》ひ上《あが》つて、松《まつ》の木《き》の上《うへ》で食《た》べてしまひました。

『あゝ旨《うま》い。これでいくらでも御馳走《ごちそう》が頂《いただ》けるわい。』

鶴《つる》は嘴《くちはし》をよく拭《ふ》いて、又《また》飛《と》んで下《お》りて來《き》ました。

『鯰《なまづ》さんも大喜《おほよろこ》び。次《つぎ》の方《かた》は早《はや》く〳〵。』

と云《い》つて、又松《またまつ》の木《き》の上《うへ》でむしや〳〵。かうして何度《なんど》も何度《なんど》も繰《く》り返《かへ》してゐました。

三

ところが此《こ》のお池《いけ》に大《おほ》きな蟹《かに》がゐました。

『これは妙《めう》だぞ。山《やま》を越《こ》えて向《むか》ふへ行《い》つて來《く》るのには、あんなに早《はや》くは出來《でき》ない筈《はず》だ。それに鶴《つる》には魚《うを》が大好《だいすき》な食物《たべもの》だといふから、今度《こんど》は一《ひと》つよく見《み》てゐやう。』

さうしてゐる中《うち》に又鶴《またつる》が下《お》りて來《き》ました。そして又魚《またうを》をくはへて舞《ま》ひ上《あが》りました。蟹《かに》は目《め》を上《うへ》に向《む》けて、鶴《つる》の行方《ゆくへ》をぢつと見《み》てゐますと、西《にし》の山《やま》を越《こ》えないで、すぐ側《そば》の松《まつ》の木《き》に止《とま》つて、そして魚《うを》を食《た》べてゐます。これを見《み》た蟹《かに》は、

『ひどいことをしてゐる。このまゝではおかんぞ。』

蟹《かに》は自分《じぶん》の見《み》た一部始終《ぶしじふ》を魚達《うをたち》に話《はな》して、

『今度《こんど》は誰《だれ》もくはへられてはいけない、私《わたし》が仇《あだ》を打《う》つてやるから。』

さう云《い》つて、あの鋭《するど》い鋏《はさみ》を磨《と》いで待《ま》つてゐました。鶴《つる》は何《なに》も知《し》りませんから、前《まへ》の様《やう》に親切《しんせつ》さうな顔《かほ》をして飛《と》んで來《き》ました。

『鶴《つる》さん、今度《こんど》は私《わたし》を連《つ》れて行《い》つて下《くだ》さい。』

見《み》ると大《おほ》きな蟹《かに》で、大層旨《たいそううま》さうです。

『よろしい、ぢやくはへますよ。』

と嘴《くちばし》をさし出《だ》すと、

『私《わたし》は大《おほ》きいから嘴《くちばし》ぢや駄目《だめ》ですよ。鶴《つる》さんの首《くび》につかまつて行《ゆ》きませう。』

『首《くび》につかまるつて?』

『えゝ、嘴《くちばし》ぢや途《と》中《ちう》で落《お》ちるかも知《し》れませんからね。』

『よし〳〵、ぢや首《くび》につかまるがいゝ。』

と首《くび》を差《さ》し出《だ》しました。蟹《かに》は研《と》ぎ立《た》ての鋏《はさみ》で鶴《つる》の首《くび》をチョンとはさむと、ギウと締《し》めました。

『あゝ、いたつ!』

鶴《つる》は驚《おどろ》きました。

『おい、あまりひどいぞ。痛《いた》い〳〵。もう少《すこ》し柔《やはら》かでないと呼吸《いき》がつまるよ。』

けれども蟹《かに》は益々《ます〳〵》強《つよ》く締《し》めます。

『おい、鶴《つる》、お前《まへ》は不届《ふとゞき》な奴《やつ》だな。正直《しやうぢき》な魚達《うをたち》を欺《だま》して、池《いけ》に連《つ》れて行《い》つてやると云《い》つてどこへ連《つ》れて行《い》つた。皆《みんな》お前《まへ》の腹《はら》の中《なか》へ入《い》れたんだらう。ひどいことをする奴《やつ》だ。その仇打《あだう》ちだ。さあ覚悟《かくご》しろ。』

ギウ〳〵締《し》めつけます。

鶴《つる》は羽《はね》をバタ〳〵させて、苦《くる》しさうに眼《め》を白黒《しろくろ》させてゐます。

『惡《わる》かつた、惡《わる》かつた。赦《ゆる》してくれ、もうこんな惡《わる》いことはしませんから。』

しかし蟹《かに》は中々《なか〳〵》放《はな》しません。

『いや、まだ〳〵赦《ゆる》さん。』

鶴《つる》は呼吸《いき》が苦《くる》しいので、どうかして鋏《はさみ》から逃《のが》れたいと、一生懸命《しやうけんめい》に首《くび》を引《ひ》つ張《は》ります。蟹《かに》は又鶴《またつる》を池《いけ》の中《なか》へ引《ひ》つぱり込《こ》む積《つも》りで、力《ちから》を入《い》れて引《ひ》つぱります。

兩方《りやうはう》がうん〳〵唸《うな》つて、綱引《つなひき》のやうに引《ひ》つ張《は》り合《あ》ひました。魚達《うをたち》は皆《みんな》で、

『蟹《かに》さん、しつかりやつてくれ。しつかり、しつかり、しつかり。』

と應援《おうえん》します。

蟹《かに》と鶴《つる》との引《ひ》つ張《は》り合《あ》ひは、中々《なか〳〵》勝負《しようぶ》がつきません。その中《うち》に鶴《つる》はいよ〳〵最《さい》後《ご》のありつたけの力《ちから》を出《だ》して、うーんと首《くび》を引《ひ》つぱつたので、鶴《つる》の首《くび》はずる〳〵と延《の》びて、長《なが》く〳〵なりました。

けれどもそのお蔭《かげ》で、蟹《かに》の鋏《はさみ》から抜《ぬ》けて逃《に》げることが出來《でき》ました。

結

鶴《つる》は長《なが》く延《の》びた痛《いた》い首《くび》を振《ふ》りながら、どこかへ飛《と》んで逃《に》げて行《ゆ》きました。鶴《つる》の首《くび》はそれからあんなに長《なが》くなつたといふことです。

鬼になつた八五郎さん

一

鬼《おに》になつた八五郎《らう》さんといふ、面白《おもしろ》い、そして怖《こは》いお話《はなし》。まるで夢《ゆめ》のようなお話《はなし》です。夢《ゆめ》か夢《ゆめ》でないかよくお聞《き》き下《くだ》さい。

八五郎《らう》さんは力《ちから》が強《つよ》いので、それを大變自慢《たいへんじまん》してゐました。

『わしは千人力《にんりき》だ。百貫目《くわんめ》の石《いし》でも一本指《ほんゆび》で動《うご》かすことが出來《でき》る。山《やま》の松《まつ》の木《き》でもわしが吹《ふ》けば倒《たふ》れてしまふぞ。』

こんなことを云《い》つて、町《まち》の中《なか》でも人《ひと》のお家《うち》でもかまはず、どん〳〵歩《ある》き廻《まは》つてゐました。それでも八五郎《らう》さんは、皆《みんな》からほめられると、子供《こども》のように喜《よろこ》んで、どんな辛《つら》い仕事《しごと》でもしてくれるのでした。

『八五郎《らう》さん、此《こ》の松《まつ》の木《き》は隨分大《ずゐぶんおほ》きくて、重《おも》くて困《こま》つてゐますが、一《ひと》つ力《ちから》を借《か》してくれませんか、私《わたし》の家《うち》まで持《も》つて行《ゆ》くのだが。』

『よし〱、これ位何《ぐらゐなん》でもないよ。ごつこいしよ。』

大《おほ》きな松《まつ》の木《き》を、まるでステッキか何《なに》かの様《やう》に、片手《かたて》で持《も》つて歩《ある》くのです。

しかし、少《すこ》しでも氣《き》に入《い》らないことがあれば、虎《とら》のように怒鳴《どな》りながら、自慢《じまん》の腕《うで》を振《ふ》り廻《まは》して、誰彼《たれかれ》の差別《さべつ》なく打《う》つてかゝるのです。

『八五郎《らう》の奴《やつ》、力《ちから》は強《つよ》いが少《すこ》し馬鹿《はか》だね。』

こんなことでも聞《き》かうものなら、眞赤《まつか》になつて怒《おこ》ります。

『わしが馬鹿《はか》だと？　よく云《い》つたな。馬鹿《はか》か馬鹿《はか》でないか見《み》てゐろ。』

といつて、襟首《えりくび》を摑《つか》んでぽいと投《な》げ上《あ》げると、屋根《やね》の上《うへ》に上《あが》つて行《い》つて、コロコロコロ〱と轉《ころ》がつてくる所《ところ》を、又《また》ぽんと蹴《け》ると、まるでゴム毬《まり》のように高《たか》く上《あが》つて行《い》つて、煙突《えんとつ》の上《うへ》に引《ひ》つかゝります。

『助《たす》けてくれ！』

『どうだ、分《わか》つたか。わしの偉《えら》いことがわかつたら助《たす》けてやらう。』

今度《こんど》は煙突《えんとつ》に手《て》をかけて、引《ひ》き倒《たふ》して上《うへ》から落《お》ちて來《く》る所《ところ》を、ひよいと手《て》で受《う》け止《と》めて、放《はな》してやるといふ風《ふう》のことをよくやるのです。

それで、町《まち》の人《ひと》たちは八五郎《らう》さんを見《み》ると、すぐに恐《おそ》れて逃《に》げかくれてしまふのです。

或《あ》る時《とき》、此《こ》の町《まち》の裏《うら》にある山《やま》の上《うへ》のお城《しろ》に、幽霊《いうれい》が出《で》ると云《い》ふ噂《うはさ》が立《た》ちました。

『青《あを》い火《ひ》が燃《も》えるのを見《み》たよ。』

とか、

『怨《うら》めしや、と云《い》ふ聲《こゑ》を聞《き》いたよ。』

とか、色々《いろ／＼》なことが町《まち》の人《ひと》たちの口《くち》から口《くち》へと話《はな》されて、夜《よる》は家《うち》から外《そと》へ出《で》る者《もの》

がなくなつてしまひました。町《まち》の人《ひと》たちは時々《ときどき》集《あつま》つて、幽靈退治《いうれいたいぢ》のことを相談《さうだん》しました。そして、八五郎《らう》さんに頼《たの》んで退治《たいぢ》して貰《もら》はうといふことに決《き》めて、八五郎《らう》さんの所《ところ》へやつて來《き》ました。

『八五郎《らう》さん、今日《けふ》は町《まち》の者《もの》が皆《みんな》でお願《ねが》ひに參《まゐ》りました。』

『お願《ねが》ひとは何《なん》だね。』

『お城《しろ》に幽靈《いうれい》が出《で》ると云《い》ふことですが、町《まち》の者《もの》は皆弱《みなよわ》い奴《やつ》ばかりですから、誰一《だれひと》人《り》幽靈退治《いうれいたいぢ》の出來《でき》る者《もの》がをりません。就《つ》いては、力《ちから》の強《つよ》い八五郎《らう》さんにお願《ねが》ひするがよいと云《い》ふので、參《まゐ》つたのです。どうか幽靈退治《いうれいたいぢ》をして下《くだ》さい。』

これを聞《き》いた八五郎《らう》さんは、

『よし〳〵、今晩《こんばん》すぐに行《い》つてやる。わしが行《い》つたら大丈夫《だいぢやうぶ》だ。皆安心《みなあんしん》するがよい。』

と云《い》つたので、皆《みんな》は喜《よろこ》んで歸《かへ》りました。

二

八五郎《らう》さんは、夜《よる》になるとお城《しろ》に出《で》かけました。古《ふる》くて腐《くさ》れかゝつた櫓《やぐら》の一番《ばん》上《うへ》の所《ところ》へ來《き》て、大《おほ》きな柱《はしら》に身《み》を寄《よ》せて、幽靈《いうれい》の出《で》て來《く》るのを待《ま》つてゐました。あたりは眞暗《まつくら》で死《し》んだように靜《しづ》かです。時々《ときどき》梟《ふくろ》が、ホツ、ホツと鳴《な》く位《くらゐ》のこと。

『さあ、幽靈《いうれい》、出《で》て來《こ》い。』

八五郎《らう》さんは腕《うで》を撫《な》でゝ待《ま》つてゐたが、何《なに》も出《で》て來《き》ません。その中《うち》に眠《ねむ》くなつて來《き》ました。しかし今眠《いまねむ》つてはいけないと思《おも》つて、一生懸命《しやうけんめい》眼《め》を擦《こす》つてゐるけれども、眠《ねむ》くて〱たまりません。たうとう柱《はしら》に身《み》を寄《よ》せて、こくり〱と眠《ねむ》り出《だ》しました。

しばらくすると、冷《つめた》い風《かぜ》がひゆうと吹《ふ》いて來《き》て、櫓《やぐら》の下《した》の方《はう》で、

『ドロ〱ー！』

といふ音《おと》がします。青《あを》い火《ひ》がによろ〳〵と燃《も》えては消《き》え、消《き》えては燃《も》えてゐる中《うち》に、その青《あを》い火《ひ》の中《なか》から、すうーと現《あらは》れたのは、背《せ》の丈《たけ》一丈《ぢやう》八尺《しやく》ばかり、眞蒼《まつさを》な顔《かほ》をした、口《くち》の耳《みゝ》まで裂《さ》けた、髮《かみ》をふり亂《みだ》した幽靈《いうれい》です。

『八五郎《らう》！』（震へる聲で餘韻を長く響かす）

その聲《こゑ》の氣味《きみ》の惡《わる》いこと、流石《さすが》の八五郎《らう》さんも思《おも》はずぞつとして、ぶる〳〵と震《ふる》へ上《あが》つてしまふと、ものを云《い》ふことも出來《でき》ねば、立《た》ち上《あが》ることも出來《でき》ません。幽靈《いうれい》はする〳〵と八五郎《らう》さんの方《はう》に近《ちか》づいて來《き》て、八五郎《らう》さんの手《て》を握《にぎ》りしめました。

『八五郎《らう》、わしについて來《こ》い。』

八五郎《らう》さんは幽靈《いうれい》に手《て》を取《と》られると、まるで力《ちから》を拔《ぬ》かれたようになつて、ちつとも手向《てむか》ひが出來《でき》ません。そのまゝ幽靈《いうれい》と一緒《しよ》に歩《ある》き出《だ》しました。櫓《やぐら》を下《お》りて、土《つち》の穴《あな》の中《なか》に入《はい》つて行《ゆ》きました。どん〳〵どん〳〵穴《あな》の中《なか》を下《した》へ

下《した》へと下《お》りて行《ゆ》く中《うち》に、たうとう廣《ひろ》い立派《りつぱ》な御殿《ごてん》へ來《き》ました。

御殿《ごてん》の眞中《まんなか》の高《たか》い段《だん》の上《うへ》には、眞赤《まつか》な顔《かほ》をした大《おほ》きな／＼閻魔樣《えんまさま》が坐《すわ》つて、その兩側《りやうがは》には、赤鬼《あかおに》と青鬼《あをおに》とがずらりと列《なら》んでゐます。八五郎《らう》さんが閻魔樣《えんまさま》の前《まへ》に坐《すわ》ると、閻魔樣《えんまさま》は破鐘《われがね》のような聲《こゑ》をして、

『八五郎《らう》、お前《まへ》は少《すこ》しばかりの力《ちから》を自慢《じまん》して、生意氣《なまいき》にも幽靈退治《いうれいたいぢ》に出《で》て來《く》るとは不都合《ふつがふ》千萬《ばん》な奴《やつ》だ。その上町《うへまち》の弱《よわ》い人々《ひと／＼》を苛《いぢ》めて迷惑《めいわく》をかけてゐると云《い》ふことだ。お前《まへ》の力《ちから》がどれ位《ぐらゐ》あるか、一《ひと》つ此《こ》の鬼《おに》の中《なか》で一番弱《ばんよわ》い奴《やつ》と角力《すまふ》をとつて見《み》ろ。もしお前《まへ》が負《ま》けたら、その罰《ばち》で背高背左衛門《せたかせざゑもん》にしてやるぞ。』

かう云《い》ふと、青《あを》い鬼《おに》の列《れつ》の一番後《ばんうしろ》にゐたのが出《で》て來《き》て、

『これ、五八郎《らう》、お前《まへ》はわしと角力《すまふ》をとるのぢや。わしは此《こ》の地獄《ぢごく》で一番弱《ばんよわ》い、昨日《きのふ》生《うま》れたばかりの青坊《あをんぼう》の鬼《おに》だ。さあ來《こ》い。』

八五郎《らう》さんはその鬼《おに》と角力《すまふ》をとることになりました。土俵《どへう》に出《で》てくみつかうと

したが、すぐに二本指《ほんゆび》で首《くび》を摘《つま》まれると、ポンと投《な》げ上《あ》げられて、高《たか》い〳〵御殿《ごてん》の屋根《やね》の上《うへ》に上《あが》つて、コロ〳〵コロ〳〵と轉《ころ》がり落《お》ちます。落《お》ちたら死《し》んでしまふことゝ覺悟《かくご》して眼《め》を閉《と》ぢてゐると、落《お》ちる所《ところ》を、その鬼《おに》にひよいと受《う》け止《と》められて、

『こりや、どうぢや、參《まゐ》つたか。』

『降參《かうさん》します。』

『それでも千人力《にんりき》などゝ自慢《じまん》するか。さあ、負《ま》けた罰《ばち》に背《せ》高背左衞門《たかせざゑもん》にしてやるぞ。』

と云《い》つて、大《おほ》きな鐵《てつ》の臺《だい》の上《うへ》に載《の》せて、たくさんの鬼《おに》と一所《しよ》に、八五郎《らう》さんを揉《も》み始《はじ》めました。すると八五郎《らう》さんは、まるで飴棒《あめぼう》みたいに、ずん〳〵ずん〳〵と背《せ》が長《なが》く延《の》びて、一丈八尺位《ちやうしやくぐらゐ》になりました。その代《かは》りに、體《からだ》は細《ほそ》く〳〵なつて、たうとう竹《たけ》のように細長《ほそなが》くなりました。

『もうこれでよし。さあ、立《た》つて歩《ある》いて見《み》ろ。』

八五郎《らう》さんは立《た》ち上《あが》らうとしましたが、ひよろ〳〵して立《た》ち上《あが》ることが出來《でき》ません。

『どうぢや、早《はや》く立《た》たんか。』

どしんと頭《あたま》をぶたれました。

『あつ！　いたつ！』

『痛《いた》いも何《なに》もあるものか。何《なに》を愚圖《ぐづ》〳〵してゐる。早《はや》く立《た》たんか。』

又一《またひと》つどしん。

『立《た》ちます、立《た》ちます。うんとこごつこいしよ。』

やつと立《た》ち上《あが》りましたが、あまり背《せ》が高《たか》いので、目《め》が廻《まは》つて歩《ある》けません。あつちにひよろり、こつちにひよろり、ひよろり〳〵してゐるので、鬼《おに》は鐵《てつ》の棒《ぼう》で足《あし》をなぐると、八五郎《らう》さんはばつたり倒《たふ》れてしまひました。

『又轉《またころ》んだな。さあ、早《はや》く立《た》つて、立《た》つて。』

仕方《しかた》がない。又《また》ひよろ〳〵しながら立《た》ち上《あが》ります。歩《ある》かうとすれば目《め》が廻《まは》つてひよろり〳〵っ。又《また》ぶたれる。又倒《またたふ》れる。もうどうにもなりません。

『どうか背《せ》を低《ひく》くして下《くだ》さい。』

とお願《ねが》ひすると、

『よし〳〵、では背低背左衛門《せひくせざゑもん》にしてやる。』

といつて、又鐵《またてつ》の臺《だい》の上《うへ》に載《の》せて、今度《こんど》は頭《あたま》と足《あし》とを鐵棒《てつぼう》で、どん〳〵叩《たた》きました。

『いたい、いたい！』

と云《い》つてゐる中《うち》に、頭《あたま》の方《はう》と足《あし》の方《はう》とから、だん〳〵背《せ》が縮《ちぢ》まつて、一尺位《しやくぐらゐ》になつてしまひました。その代《かは》り體《からだ》が太《ふと》くなつたこと、まるで達磨《だるま》さんのようになりました。足《あし》は二寸位《すんぐらゐ》。

『さあ、立《た》つて歩《ある》け。』

八五郎《らう》さんは、立《た》ち上《あが》るには立《た》ち上《あが》つたが、足《あし》が短《みじか》い上《うへ》に體《からだ》が太《ふと》いから、歩《ある》くことが出來《でき》ません。一足歩《ひとあしある》いてはコロッと轉《ころ》び、起《お》き上《あが》つては又轉《またころ》びます。

『何《なに》をぐづ／＼してゐる。さつさと歩《ある》かないか。』

ごしん／＼とぶたれます。痛《いた》くてたまりません。

『お願《ねが》ひです。どうか元《もと》の通《とほ》りにして下《くだ》さい。』

『よし／＼、では元通《もとどほ》りにしてやる。しかし今度《こんど》は鬼《おに》になるんだぞ。』

鬼《おに》は八五郎《らう》さんを鐵《てつ》の臺《だい》に載《の》せて、又揉《またも》み始《はじ》めました。八五郎《らう》さんはだん／＼長《なが》くなつて、元通《もとどほ》りになりました。

すると側《そば》にある箱《はこ》から二本《ほん》の角《つの》を取《と》り出《だ》して、八五郎《らう》さんの頭《あたま》につけ、衣服《きもの》を脫《ぬ》がせて、體中《からだぢう》に眞黑《まつくろ》い長《なが》い毛《け》をつけました。そして二人《ふたり》の鬼《おに》が、大《おほ》きな庖丁《はうてう》を二本口《ほんくち》の中《なか》に押《お》し込《こ》むと、一、二、三、と號令《がうれい》をかけて、その庖丁《はうてう》を兩方《りやうはう》に引《ひ》き

ました。

『あつ、いたつ！』

と思《おも》ふ間《ま》もなく、八五郎《らう》さんの口《くち》は耳《み》の所《ところ》まで裂《さ》けてしまひました。

これを見《み》た閻魔様《えんまさま》は、

『うん、それで立派《りつぱ》に鬼《おに》になつた。もういゝから家《うち》へ歸《かへ》れ。しかしよく云《い》つておくが、お前《まへ》はこれから親孝行《おやこうかう》をせねばならん。それには、お前《まへ》を見世物《みせもの》にするのだ。そしてお金《かね》を儲《まう》けてお父《とう》さんお母《かあ》さんを養《やしな》ふのだぞ。若《も》しそれに背《そむ》いたら、火焙《ひあぶ》りにして食《た》べてしまふぞ。いゝか。』

『はい、決《けつ》して背《そむ》きません。』

『では歸《かへ》れ。』

八五郎《らう》さんは元來《もとき》た穴《あな》から上《あが》つてお家《うち》へ歸《かへ》りました。

三

お家《うち》の戸《と》をがらりと開《あ》けて、

『お父《とう》さん、只今《たゞいま》。』

聲《こゑ》をかけて上《うへ》に上《あが》らうとすると、お父《とう》さんお母《かあ》さんが出《で》て來《き》ましたが、一目《ひとめ》見《み》ると、

『おやつ、鬼《おに》だ〳〵。』

といつて、後《あと》をも見《み》ずにどん〳〵逃《に》げ出《だ》しました。八五郎《らう》さんは、

『お父《とう》さん、お母《かあ》さん、待《ま》つて下《くだ》さい。私《わたし》です、八五郎《らう》です。』

けれども二人《ふたり》は怖《こは》いから、そんなことは聞《きこ》えません。どん〳〵逃《に》げるばかり。

『待《ま》つて下《くだ》さい、待《ま》つて下《くだ》さい。お父《とう》さん、お母《かあ》さん、八五郎《らう》です、八五郎《らう》です。』

やつとこれを聞《き》いたお父《とう》さんは、ふと立《た》ち止《ごま》つて振《ふ》り返《かへ》つて見《み》ると、角《つの》が生《は》え、毛《け》が生《は》えて、口《くち》が耳《みゝ》まで裂《さ》けてゐるけれども、確《たし》かに我子《わがこ》の八五郎《らう》です。

『おゝ、お前《まへ》は八五郎《らう》か。』

お母《かあ》さんもやつと八五郎《らう》さんだといふことが分《わか》つて、

『まあ、八五郎《らう》ぢやないか。どうしてそんな姿《すがた》になつたのだえ。可哀《かはい》さうに、可《か》哀《はい》さうに。』

と泣《な》き出《だ》しました。

『お父《とう》さん、お母《かあ》さん、そのわけは後《あと》でお話《はなし》します。すぐに私《わたし》を町《まち》につれて行《い》つて見世物《みせもの》にして下《くだ》さい。そしたらきつとたくさんのお金《かね》が儲《まう》かりますから。』

『お前《まへ》を見世物《みせもの》にする？　そんな馬鹿《はか》なことが出來《でき》るものか。たとひ鬼《おに》になつたとて、可愛《かはい》い〳〵たつた一人子《ひとりつこ》だもの。』

『いゝえ、どうかさうして下《くだ》さい。でないと、私《わたし》は閻魔様《えんまさま》に火焙《ひあぶ》りにされますか

ら。ねえ、早《はや》く〳〵。』

あまり八五郎《らう》さんが頼《たの》むので、お父《とう》さんも仕方《しかた》なしに鐵《てつ》の格子《かうし》のついた箱《はこ》を作《つく》つて、その中《なか》に八五郎《らう》さんを入《い》れて、車《くるま》に載《の》せて町《まち》に行《ゆ》きました。そして四方《はう》に幕《まく》を張《は》つた小屋《こや》を作《つく》つて、大聲《おほごゑ》に見物人《けんぶつにん》を呼《よ》びました。

『さあ、入《い》らつしやい〳〵。珍《めづら》しい鬼《おに》ぢや、鬼《おに》ぢや。地獄《ごく》で生捕《いけど》つた鬼《おに》ぢや。見《けん》物料《ぶつれう》は只《たゞ》の五錢《せん》。さあ、入《い》らつしやい〳〵。』

これを聞《き》いた町《まち》の人《ひと》たちは、

『鬼《おに》とは珍《めづら》しいね、行《い》つて見《み》よう、行《い》つて見《み》よう。』

と、澤山《たくさん》の人《ひと》が入《はい》つてくる。入《はい》つて來《き》て見《み》てゐる人《ひと》は、

『これは恐《おそろ》しさうな鬼《おに》だね。でも何《なん》だかあの八五郎《らう》によく似《に》てゐるね。』

『さうだ、八五郎《らう》そつくりだ。』

『あいつ日頃力自慢《ひごろちからじまん》をしてゐたから、鬼《おに》になつてしまつたのかも知《し》れんぞ。』

『幽霊《いうれい》退治《たいぢ》に行《い》つて、鬼《おに》にされてはつまらないな。』

『矢張《やつぱ》り八五郎《らう》も幽霊《いうれい》には叶《かな》はないと見《み》えるね。まあ可哀《かはい》さうに、泣《な》いてゐるぢやないか。』

『何《なに》が可哀《かはい》さうなものか。いつもわし等《ら》を苛《いぢ》めてゐたから、その罰《ばち》だよ。一《ひと》つぶつてやれ。』

ステッキで格子《かうし》の外《そと》からつゝく者《もの》もあれば、石《いし》を投《な》げ込《こ》む者《もの》もあり、唾《つば》をはきかける者《もの》さへあります。

八五郎《らう》さんは殘念《ざんねん》でたまりません。しかし鐵《てつ》の格子《かうし》だから外《そと》に出《で》ることも出來《でき》ません。

日《ひ》が暮《く》れて、車《くるま》に載《の》せられて歸《かへ》つて來《き》たが、八五郎《らう》さんは、又明日《またあす》も見世物《みせもの》にされて、町《まち》の人《ひと》たちから惡口《あくこう》をされたり、石《いし》を投《な》げられたりするのかと思《おも》ふと、情《なさけ》なくて仕方《しかた》がありません。どうかして鬼《おに》でなく、元《もと》の人間《にんげん》になりたくて〳〵た

まりません。

八五郎《らう》さんは、もう一度《ど》閻魔様《えんまさま》にお願《ねが》ひして、元《もと》の人間《にんげん》にして頂《いただ》きたいと思《おも》ひましたが、そんなことを云《い》へば、きつと又叱《またしか》られてぶたれたり、背高背左衛門《せたかせざゑもん》や背低背左衛門《せひくせざゑもん》にされるかも知《し》れないと思《おも》ふと、怖《こは》くてそれも出來《でき》ません。しかし見世物《みせもの》にされて、唾《つば》など吐《は》きかけられるのは尚辛《なほつら》い。たうとう思《おも》ひ切《き》つて、もう一度《ど》閻魔様《えんまさま》の所《ところ》へ行《い》くことに決《き》めました。

四

八五郎《らう》さんは、闇夜《やみよ》を幸《さいは》ひに、そつとお家《うち》を拔《ぬ》け出《だ》して、お城《しろ》へやつて來《き》て、あの穴《あな》を傳《つた》はつて下《お》りて行《ゆ》きました。間《ま》もなく御殿《ごてん》に來《き》て、閻魔様《えんまさま》の前《まへ》に出《で》ました。

『八五郎《らう》、何《なん》の用事《ようじ》で來《き》たのか。』

『閻魔様《えんまさま》、どうぞ私《わたし》を人間《にんげん》にして下《くだ》さい。』

『人間《にんげん》にしてくれと申《まを》すのか。では背高背左背門《せたかせざゑもん》になりたいのか、それとも背低《せひく》背左衛門《せざゑもん》になりたいのか。』

『いゝえ〳〵、背高背左衛門《せたかせざゑもん》でも背低背左衛門《せひくせざゑもん》でもありません。元《もと》の通《とほ》りの人間《にんげん》にして下《くだ》さい。』

『それは出來《でき》ない。背高背左衛門《せたかせざゑもん》も背低背左衛門《せひくせざゑもん》も嫌《いや》なら、やつぱり鬼《おに》でゐなくてはいけない。』

『鬼《おに》で見世物《みせもの》にされるのは死《し》ぬより辛《つら》いことです。町《まち》の奴等《やつら》から惡口《わるくち》を云《い》はれたり、石《いし》を投《な》げられたり、唾《つは》まではきかけられるのですもの。』

『それは當《あた》り前《まへ》ぢや。平常《いつも》のお前《まへ》の行儀《ぎやうぎ》が惡《わる》いからだ。まだ〳〵お前《まへ》は鬼《おに》で修業《しゆげふ》せねばならん。』

『閻魔様《えんまさま》、私《わたし》これからどんなことでも致《いた》しますから、どうか元《もと》の人間《にんげん》にして下《くだ》さ

い。お願《ねが》ひです、お願《ねが》ひです。』

『そんなに人間《にんげん》になりたいのか。では元《もと》の人間《にんげん》にしてやらう。』

『えつ？　元《もと》の人間《にんげん》にして下《くだ》さるんですか。あゝ、有難《ありがた》い〱。』

『だが一つ云《い》つておくことがあるぞ。今後《こんご》は決《けつ》して、それ位《ぐらゐ》の力《ちから》を自慢《じまん》したり、町《まち》の人《ひと》を苛《いぢ》めたりしてはならんぞ。お前《まへ》のその力《ちから》は、町《まち》の人《ひと》のためにいゝことに使《つか》へば、随分役《ずゐぶんやく》に立《た》つんだからな。』

『はい〱、よく分《わか》りました。決《けつ》してその御言葉《おことば》には背《そむ》きません。』

『よし、では、元《もと》の八五郎《らう》にしてやれ。』

『はつ！』

青鬼《あをおに》と赤鬼《あかおに》が返事《へんじ》をして、

『これ、八五郎《らう》、お城《しろ》の櫓《やぐら》まで上《のぼ》れ、そこで元《もと》の八五郎《らう》にしてやるから。』

『はい〱、有難《ありがた》うございます。』

八五郎《らう》さんは、二匹《ひき》の鬼《おに》につれられて、穴《あな》から上《あが》つて櫓《やぐら》の上《うへ》まで來《き》ました。

『先《ま》づ毛《け》を拔《ね》いてやる。』

鬼《おに》は一本《ほん》づゝ毛《け》を拔《ね》き出《だ》しました。ぷつり、ぷつり、ぷつりと毛《け》を拔《ね》かれるが、その痛《いた》いこと、痛《いた》いこと。しかし八五郎《らう》さんは、じつと我慢《がまん》してゐました。その中《うち》に、毛《け》は一本殘《ほんのこ》らず拔《ね》かれてしまひました。そして衣服《きもの》を着《き》せて貰《もら》ひました。

『さあ、今度《こんど》は口《くち》を縫《ね》ふぞ。』

大《おほ》きな針《はり》で口《くち》を縫《ね》ひます。これは毛《け》を拔《ね》かれるよりよほど痛《いた》い。けれどもじつと我慢《がまん》してゐます。やつと縫《ね》ひ終《をは》ると、

『もうこれでよい。これで元《もと》の八五郎《らう》ぢや。』

鬼《おに》は歸《かへ》りかけました。

『待《ま》つて下《くだ》さい。まだ角《つの》が殘《のこ》つてゐます。』

『おゝ、さうだ。今度《こんど》は少《すこ》し痛《いた》いぞ。』

二匹《ひき》の鬼《おに》は一本《ほん》づゝの角《つの》に兩手《りやうて》をかけて、ぐるり〳〵と廻《まは》し始《はじ》めました。これは毛《け》を抜《ぬ》かれるよりも、口《くち》を縫《ぬ》はれるよりもまだ〳〵痛《いた》い。八五郎《らう》さんはもう我《が》慢《まん》が出來《でき》ません。

『痛《いた》い〳〵。どうか少《すこ》し柔《やはら》かにやつて下《くだ》さい。』

『柔《やはら》かにやつてくれつて、これより柔《やはら》かには出來《でき》ん。それがいやならこのまゝにしておくぞ。』

八五郎《らう》さんもこれには困《こま》りました。

『よろしうございます、では早《はや》く抜《ぬ》いて下《くだ》さい。』

『中々《なか〳〵》深《ふか》く入《はい》つてゐるから、早《はや》くは抜《ぬ》けん。』

ぐるり〳〵と廻《まは》します。八五郎《らう》さんは、うーん、うーんと呻《うな》つてゐます。その中《うち》に鬼《おに》は、一、二の三と聲《こゑ》をかけて、ぽんと角《つの》を抜《ぬ》き取《と》りました。

八五郎《らう》さんは、兩手《りやうて》で角《つの》の抜《ぬ》けた後《あと》をしつかりと抑《おさ》へて、思《おも》はず、

『あつ！　痛《いた》つ！』

と大聲《おほごゑ》を立《た》てました。

　と、その聲《こゑ》でふと氣《き》がついてあたりを見《み》ると、城《しろ》の櫓《やぐら》にはもう鬼《おに》はゐないで、あたりは薄明《うすあか》るくなつてゐます。

　角《つの》の拔《ぬ》けた後《あと》はちつとも痛《いた》くありません。穴《あな》も明《あ》いてゐません。口《くち》のあたりを手《て》で撫《な》でてみると、縫《ぬ》つた跡《あと》もありません。

『はてな、はてな。』

八五郎《らう》さんはいつまでも考《かんが》へ込《こ》んでゐました。

結

　それから八五郎《らう》さんは、まるで生《うま》れ變《かは》つたやうに優《やさ》しくなつて、町《まち》の人達《ひとたち》のためによく働《はたら》きました。幽靈《いうれい》の出《で》ると云《い》ふ噂《うはさ》もそれきりなくなりました。

鬼《おに》になつた八五郎《らう》さんのお話《はなし》。まるで夢《ゆめ》のやうなお話《はなし》ですね。ではこれでおしまひ。

馬鹿王様

枕

皆《みな》さんは、毎日學校《まいにちがくかう》でいろ〱なことを習《なら》つて、いろ〱な事《こと》を知《し》つてゐらつしやる。學問《がくもん》は大切《たいせつ》です。しかし學問《がくもん》も只口先《たゞくちさき》で云《い》つたり、筆先《ふでさき》で書《か》くだけのことでは駄目《だめ》です。

これを實際《じつさい》に行《おこな》はなければ何《なん》の甲斐《かひ》もありません。實際《じつさい》に行《おこな》ふのには、坐《すわ》つてばかりゐてはいけません。立《た》つて働《はたら》かねばなりません。殊《こと》に我國《わがくに》のような農業國《のふげふこく》では、高尚《かうせう》な學問《がくもん》をする學者《がくしや》よりも、役人《やくにん》よりも、田《た》や畑《はたけ》で働《はたら》くお百姓《しやう》さんがどれだけ大切《たいせつ》だかわかりません。このことをよくお考《かんが》へ下《くだ》さい。そして私《わたし》のお話《はなし》をお聞《き》き下《くだ》さい。私《わたし》のお話《はなし》はをかしいお話《はなし》ですから笑《わら》つて下《くだ》さい。しかし只笑《たゞわら》つた

だけでしまはないで下《くだ》さい。笑《わら》つた後《あと》で、又《また》よく考《かんが》へて下《くだ》さい。

一

昔《むかし》、西洋《せいやう》の或《あ》る國《くに》に、一人《ひとり》の王様《わうさま》がありました。王様《わうさま》には一人《ひとり》も王子《わうじ》がないので、王《わう》の位《くらゐ》を譲《ゆづ》る人《ひと》がありません。しかし、もう大分《だいぶ》年《とし》もとつてをられるので、國《くに》を治《をさ》めるのも骨《ほね》が折《を》れるから、早《はや》く王《わう》の位《くらゐ》を誰《だれ》かに譲《ゆづ》りたいと考《かんが》へられました。そこで大臣達《だいじんたち》を集《あつ》めて、

『わしはもう王《わう》を止《や》めたいから、誰《だれ》かを世嗣《よつぎ》に決《き》めたいのだ。それについては三つの問題《もんだい》を出《だ》して、それに合格《がふかく》した者《もの》を世嗣《よつぎ》にしたいと思《おも》ふ。』

大臣《だいじん》たちは、自分《じぶん》でその問題《もんだい》に答《こた》へて、王様《わうさま》になりたいと思《おも》つてゐるので、

『それは大《たい》そう結構《けつこう》なお考《かんが》へです。してその問題《もんだい》と申《まを》しますのは?』

『先《ま》づ第《だい》一は、嘘《うそ》をいつて私《わし》をうまく瞞《だま》すことぢや。』

大臣《だいじん》たちはこれを聞《き》いて、困《こま》つた顔《かほ》つきをしました。それは、王様《わうさま》は大變賢《たいへんかしこ》いお方《かた》で、中々《なか〳〵》王様《わうさま》を瞞《だま》すようなことは出來《でき》まいと思《おも》つたからです。

『して第二《だい》の問題《もんだい》は？』

『第二《だい》は謎《なぞ》だ。』

『謎《なぞ》ですか。こいつはうまい。どんな謎《なぞ》ですか。』

大臣《だいじん》たちは謎位《なぞぐらゐ》ならなんとかして解《と》いて見《み》せると思《おも》つたからです。

『いつでも眞圓《まんまる》いが、長《なが》くもなれば短《みじか》くもなるものは何《なに》かと云《い》ふのだ。』

大臣《だいじん》たちはこれを聞《き》いて、これも中々《なか〳〵》六ケしいと思《おも》ひながら、

『第三《だい》の問題《もんだい》は？』

『第三《だい》は、わしの體《からだ》に手《て》を觸《ふ》れないで、わしをお庭《には》へ下《お》ろすことぢや。』

『えつ？　王様《わうさま》を玉座《ぎよくざ》から手《て》も觸《ふ》れないでお庭《には》へ下《お》ろす？』

大臣《だいじん》たちは、全《まつた》く出來《でき》さうもないことですから、呆氣《あつけ》にとられてぼんやりして

ゐました。

『どうぢや、お前達《まへたち》の中《うち》で王《わう》になれる人《ひと》があるかな。』

大臣《だいじん》たちは、只顔《たゞかほ》を見合《みあは》せてゐるばかり。

『兎《と》に角《かく》お前達《まへたち》も考《かんが》へて見《み》るがいゝ。そして、このことは國中《くにぢう》にしらせて、誰《だれ》でもいゝから、早《はや》く合格《がふかく》した者《もの》を王《わう》にすることにしやう。』

と云《い》はれたので、大臣《だいじん》たちはすぐにこのことを高《たか》い札《ふだ》に書《か》いて、國中《くにぢう》の町《まち》や村《むら》に立《た》てさせました。

すると、國中《くにぢう》では、どこでもこゝでもその評判《ひやうはん》ばかりです。皆王様《みなわうさま》になりたいものですから、一生懸命《しやうけんめい》に頭《あたま》を絞《しぼ》つて考《かんが》へるけれども、どうもいゝ考《かんが》へが浮《うか》びません。

それでも方々《はう〳〵》の町《まち》や村《むら》から、色々《いろ〳〵》の人《ひと》がお城《しろ》へやつて來《き》ます。しかし、皆落第《みならくだい》して追返《おひかへ》されるのです。

或《あ》る日《ひ》のこと、立派《りつぱ》な軍服《ぐんぷく》を着《き》て大《おほ》きな馬《うま》に乘《の》つた將軍《しやうぐん》が、お城《しろ》へやつて來《き》て案内《あんない》を乞《こ》ひました。

『拙者《せつしや》は王《わう》の試驗《しけん》に參《まゐ》つたものぢや。』

『へゝえ、どうぞお通《とほ》り下《くだ》さい。』

案内人《あんないにん》に導《みちび》かれて、王樣《わうさま》の前《まへ》へ出《で》ると、

『先《ま》づ、第《だい》一の問題《もんだい》から始《はじ》めませう。私《わたし》が若《わか》い頃《ころ》印度《いんど》と戰爭《せんさう》をした時《とき》のことですが、千人《にん》ばかりの兵《へい》を引《ひ》き連《つ》れて、敵《てき》の城《しろ》の門《もん》まで進《すゝ》みました。敵兵《てきへい》はごつと喊《とき》を作《つく》つて攻《せ》め寄《よ》せる。千人《にん》の兵《へい》は勇《いさま》しく戰《たゝか》つたが、一人《ひとり》殘《のこ》らず敵《てき》の刃《やいば》に斃《たふ》れてしまつた。けれどもその力《ちから》で、やつと城《しろ》の門《もん》を開《あ》けることが出來《でき》ました。私《わたし》は喜《よろこ》んで、馬《うま》に一鞭當《ひとむちあ》てゝ門《もん》を入《はい》つて見《み》ると、敵兵《てきへい》は皆切腹《みなせつぷく》して、一人《ひとり》殘《のこ》らず死《し》んでゐる。私《わたし》はすぐに敵《てき》の大將《たいしやう》を見《み》つけ出《だ》して、その首《くび》をとつて勇《いさ》んで歸《かへ》らうとしたのですが、馬《うま》が弱《よわ》つてゐるから、水《みづ》を飲《の》ませてやらうと思《おも》つて、お城《しろ》の濠《ほり》へつれて

來《く》ると、馬《うま》は喜《よろこ》んで水《みづ》を呑《の》みました。馬《うま》の奴《やつ》、餘《よ》程喉《ほどのど》が乾《かわ》いてゐたと見《み》えて、水《みづ》を呑《の》むわ、呑《の》むわ。一時間《じかん》、二時間《じかん》、三時間《じかん》、たうとう夜《よる》になつてもまだ止《や》めない。その中《うち》に、廣《ひろ》い深《ふか》いお濠《ほり》の水《みづ》も、今《いま》は殘《のこ》りもない程《ほど》になつてしまつた。私《わたし》もあまり不思議《ふしぎ》なので、ふと振《ふ》り返《かへ》つて見《み》ると、私《わたし》の馬《うま》は、私《わたし》の乘《の》つてゐる鞍《くら》の所《ところ》から後《うしろ》の體《からだ》がない。馬《うま》は前《まへ》の二本足《ほんあし》だけで立《た》つてゐるのです。成程《なるほど》、これではいくら水《みづ》を呑《の》んでも腹《はら》にたまらないわけです。呑《の》むはしから流《なが》れ出《で》るのですもの。

そこで馬《うま》の體《からだ》が切《き》りとられたのだらうかと考《かんが》へながら、城《しろ》の門《もん》の所《ところ》まで來《き》て見《み》ると、そこに馬《うま》の體《からだ》の後《うしろ》の方《はう》が落《お》ちてゐる。ハ、ハア、こゝで敵《てき》の兵《へい》に切《き》られたのだなと分《わか》つたけれども、ぐづ／＼して、このまゝにしてをれば、敵《てき》の大將《たいしやう》がまた攻《せ》めて來《く》るかも知《し》れぬ。早《はや》く逃《に》げねばならんと思《おも》つたが、二本脚《ほんあし》の馬《うま》では逃《に》げられない。切《き》り落《おと》された馬《うま》の後《うしろ》の方《はう》を繼《つ》ぎ合《あ》はせて、そこにあつた藤蔓《ふぢづる》を切《き》つて縫《ぬ》ひつけて、ひらりと飛《と》び乘《の》つて驅《か》け出《だ》しました。所《ところ》が藤《ふぢ》の枝《えだ》に根《ね》が少《すこ》し殘《のこ》つてゐた

と見《み》えて、馬《うま》の背《せ》から藤《ふぢ》が葉《は》を出《だ》し、花《はな》を咲《さ》かせ、それは〲珍《めづ》らしい馬《うま》が出來《でき》ました。これを王様《わうさま》に只《たゞ》の一目《ひとめ》でもいゝから………』

『もうよし〲。よく分《わか》つた。それはお前《まへ》の見《み》た夢《ゆめ》だらう。そんな下《くだ》らんことでわしは瞞《だま》されないよ。下《さが》れ〲。』

『へゝえ、恐《おそ》れ入《い》りました。全《まつた》く夢《ゆめ》のようなことです。』

今度《こんど》はテニスのチャンピオンがやつて來《き》ました。

『王様《わうさま》、私《わたし》は先《ま》づ第《だい》二の謎《なぞ》から初《はじ》めませう。』

『よろしい。いつでも眞圓《まんまる》いが、長《なが》くもなり短《みじか》くもなるものは何《なに》かね。』

『それはゴム毬《まり》でございます。ゴム毬《まり》はいつでも眞圓《まんまる》いけれども、抑《おさ》へれば横《よこ》に長《なが》くなりますが、縦《たて》には短《みじか》くぺつちやんこになつてしまひます。』

『ははあ、それではいつでも眞圓《まんまる》いことはないわけぢやないか。ぺつちやんこになつてゐる時《とき》は眞圓《まんまる》いことはないだらう。どうだ。歸《かへ》れ〲。』

『へゝえ、どうも恐《おそ》れ入《い》りました。』

次《つぎ》に入《はい》つて來《き》たのは花屋《はなや》でありました。

『私《わたし》は第《だい》三の問題《もんだい》から始《はじ》めませう。』

『よろしい、わしに觸《ふ》れないで庭《には》まで下《お》ろすのぢやぞ。』

『はい、畏《かしこま》りました。私《わたし》は花屋《はなや》でございまして、王様《わうさま》になりたいなどとそんなことはちつとも考《かんが》へてゐませんから、私《わたし》の申《まを》し上《あ》げることはほんとうのことでございます。實《じつ》は昨日《さくじつ》支那《しな》から參《まゐ》りました珍《めづら》しい花《はな》がございますので、王様《わうさま》にお目《め》にかけたいと思《おも》つて持《も》つて參《まゐ》りました。』

『さうか、それは御苦勞《ごくらう》だつたね。どんな花《はな》かね。』

『眞黑《まつくろ》な小《ちひ》さな花《はな》で、見《み》かけは大變見《たいへんみ》すぼらしいものですが、不思議《ふしぎ》なことには、その花《はな》は歌《うた》を歌《うた》ふのです。』

『何《なに》？　花《はな》が歌《うた》を歌《うた》ふ？　それはほんとうか。』

『はい、決《けつ》して嘘《うそ》は申《まを》しません。』

『それは珍《めづら》しいね。どこに持《も》つて來《き》てある。』

『此處《こゝ》まで持《も》つて來《こ》ようかと存《ぞん》じましたが、あまり畏《おそ》れ多《おほ》いので庭《には》においてあります。どうぞ御覧下《ごらんくだ》さい。』

『御苦勞《ごくらう》ぢやが、こゝまで持《も》つて來《き》てはくれまいか。』

『それが實《じつ》は大變不思議《たいへんふしぎ》な花《はな》で、部屋《へや》の中《なか》では決《けつ》して歌《うた》を歌《うた》ひませんのです。でどうかお庭《には》まで下《お》りて下《くだ》さらないと困《こま》りますので。』

『さうか、實《じつ》はわしも庭《には》まで行《い》つて聞《き》きたいのだが、うつかり庭《には》に出《で》ないことになつてゐるので、お氣《き》の毒《どく》だがその花《はな》はそのまゝ持《も》つて歸《かへ》つてくれ。』

『殘念《ざんねん》でございますなあ、折角《せつかく》の珍《めづら》しい花《はな》の歌《うた》をお耳《みゝ》に入《い》れないで歸《かへ》るのは。』

『殘念《ざんねん》だね、わざ〳〵來《き》て王樣《わうさま》になりそこなつて歸《かへ》るのは。』

『これは〳〵、どうも恐《おそ》れ入《い》りました。』

こんな風《ふう》で、誰一人《たれひとり》として王樣《わうさま》の三つの問題《もんだい》にうまく答《こた》へる者《もの》はありませんでした。

皆《みな》さんはどうです。王樣《わうさま》になれさうですかね。

二

此《こ》の國《くに》のずつと遠《とほ》い片田舍《かたゐなか》に、フレッドといふお百姓《しやう》さんが住《す》んでゐました。

村《むら》の人《ひと》はフレッドさんを、馬鹿《ばか》フレッドと呼《よ》んでゐました。

それはフレッドさんは、朝《あさ》は暗《くら》い中《うち》から、夕方《ゆふがた》は星《ほし》の出《で》る頃《ころ》までせつせと働《はたら》いて、田畑《たはた》のものをよく作《つく》ります。しかし慾《よく》といふことを知《し》りません。又學問《またがくもん》をちつとも知《し》りません。知《し》つてゐるのは働《はたら》くことだけでした。

『フレッドさん、お米《こめ》がよく出來《でき》たね。私《わし》に少《すこ》しくれないか。』

『おゝ、よし〳〵、勝手《かつて》に持《も》つておいで。』

『フレッドさん、此《こ》のお薯《いも》は旨《おい》しさうだね。少《すこ》し貰《もら》つて行《ゆ》くよ。』

『お丶、よし〳〵、お前《まへ》さんのいるだけ持《も》つてお歸《かへ》り。』

『フレッドさん、お前《まへ》さんの所《ところ》のだけ、こんなに麥《むぎ》がよく出來《でき》るのは、一體《たい》どうしたわけだらう。一つその方法《はうはふ》を敎《をし》へてくれないか。』

『わしは馬鹿《ばか》だから何《なに》も知《し》らんよ。』

『だつて、こんなによく出來《でき》てるもの、どうしてこんなによく出來《でき》るんだえ。』

『麥《むぎ》が勝手《かつて》によく出來《でき》るんだらうよ。』

『フレッドさん、お前《まへ》さんは辛苦《しんく》して作《つく》つたお米《こめ》を、ちつとも惜《おし》まないで人《ひと》にやつてしまふが、あれはどう云《い》ふわけぢや。』

『くれろと云《い》ふからやるんさ。』

『だつてお前《まへ》さんのものぢやないか。』

『わしのものではないよ。たゞわしが作《つく》つただけで、わしの物《もの》とは決《きま》つてゐな

いよ。』

『ほんとうにお前《まへ》さんは慾《よく》と云《い》ふことを知《し》らないんだね。』

『わしは馬鹿《はか》だからな、慾《よく》といふのはどんなものか知《し》らんよ。見《み》たことも、食《く》つたこともないんだよ。』

『おい、フレッドさん、今日《けふ》は田植《たうゑ》だからわしの所《ところ》へ來《き》て働《はたら》いてくれんか。』

『おゝ、よし〳〵。』

フレッドさんは、一日《にち》でも二日《か》でも賴《たの》まれただけ働《はたら》きます。

こんな風《ふう》ですから、皆《みんな》はきつと馬鹿《はか》に違《ちが》ひないと思《おも》つて、馬鹿《はか》フレッドと云《い》ふ様《やう》になつたのでした。

さて此《こ》の村《むら》にも、王様《わうさま》の問題《もんだい》の札《ふだ》が立《た》てられました。

村《むら》の者《もの》は王様《わうさま》になりたいものだと思《おも》つて、皆頭《みなあたま》をしぼつて、眠《ねむ》らないで考《かんが》へてゐる者《もの》もたくさんありました。遠《とほ》い〳〵都《みやこ》のお城《しろ》へ行《い》つたものもありましたが、

皆追《みなお》ひ返《かへ》されて歸《かへ》りました。

フレッドさんは、そんなことはちつとも知《し》らぬ顏《かほ》して、毎日《まいにち》〳〵せつせと働《はたら》いてゐました。

或《あ》る日《ひ》のこと、隣《となり》のお爺《ぢい》さんがフレッドさんに、

『フレッドさん、此頃《このごろ》評判《ひやうばん》の王樣《わうさま》の試驗《しけん》のことを知《し》つてゐるかえ？』

と云《い》ふと、フレッドさんは、

『わしは馬鹿《ばか》だから何《なに》も知《し》らんよ。』

『さうかえ。國中《くにぢう》の者《もの》が皆王樣《みなわうさま》にならうと思《おも》つて、色々《いろ〳〵》苦心《くしん》してゐるのだ。お前《まへ》さんも王樣《わうさま》になりたいとは思《おも》はんかえ。』

『王樣《わうさま》つて何《なん》だえ。』

『王樣《わうさま》を知《し》らないのか。王樣《わうさま》と云《い》つたら此《こ》の國《くに》で一番偉《はんえら》い人《ひと》で、國中《くにぢう》の者《もの》は皆王《みなわう》樣《さま》の家來《けらい》だから、何《なん》でも王樣《わうさま》の命令《めいれい》には從《したが》ふのだ。』

『さうか、それはいゝなあ。』

『どうだ、一つ都《みやこ》のお城《しろ》へ行《い》つて王様《わうさま》の試験《しけん》を受《う》けて來《こ》ないか。』

『試験《しけん》を受《う》けたら王様《わうさま》になるのかえ。』

『うん、三つの問題《もんだい》をうまくやつたら王様《わうさま》だ。』

『三つの問題《もんだい》は何《なん》と云《い》ふんだえ。』

そこでお爺《ぢい》さんが、三つの問題《もんだい》を詳《くは》しく話《はな》してやりました。フレッドさんは、

『あゝ、そんなことか。わけはないよ。だが、今《いま》は忙《いそが》しい。冬《ふゆ》になつて仕事《しこと》が暇《ひま》になつてから出《で》かけやう。』

と云《い》つて、矢張《やは》りせつせと働《はたら》いてゐました。その中《うち》に寒《さむ》い冬《ふゆ》になりました。野《の》にも山《やま》にも大雪《おほゆき》です。隣《となり》のお爺《ぢい》さんは、

『フレッドさん、もう仕事《しこと》はすんだらう。一つ王様《わうさま》になつたらどうだえ。』

と云《い》はれて、すつかり王様《わうさま》のことを忘《わす》れてゐたフレッドさん、

『お丶、さう〳〵。ぢや一寸《ちよつと》行《い》つて王様《わうさま》になつてくるよ。』
と云《い》つて、雪《ゆき》の中《なか》を都《みやこ》へ上《のぼ》りました。
村《むら》の人《ひと》はフレッドさんが、王様《わうさま》になるために都《みやこ》に上《のぼ》つたと聞《き》いて、
『何《なん》だ、馬鹿《ばか》のくせに。』
と云《い》つて、皆《みんな》で大笑《おほわら》ひをしてゐました。

三

フレッドさんが、王様《わうさち》のお城《しろ》へやつて來《き》て、番人《ばんにん》に案内《あんない》を頼《たの》むと、一目《ひとめ》見《み》た番《ばん》人《にん》は、
『汚《きたな》い奴《やつ》だな。何《なん》の用事《ようじ》だえ。乞食《こじき》なら勝手口《かつてぐち》へ廻《まは》れ。』
『わしは乞食《こじき》と違《ちが》ふ。王様《わうさま》になるんだよ。』
『何《なん》だと？　王様《わうさま》になる？　人《ひと》を馬鹿《ばか》にするない。お前《まへ》の様《やう》な田舎者《ゐなかもの》が王様《わうさま》にな

れたら、わしらは疾《とう》の昔《むかし》に天人《てんにん》になつてらあ。』

『天人《てんにん》と云《い》ふのは王樣《わうさま》よりまだ偉《えら》いんかな。偉《えら》い者《もの》がいくらでもゐるんだな。だがわしは王樣《わうさま》で我慢《がまん》しよう。天人《てんにん》はお前《まへ》さんに讓《ゆづ》つてやるよ。』

『何《なに》を生意氣《なまいき》なことをぬかすんだえ。そこにゐては邪魔《じやま》になる。さつさと歸《かへ》れ。』

『まだ歸《かへ》らんよ。王樣《わうさま》にならうと思《おも》つて、三つの問題《もんだい》たら云《い》ふものを云《い》ひに來《き》たんだよ。』

『こいつ氣狂《きちが》ひかも知《し》れんぞ。問題《もんだい》のことが國中《くにぢう》へ廣《ひろ》まつてゐるから、こんな馬《ば》鹿《か》までいゝことにしてやつて來《き》やがる。うるさいなあ。お前《まへ》の樣《やう》な馬鹿《ばか》に分《わか》る問《もん》題《だい》ぢやないんだ。天下《てんか》の大學者《だいがくしや》や大臣《だいじん》さんでさへ分《わか》らないんだからなあ。さあ、いゝ子《こ》だから早《はや》く歸《かへ》れ。』

『わしは子供《こども》ぢやないよ。大學者《だいがくしや》や大臣《だいじん》さんは分《わか》らんでも、わしには分《わか》るよ。早《はや》く王樣《わうさま》の所《ところ》へ伴《つ》れて行《い》つてくれ。』

『ほんとの氣狂《きちが》ひだな。困《こま》つたことになつたなあ。』

『ちつとも困《こま》らんよ。この位《くらゐ》のことに困《こま》つてゐる樣《やう》ぢや、お前《まへ》さんこそ氣狂《きちが》ひぢやね。』

『何《なん》だえ。口《くち》のへらん奴《やつ》だな。仕方《しかた》がない。王樣《わうさま》の所《ところ》へ案內《あんない》してやらねばなるまい。どんな人《ひと》が來《き》ても問題《もんだい》のことで來《き》たのならすぐ案內《あんない》しろとの王樣《わうさま》の御命令《ごめいれい》だから。でもこんな汚《きたな》い乞食《こじき》みたいな奴《やつ》の案內《あんない》は面白《おもしろ》くないなあ。』

『面白《おもしろ》いよ。見《み》ておいで、今《いま》にわしが王樣《わうさま》になるからな。わしが王樣《わうさま》になつたら、お前《まへ》さんにもそんな衣服《きもの》は着《き》せておかないよ。わしが着《き》てゐるようなこんな衣服《きもの》を着《き》せて、毎日《まいにち》田《た》や畑《はたけ》へつれて行《い》つてやるから、樂《たの》しみにして待《ま》つがいゝよ。』

『うるさい。默《だま》つてついてこい。』

『おゝ、よし〱。』

その中《うち》に王様《わうさま》の前《まへ》に出《で》ました。番人《ばんにん》は頭《あたま》を下《さ》げて最敬禮《さいけいれい》をして、

『只今此《たゞいまこ》の者《もの》が王様《わうさま》の試驗《しけん》を受《う》けに參《まゐ》りました。』

これを見《み》た大臣《だいじん》たちは驚《おどろ》きました。汚《きたな》いボロ〳〵の衣服《きもの》を着《き》た田舍者《ゐなかもの》です。

『おい、なんだ。そんな奴《やつ》をお目通《めどほ》りへ案内《あんない》するなんて、畏《おそ》れ多《おほ》いことだ。早速《さつそく》つれ出《だ》せ。』

これをお聞《き》きになつた王様《わうさま》は、玉座《ぎよくざ》の上《うへ》から、

『それには及《およ》ばん。王《わう》の試驗《しけん》は此《こ》の國《くに》の者《もの》なら、誰《だれ》でも受《う》けられるのだ。これ、百姓《しやう》、この寒《さむ》いのによくやつて來《き》たな。』

『あなたが王様《わうさま》ですか。王様《わうさま》は矢張《やは》り大臣《だいじん》より偉《えら》いな。』

『わしが王《わう》ぢや。して問題《もんだい》の答《こたへ》は出來《でき》るかね。第《だい》一はわしを瞞《だま》すことぢや。』

『よろしうございます。これから瞞《だま》しますよ。わしの村《むら》はこれからずつと北《きた》の遠《とほ》い田舍《ゐなか》ですが、大變櫻桃《たいへんさくらんぼう》のよく出來《でき》る所《ところ》で、殊《こと》にわしの作《つく》つた櫻桃《さくらんぼう》の大《おほ》きい

こと〻云《い》つたら、昨日《きのふ》も山《やま》に行《い》つて取《と》つて來《き》た櫻桃《さくらんぼう》などは、まるで王樣《わうさま》の頭《あたま》位《ぐらゐ》ありましたよ。』

これをお聞《き》きになつた王樣《わうさま》は、カラ〳〵とお笑《わら》ひになつて、

『おい、百姓《しやう》、そんなことでは瞞《だま》されないよ。いくら大《おほ》きいと云《い》つても、頭《あたま》のような櫻桃《さくらんぼう》があるものか。』

『へえ、流石《さすが》は王樣《わうさま》だ。偉《えら》い者《もの》だ。中々《なか〳〵》瞞《だま》されないわい。實《じつ》は頭《あたま》ほどはありませんで、拳程《こぶしほど》のものでした。』

『馬鹿《はか》、それも噓《うそ》と云《い》ふことが分《わか》る。いくら大《おほ》きくとも拳位《こぶしぐらゐ》はあるまい。先《ま》づ拇指《おやゆび》の先程位《さきほどぐらゐ》のものぢやらう。』

『いや、畏《おそ》れ入《い》りました。全《まつた》く拇指《おやゆび》の先位《さきぐらゐ》のものでした。』

『さうだらう。大《おほ》きいのなら拇指《おやゆび》の先位《さきぐらゐ》はあるだらう。どうだ、わしをうまく瞞《だま》せるかね。さあ、もういゝからお歸《かへ》り。』

『今《いま》のは第《だい》一でせう。後《あと》にもう二つある筈《はず》ですが。』

『いや、一つが出來《でき》なかつたら、後《あと》は出來《でき》ても駄目《だめ》なのぢや。』

『第《だい》一のは出來《でき》た筈《はず》ですが、王様《わうさま》をうまく瞞《だま》したと思《おも》つてゐますのに。』

『頭位《あたまぐらゐ》の櫻桃《さくらんぼう》だとか、拳位《こぶしぐらゐ》のだとか云《い》つてゐたが、それでも瞞《だま》してゐると云《い》ふのかえ。』

『へえ、確《たし》かに瞞《だま》してゐる筈《はず》ですが。』

『さういふわけは。』

『此《こ》の寒《さむ》い雪《ゆき》の中《なか》に、どこの山《やま》に行《い》つたら櫻桃《さくらんぼう》がございませうか。拇指《おやゆび》ほどの櫻桃《さくらんぼう》はおろか、米粒《こめつぶ》ほどの腐《くさ》つたのも、いや、葉《は》つぱ一つだつてございませんよ。』

『うん。（間）參《まゐ》つた。わしが敗《ま》けた。そちは中々偉《なか〳〵えら》い奴《やつ》ぢや。だが第《だい》二の謎《なぞ》は分《わか》るまい。いつでも眞圓《まんまる》いが、長《なが》くもなれば短《みじか》くもなるものは何《なん》だ。ゴム毬《まり》やボタ

餅《もち》のようなものではいけないぞ。片《かた》一方《はう》へ長《なが》くすれば眞圓《まんまる》くなくなるからな。』

『へえ、それはよく分《わか》つてゐます。わしの考《かんが》へでは、それはお日様《ひさま》かと思《おも》ひます。』

『何《なに》？（驚異の口調）お日様《ひさま》とな。してそのわけは。』

『お日様《ひさま》はいつも眞圓《まんまる》いが、春夏《はるなつ》は長《なが》くなり、秋冬《あきふゆ》は短《みじか》くなりますが、いかゞでござりませう、違《ちが》ひますかしら。』

『うーん。（感嘆的に）參《まゐ》つた。よろしい。して第《だい》三はどうぢや。これはいかなお前《まへ》にも出來《でき》まい。わしの體《からだ》に指《ゆび》一本《ほん》觸《ふ》れないで、わしをこゝから庭《には》に下《おろ》すのぢやぞ。わしはどんなことがあつても、此《こ》の玉座《ぎよくざ》から下《お》りない決心《けつしん》をしてゐるのぢやが、それでもうまく下《おろ》したら、お前《まへ》は王《わう》になれるのぢや。』

居列《ゐなら》んでゐる大臣《だいじん》たちは、驚《おどろ》いて目《め》を白黒《しろくろ》させてゐました。しかし、この三番《ばん》目《め》の問題《もんだい》にはとても勝《か》てまい。これをうまくやつたら、この汚《きたな》い田舍《ゐなか》百姓《しやう》の家來《けらい》

にならねばならぬ。大臣《だいじん》たちは心配《しんぱい》しながら様子《やうす》を見《み》てゐると、フレッドさんは、これには困《こま》つたといふ顔《かほ》つきをしたから、大臣《だいじん》たちも少《すこ》し安心《あんしん》しました。

『承知《しようち》いたしました。わけのないことでございます。しかしこれは誠《まこと》に勿體《もつたい》ないことでございまして、畏《おそ》れ多《おほ》くも王様《わうさま》を玉座《ぎよくざ》から下《した》にお下《おろ》しすることは、ちと私《わし》共《ども》の身《み》に過《す》ぎたことでございます。若《も》し出來《でき》ますことなら、王様《わうさま》にお庭《には》に下《お》りて頂《いただ》いて、それに指《ゆび》一本觸《ほんふ》れないで、玉座《ぎよくざ》にお上《あ》げすることにして頂《いただ》きたいのでござります。』

『何《なん》だと？ 庭《には》から玉座《ぎよくざ》に上《あ》げる？ どちらでも同《おな》じことぢや。では庭《には》に下《お》りてつかはすが、きつと玉座《ぎよくざ》に上《あ》げるであらうな。』

『はい。』

王様《わうさま》は何《なん》とも氣《き》づかずに、お庭《には》にお下《お》りになつて、

『さあ、早《はや》く玉座《ぎよくざ》に上《あ》げてごらん。』

フレッドさんはすました顔《かほ》で、

『では第三《だい》の問題《もんだい》も私《わし》の勝《かち》でございます。』

『何《なに》？　まだ玉座《ぎよくざ》に上《あ》げてゐないぢやないか。』

『はい、しかし、王様《わうさま》の問題通《もんだいどほ》り、玉座《ぎよくざ》から指《ゆび》一本觸《ふ》れないでお庭《には》にお下《おろ》し申《まを》してをります。』

『おやつ！』

王様《わうさま》は初《はじ》めて氣《き》がつきました。

『うーん。（詠嘆的に）中々《なかなか》偉《えら》い奴《やつ》ぢや。參《まゐ》つた。今日《けふ》からすぐにお前《まへ》を王様《わうさま》にすることにする。』

そして側《そば》にゐた家來《けらい》に向《むか》つて、

『すぐに王冠《わうくわん》と王衣《わうい》を持《も》て。』

と云《い》はれると、家來《けらい》は、大《おほ》きな白木《しろき》の箱《はこ》に入《はい》つた、王様《わうさま》の冠《かんむり》と衣《ころも》とを持《も》つて來《き》

て、フレッドさんの頭《あたま》に冠《かんむり》を戴《の》せ、汚《きたな》いフレッドさんの衣服《きもの》をとつて、眞白《まつしろ》い長《なが》い王様《わうさま》の衣《ころも》を着《き》せました。

王様《わうさま》は、新《あたら》しく王様《わうさま》になつたフレッドさんを玉座《ぎよくざ》に坐《すわ》らせて、大臣《だいじん》たちに向《むか》つて、

『今日《けふ》からは、此《こ》の方《かた》が新《あたら》しく私《わし》の後《あと》を嗣《つ》いで王《わう》になられたのだ。以後《いご》は、わしに仕《つか》へたと同《おな》じようによく仕《つか》へるのぢやぞ。』

と、嚴《おごそ》かに申《まを》しわたされると、大臣《だいじん》たちは仕方《しかた》がないから、兩手《りやうて》をついて、丁寧《ていねい》に、

『どうかよろしくお願《ねが》ひ申《まを》します。』

と挨拶《あいさつ》する。すると新《あたら》しい王様《わうさま》のフレッドさんは、

『おゝ、よし〳〵。今日《けふ》から家來《けらい》にしてやるぞ。』

これで、フレッドさんはほんとうの王様《わうさま》になりました。

四

王様《わうさま》になつたフレッドさんは、毎日《まいにち》おいしい物《もの》を食《た》べ、綺麗《きれい》な衣服《きもの》を着《き》、その上《うへ》美《うつく》しいお妃《きさき》を迎《むか》へて、大變滿足《たいへんまんぞく》して暮《くら》してゐました。

しかし、國《くに》を治《をさ》める王様《わうさま》の仕事《しごと》は何《なに》も知《し》りません。大臣《だいじん》たちが色々《いろ／＼》のことを申《まを》し上《あ》げます。

『家來達《けらいたち》のお給金《きふきん》を增《ま》してやつて下《くだ》さい。これまでは百圓《ゑん》でしたが、百五十圓《ゑん》にして頂《いたゞ》きたいのです。』

『おゝ、よし／＼、それがよからう。』

『では序《つひで》に私《わたくし》のも增《ま》して頂《いたゞ》きたいものです。千圓《ゑん》の所《ところ》を二千圓《ゑん》にして下《くだ》さい。』

『おゝ、よし／＼。』

『私《わたし》の子供《こども》は少《すこ》し馬鹿《ばか》で何《なに》も出來《でき》ませんが、縣知事《けんちじ》にしてやつて下《くだ》さい。』

『おゝ、よし〳〵。』

こんな風《ふう》ですから、大臣達《だいじんたち》はこの王様《わうさま》は馬鹿《ばか》に違《ちが》ひないと思《おも》つて、蔭《かげ》では、『馬《ば》鹿王様《かわうさま》、馬鹿王様《ばかわうさま》』と呼《よ》んでゐました。

或《あ》る日《ひ》のこと、一人《ひとり》の大臣《だいじん》が、

『王様《わうさま》、大變《たいへん》なことが起《おこ》りました。』

『何事《なにごと》ぢや。』

『隣《となり》の國《くに》がたくさんの兵《へい》を以《もつ》て、我《わ》が國《くに》へ攻《せ》め入《い》りました。そしてお金《かね》五十萬兩《まんりやう》よこせば赦《ゆる》してやると申《まを》してゐます。』

『おゝ、よし〳〵、お金《かね》を遣《つか》はせ。』

『えつ？　五十萬兩《まんりやう》やつてしまふのですか。そんなことをなされば癖《くせ》になつて、又度々《またたび〳〵》やつて來《く》るようになりませう。』

『又來《またき》たら又遣《またつかに》せばいゝぢやないか。』

『そんなことをしてをりますれば、此《こ》の國《くに》にはお金《かね》が一文《もん》もなくなります。』

『なくなつてもい〻よ。』

『お金《かね》がなくなつたら國《くに》は亡《ほろ》びます。』

『お金《かね》がなくなつても國《くに》は亡《ほろ》びない。人《ひと》はお金《かね》で生《い》きてゐる者《もの》ではない。お金《かね》をくれろと云《い》ふならいるだけ遣《つか》はせ。』

いつもこんな調子《てうし》でありましたが、寒《さむ》い冬《ふゆ》も過《す》ぎて春《はる》になりますと、王様《わうさま》はお城《しろ》の中《なか》にじつとしてはをられません。外《そと》に出《で》て、鍬《くは》を持《も》つて畑《はたけ》や田《た》の仕事《しごと》を始《はじ》められました。これを見《み》た大臣《だいじん》たちは驚《おどろ》きました。

『王様《わうさま》、そんなことは王様《わうさま》がなさらんでも、百姓達《しやうたち》がいくらでもをりますから、それ等《ら》にやらしたら如何《いかゞ》です。』

『わしも百姓《しやう》ぢや。』

馬鹿王様《はかわうさま》は、長《なが》い王様《わうさま》の衣《ころも》は仕事《しごと》の邪魔《じやま》になると云《い》つて、それを脱《ぬ》ぎ捨《す》て〻、

古《ふる》い汚《きたな》い百姓《しやう》の衣服《きもの》を着《き》て、せつせと仕事《しごと》をなさいます。これを見《み》てゐたお妃《きさき》も、

『王樣《わうさま》がなさるのに、私《わたし》だけ美《うつく》しい衣《ころも》を着《き》て遊《あそ》んでゐてはすみません。』

といつて、その衣《ころも》を脱《ぬ》いで、短《みじか》い百姓《しやう》の着物《きもの》を着《き》て、王樣《わうさま》と一緒《しよ》に田畑《たはた》の仕事《しごと》をなさるやら、勝手元《かつてもと》の仕事《しごと》をなさるやら。かうなつては、大臣《だいじん》も大將《たいしやう》も只《たゞ》じつと見《み》てはゐられません。

『私《わたし》どもゝ手傳《てつだ》はうぢやないか。』

といつて、大臣《だいじん》や大將《たいしやう》の衣服《きもの》を脱《ぬ》いで、百姓《しやう》の衣服《きもの》を着《き》て、田畑《たはた》に出《で》ました。そして、たうとう此《こ》の國《くに》の者《もの》は皆《みな》百姓《しやう》になつて、田《た》や山《やま》に出《で》かけたり、大工《だいく》や左官《さくわん》になつて家《いへ》を建《た》てたり、女《をんな》は機織《はたを》りになつたり、裁縫屋《さいはうや》になつたりして、誰一人《だれひとり》遊《あそ》んで食《く》つてゐる者《もの》はなく、國《くに》はだん／＼榮《さか》えて行《ゆ》きました。

或《あ》る日《ひ》のこと、王樣《わうさま》のお城《しろ》へ外國《ぐわいこく》から一人《ひとり》の男《をとこ》がやつて參《まゐ》りました。それは洋《やう》

服《ふく》を着《き》て、鬚《ひげ》を生《は》やして、見《み》るから偉《えら》さうな人《ひと》でした。

『私《わし》は王様《わうさま》に會《あ》ひたくてやつて來《き》たのぢや。』

門番《もんばん》が王様《わうさま》の前《まへ》へ案内《あんない》すると、此《こ》の男《をとこ》は王様《わうさま》を見《み》て、

『エヘン。』

と咳《せき》を一つして申《まを》しました。

『此《こ》の國《くに》の者《もの》は大變《たいへん》よく働《はたら》くといふことですが、手足《てあし》を動《うご》かして働《はたら》くのなら、牛《うし》馬《うま》も同《おな》じことでございます。人間《にんげん》は學問《がくもん》をして、頭《あたま》で働《はたら》かねばならぬものです。そこが人間《にんげん》の偉《えら》い所《ところ》です。私《わし》は學問《がくもん》を利用《りよう》して、頭《あたま》で働《はたら》くことを敎《をし》へに來《き》たものでございます。』

これを聞《き》いて、馬鹿王様《ばかわうさま》はびつくりなさいました。

『頭《あたま》で働《はたら》けるものかね。頭《あたま》で働《はたら》いて米《こめ》や麥《むぎ》が取《と》れるかえ。』

『勿論《もちろん》。しかも今《いま》のやうに手《て》や足《あし》で辛苦《しんく》して働《はたら》くのと違《ちが》つて、樂々《らくらく》と働《はたら》いて、今《いま》

の二倍《ばい》も三倍《ばい》もとれるのです。』

『さうかね。それは有難《ありがた》いことがあるものぢや。一つ此《こ》の國《くに》の者《もの》に敎《をし》へてやつてくれないか。』

『それはお易《やす》いこと。しかしその御褒美《ごはうび》に、わしを此《こ》の國《くに》の大臣《だいじん》にして貰《もら》へますかね。』

『わしの國《くに》には大臣《だいじん》も大將《たいしやう》もないのぢや。皆《みな》百姓《しやう》や大工《だいく》になつて同《おな》じように働《はたら》くのでね。』

『所《ところ》が頭《あたま》で働《はたら》くのは、田《た》や畑《はたけ》に出《で》ないで働《はたら》くのですから、矢張《やは》り私《わし》が大臣《だいじん》になつて、色々《いろ〳〵》のことを支配《しはい》しなければうまくいかないと思《おも》ひます。』

『田《た》や畑《はたけ》へ出《で》なくとも、米《こめ》や麥《むぎ》がとれるのかえ。これはいよ〳〵不思議《ふしぎ》。どんなことか一つやつて見《み》せてくれ。』

『よろしうございます。』

『では高《たか》い臺《だい》の上《うへ》でやつてくれ、皆《みんな》に見《み》せてやるから。あゝ、さう〳〵、お城《しろ》の天守閣《てんしゆかく》がいゝ。あの上《うへ》でやつてくれ。』

『承知《しようち》しました。』

その男《をとこ》は、高《たか》い〳〵天守閣《てんしゆかく》へ上《のぼ》つて行《ゆ》きました。王様《わうさま》は國民《こくみん》に此《こ》のことを告《つ》げて、皆《みんな》で見《み》ることにしました。

『頭《あたま》で米《こめ》を作《つく》るさうぢや。』

『面白《おもしろ》いことがあるものぢやね。』

皆《みんな》が見《み》てゐると、その男《をとこ》は天守閣《てんしゆかく》の上《うへ》から、何《なに》か云《い》ひながら手《て》を振《ふ》つたり、胸《むね》を叩《た》いたりしてゐます。

『おい、靜《しづ》かにしろ、何《なに》か言《い》つてゐるぞ。科學《くわがく》を應用《おうよう》とか云《い》つたが、あれは一體《たい》何《なん》のことだ。おや〳〵、種《たね》を播《ま》かんと欲《ほつ》せば先《ま》づその地質《ちしつ》を知《し》るべし、何《なん》のことだらう、わしらには一向《かう》わからんね。』

『頭《あたま》で働《はたら》くと云《い》ふが、やつぱり手《て》を振《ふ》つたり足《あし》を踏《ふ》んだりしてゐるぢやないか。』

その中《うち》に、下《した》で見《み》てゐた人達《ひとたち》は、話《はなし》はちつとも分《わか》らず、米《こめ》や麥《むぎ》はちつとも出來《でき》ないので、騷《さわ》ぎ出《だ》しました。

『早《はや》く頭《あたま》で働《はたら》いてみろ。そんなわけの分《わか》らんことは聞《き》きたくないよ。』

『早《はや》く米《こめ》を作《つく》つて見《み》せろ。』

するとその男《をとこ》は怒《おこ》つてしまつて、

『お前達《まへたち》の樣《やう》な馬鹿《ばか》には話《はなし》が出來《でき》ん。』

と怒鳴《どな》りました。

『話《はなし》は出來《でき》なくともいゝから、早《はや》く頭《あたま》で働《はたら》いて米《こめ》を作《つく》つて見《み》せろ。』

『今《いま》その話《はなし》をしてゐるんぢや。默《だま》つてゐろ。』

男《をとこ》はいよ〳〵大聲《おほごゑ》でしやべり續《つゞ》けてゐる中《うち》に、お腹《なか》がすいて來《き》て、めまひがしさうになり、頭《あたま》がぐら〳〵して、體《からだ》がふら〳〵とゆれ出《だ》しました。

『おや、いよ〳〵頭《あたま》で働《はたら》き出《だ》したぞ。』

『それ、頭《あたま》をぐら〳〵廻《まは》してゐるぞ。』

その男《をとこ》は、今《いま》はもう體中《からだぢう》の元氣《げんき》がすつかりなくなつて、ふら〳〵して、頭《あたま》をあつちの柱《はしら》、こつちの柱《はしら》に打《う》ちつけてゐます。

『頭《あたま》で柱《はしら》を打《う》つてゐるぞ。あれで米《こめ》が出來《でき》るのだらうか。』

『痛《いた》いことはないだらうかな。』

見《み》てゐる中《うち》に、たうとう其處《そこ》にバツタリ倒《たふ》れて、高《たか》い〳〵天守閣《てんしゆかく》の上《うへ》から、階《かい》段《だん》をコロ〳〵コロ〳〵と轉《ころ》がつて落《お》ちて來《き》ました。

『おやつ！　落《お》ちてくるぞ。ははあ、階段《かいだん》を頭《あたま》で打《う》つてゐるようだが、あれで米《こめ》が出來《でき》ると見《み》えるな。』

皆《みんな》はわい〳〵云《い》ひながら、その男《をとこ》の落《お》ちた所《ところ》へやつて來《き》て見《み》ると、男《をとこ》の頭《あたま》は大《おほ》きな瘤《こぶ》だらけ、もう息《いき》は絶《た》えて死《し》んでゐました。

これを御覧《ごらん》になつた馬鹿《ばか》王様《わうさま》は、
『恐《おそろ》しいことだ。頭《あたま》で働《はたら》けば死《し》なねばならぬわい。』
と云《い》つて、皆《みんな》の方《はう》に向《む》いて大聲《おほごゑ》に、
『これから此《こ》の國《くに》に法律《はふりつ》を作《つく》るぞ。此《こ》の法律《はふりつ》を守《まも》らぬ者《もの》は此《こ》の國《くに》の國民《こくみん》でない。
第《だい》一條《でう》=働《はたら》かぬ者《もの》は食《く》ふべからず。
第《だい》二條《でう》=頭《あたま》や口《くち》でばかり働《はたら》かないで手《て》と足《あし》で働《はたら》くべし。
以上《いじやう》、終《をは》り！』

結

此《こ》の國《くに》の人達《ひとたち》は、王様《わうさま》やお妃《きさき》を初《はじ》め、誰《だれ》もみな此《こ》の法律《はふりつ》をよく守《まも》つて働《はたら》きましたから、國《くに》はいよ〳〵榮《さか》えたと云《い》ふことです。

鐵の扉

枕

アフリカは、今《いま》はたくさんの外國人《ぐわいこくじん》が入《い》り込《こ》んで、汽車《きしや》も通《とほ》れば、電話《でんわ》も電信《でんしん》もあり、中々《なか〳〵》よく開《ひら》けてゐますが、百年《ねん》も前《まへ》には、大變寂《たいへんさび》しい所《ところ》で、外國人《ぐわいこくじん》と言《い》つては、イギリス人《じん》が所々《ところ〴〵》に村《むら》を作《つく》つてゐるばかりで、餘《あと》は眞黒《まつくろ》い黒坊《くろんぼ》の土人《どじん》ばかりでありました。イギリス人《じん》は、ガラスや反物《たんもの》などを持《も》つて行《い》つて、土人《どじん》たちの持《も》つてゐる獸《けもの》の皮《かは》や金《きん》の砂《すな》などと、とりかへをしてゐたのです。その頃《ころ》にあつた勇《いさま》しいお話《はなし》を一ついたしませう。

一

或《あ》るイギリス人《じん》の村《むら》に、ジョージと云《い》ふ商人《しやうにん》がゐました。年老《としと》つたお母《かあ》さんと妹《いもうと》のアンナさんと三人暮《にんぐら》し。ジョージさんは硝子《がらす》で作《つく》つた器《うつは》や、綺麗《きれい》な布《きれ》などを背負《せお》つて土人《どじん》の村《むら》に行《い》つて、土人《どじん》の持《も》つてゐる金《きん》の砂《すな》や獸《けもの》の皮《かは》などゝとりかへをして、それをイギリスの本國《ほんごく》から來《く》る商人《しやうにん》に賣《う》つてゐたのです。

ジョージさんは、少《すこ》しばかりの品物《しなもの》を背負《せお》つて歩《ある》いてゐるのでは、いゝ儲《まう》けは出來《でき》ない、うんと澤山《たくさん》持《も》つて行《い》つて、澤山《たくさん》なものとりかへて來《こ》ねばならん、かう思《おも》つて、一頭《とう》の馬《うま》を買《か》つて、それに澤山《たくさん》の品物《しなもの》を積《つ》んで出《で》かけることになりました。

『お母《かあ》さん、行《い》つて來《き》ますよ。今度《こんど》は少《すこ》し長《なが》く歸《かへ》つて來《き》ませんが、その代《かは》り歸《かへ》つて來《く》る時《とき》には、うんといゝものを持《も》つて歸《かへ》りますから、それを樂《たの》しみに待《ま》つてゐて下《くだ》さい。』

『なるべく早《はや》く歸《かへ》つておくれ、遠《とほ》くへ行《ゆ》くと心配《しんぱい》だからなあ。』

『え丶、大丈夫《だいぢやうぶ》です。アンナ、お前《まへ》よくお母《かあ》さんの世話《せわ》をして、お留守《るす》をするんだよ、一月《つき》もしたら歸《かへ》つてくるから。』

『まあ、一月《つき》もいらつしやるの？　隨分長《ずゐぶんなが》いのね。しかし、こちらは私《わたし》よくやりますから、御心配《ごしんぱい》しないで行《い》つて下《くだ》さい。でも早《はや》く歸《かへ》つて下《くだ》さいね。』

『ぢや行《い》つてくるよ。』

『さよなら。』

『さよなら。』

ジョージさんは元氣《げんき》よく出《で》かけました。

黑坊《くろんぼ》の村《むら》から村《むら》へと商賣《しやうばい》して歩《ある》きました。ジョージさんの持《も》つて來《き》た品物《しなもの》はだん〳〵少《すくな》くなるが、それに引《ひ》きかへ黑坊《くろんぼ》の持《も》つてゐたい丶品物《しなもの》がふえて來《き》ます。ジョージさんはそれが樂《たの》しみでした。

『今度《こんど》は大分《だいぶ》うまく行《い》つたわい。』

と云《い》つて、時々《ときぐ》黒坊《くろんぼ》ととりかへた金《きん》の砂《すな》を袋《ふくろ》から出《だ》して見《み》たりしました。

しかし、かういふ旅《たび》は中々《なかく》辛《つら》い。黒坊《くろんぼ》の家《うち》へ泊《とま》る時《とき》はいゝが、時《とき》には森《もり》の中《なか》へテントを張《は》つて寝《ね》なければならぬこともある。そんな時《とき》には狼《おほかみ》がよくやつてくる。一晩中寝《ひとばんぢうね》られないで、火《ひ》を焚《た》いて馬《うま》の番《ばん》をすることもありました。時《とき》には大《おほ》きな蛇《へび》に追《お》はれることもありました。けれども商賣《しやうばい》がうまく行《い》つたので、ジョージさんは辛《つら》いことも忘《わす》れて、次第々々《しだいく》にアフリカの奥《おく》の方《はう》へ入《はい》つて行《ゆ》きました。家《うち》を出《で》てから二十日《はつか》も立《た》つた頃《ころ》、自分《じぶん》の持《も》つて來《き》た品物《しなもの》はすつかりなくなつて、その代《かは》り金《きん》の砂《すな》が袋《ふくろ》に一杯《はい》になりました。

『思《おも》つたよりも早《はや》く片付《かたづ》いた。今度《こんど》は大分《だいぶ》儲《まう》けたぞ。早《はや》く歸《かへ》つて皆《みんな》を喜《よろこ》ばしてやらう。』

ジョージさんは歸《かへ》ることにしました。荷物《にもつ》が極僅《ごくわづ》かしかないので、荷物《にもつ》を積《つ》んで來《き》た馬《うま》に乗《の》つて歸《かへ》りを急《いそ》ぎました。

道《みち》を急《いそ》いでゐる中《うち》に、もう半分道位《はんぶんみちぐらゐ》も歸《かへ》つた頃《ころ》の或《あ》る夕方《ゆふがた》、或《あ》る村《むら》へつきました。もう今日《けふ》は、これから先《さき》の村《むら》までは大分《だいぶ》遠《とほ》いから、とても行《ゆ》けないと思《おも》つて、そこの或《あ》る大《おほ》きな黒坊《くろんぼ》の家《うち》へ泊《と》めて貰《もら》ひました。その家《うち》の主人《しゆじん》は、ジョージさんと一緒《しよ》に夕食《ゆふしよく》をしながら、ジョージさんに尋《たづ》ねました。

『時《とき》に、あなたはこれから奥《おく》へ入《はい》るのですか、それともイギリス村《むら》へ歸《かへ》るのですか。』

『歸《かへ》るのですよ。』

『ぢや戰爭《せんさう》のことは委《くは》しく知《し》らないんですね。』

『戰爭《せんさう》？（間）戰爭《せんさう》つて一體《たい》どこで戰爭《せんさう》してゐるんですか。』

『おや、何《なに》も知《し》らないんですな。カンタ村《むら》とイギリス村《むら》との戰爭《せんさう》が起《おこ》りかけてゐるんですよ。』

『えつ？　私達《わしたち》の村《むら》が戰爭《せんさう》をしかけてゐるんですか。ちつとも知《し》らなかつた。し

でまだ始《はじ》めてはゐないんですね。』

『私《わし》も詳《くは》しいことは知《し》らないが、すぐ始《はじ》まるらしい勢《いきほひ》ですね。』

ジョージさんは驚《おどろ》きました。自分《じぶん》が出《で》る時《とき》には、そんなことは噂《うはさ》にも聞《き》かねば、又戰爭《またせんさう》などあるらしい様子《やうす》も見《み》えなかつた。こちらに來《く》る時《とき》、そのカンタ村《むら》にも泊《とま》つて來《き》たのである。村《むら》の人達《ひとたち》は、親切《しんせつ》にジョージさんを泊《と》めてくれたのですが、僅《わづ》かの間《あひだ》にこんなことになるなんて、宛《まる》で夢《ゆめ》のようです。が、何《なに》よりも困《こま》つたことは、自分《じぶん》の村《むら》へ歸《かへ》るには、どうしてもカンタ村《むら》を通《とほ》らねばならぬことです。こんな時《とき》では、とても此《こ》のまゝ易々《やす〳〵》と通《とほ》れはすまい。併《しか》し戰爭《せんさう》が始《はじ》まるとあれば、尚《なほ》のこと早《はや》く歸《かへ》つて見《み》ねば、村《むら》のことや家《うち》のことが心配《しんぱい》です。

こんなことを考《かんが》へてゐると、主人《しゆじん》は、

『しばらくは歸《かへ》れませんよ。私等《わしら》でさへカンタ村《むら》はうつかり通《とほ》れませんから、ましてイギリス人《じん》ならとても駄目《だめ》ですよ。當分《たうぶん》はゆつくりと此所《ここ》へお泊《とま》りなさい。』

親切《しんせつ》に言《い》つてくれるが、いつまでもぐづ〳〵してはゐられません。早《はや》く歸《かへ》らねば、家《うち》の者《もの》が心配《しんぱい》してゐるだらう。と云《い》つて、歸《かへ》るとなれば命《いのち》がけだ。どうしたらいゝだらう。

その夜《よ》は色々《いろ〳〵》考《かんが》へながら寢《ね》ましたが、翌日《よくじつ》は、主人《しゆじん》が止《と》めるのもことはつて、色々《いろ〳〵》の品物《しなもの》はその家《うち》に預《あづ》けておいて、ピストルだけ持《も》つて、馬《うま》に乘《の》つてその家《うち》を立《た》ちました。

二

その日《ひ》は次《つぎ》の村《むら》へ泊《とま》りましたが、もうその次《つぎ》の村《むら》はカンタ村《むら》です。晝《ひる》は行《ゆ》けないと思《おも》つて、夜《よる》になつて出《で》ました。空《そら》には三日月《かづき》がぼんやり出《で》てゐます。馬《うま》を走《はし》らせてゐる中《うち》に、カンタ村《むら》に入《はい》りました。所々《ところ〴〵》に篝火《かゞりび》を焚《た》いて、黑坊《くろんぼ》があちこち行《い》つたり來《き》たりしてゐるのが見《み》えます。

『見張《みは》りがひどいな。うつかりしてゐたらすぐ見《み》つかるぞ。お〻、さうだ、裏道《うらみち》がある。あれを行《ゆ》かう。少《すこ》し險《けは》しいが、馬《うま》だから大丈夫《だいぢやうぶ》だ。あの道《みち》には黑坊《くろんぼ》も出《で》てゐまい。』

ジョージさんは裏道《うらみち》を知《し》つてゐたので、その道《みち》を進《すゝ》みました。少《すこ》しでも早《はや》く此《こ》の村《むら》を通《とほ》り拔《ぬ》けたい。此《こ》の村《むら》さへ通《とほ》り拔《ぬ》けたら、きつとイギリスの軍人《ぐんじん》も來《き》てゐるだらうと思《おも》つて、馬《うま》に鞭《むち》を當《あ》てると、蹄《ひづめ》の音《おと》がパカ〳〵と靜《しづ》かな山《やま》に響《ひゞ》いて、大《おほ》きな音《おと》がします。

『これはいけない。』

しかし馬《うま》の足音《あしおと》がしない樣《やう》にすれば、馬《うま》の足《あし》はゆるくなる。ジョージさんは困《こま》つてしまつたが、何《なに》、構《かま》ふものか、一散《さん》に走《はし》り拔《ぬ》けてやれと思《おも》つて、一生懸命《しやうけんめい》に馬《うま》に鞭《むち》を當《あ》てました。

その時《とき》、此《こ》の山道《やまみち》の向《むか》ふの方《はう》に、人《ひと》の影《かげ》が二つ三つ見《み》えたようでした。

『しまつた、やつて來《き》たぞ。』

ジョージさんは山《やま》の中《なか》へ隱《かく》れやうとして、馬《うま》から飛《と》び下《お》りようとする時《とき》、ドーン！

おやつと思《おも》ふ間《ま》もなく、ジョージさんの馬《うま》がばつたり倒《たふ》れました。

『やられた。』

ジョージさんが急《いそ》いでピストルに彈《たま》丸《ま》をこめようとする時《とき》、バラ〳〵と飛《と》び出《だ》した黒坊《くろんぼ》は、物《もの》をも云《い》はずジョージさんをそこへねぢ伏《ふ》せて、後手《うしろで》に縛《しば》つて、肩《かた》の上《うへ》に擔《かつ》いで、ごん〳〵走《はし》つて、間《ま》もなく酋長《しうちやう》の家《うち》までくると、倉《くら》の奥《おく》の牢屋《らうや》の中《なか》に入《い》れて、重《おも》い鐵《てつ》の扉《とびら》をギーと締《し》めて、ガチリと錠《じやう》を下《おろ》して、出《で》て行《い》つてしまひました。

『明日《あす》はきつと殺《ころ》されるに違《ちが》ひない。自分《じぶん》は殺《ころ》されてもいゝが、お母《かあ》さんやアンナがどんなに悲《かな》しむだらう。これから先《さき》をどうして暮《くら》すだらう。こんなことにな

る位《くらゐ》なら、先《さき》の村《むら》で泊《とま》ればよかつたに。あゝ、困《こま》つたことになつた。何《なん》とかして逃《に》げ出《だ》すことは出來《でき》ないかしら。』

こんなことを考《かんが》へてゐる中《うち》に、もう夜《よ》が明《あ》けてしまひました。ジョージさんは、たうとうその夜《よ》はちつとも眠《ねむ》りませんでした。

その中《うち》に、倉《くら》の扉《とびら》の開《あ》く音《おと》がしました。

『おや、來《き》たな。もうわしの命《いのち》もこれまでだ。』

と思《おも》つてゐる所《ところ》へ、酋長《しうちやう》を先頭《せんとう》に、七八人《にん》の黒坊《くろんぼ》がピストルや劍《けん》を持《も》つてやつて來《き》ました。

牢屋《らうや》の扉《とびら》を開《ひら》いて、ジョージさんを引《ひ》つ張《は》り出《だ》して、足《あし》に足枷《あしかせ》と云《い》つて、足《あし》の動《うご》けなくなる様《やう》に、鐵《てつ》で作《つく》つた輪《わ》をはめて、ギチンと錠《じやう》を下《おろ》してから、縛《しば》つてある兩手《りやうて》を解《と》きました。そして酋長《しうちやう》はジョージ、さんを睨《にら》みつけて、

『イギリス人《じん》、お前《まへ》の村《むら》の奴《やつ》は、罪《つみ》もないのにカンタ村《むら》の人《ひと》を殺《ころ》したぞ。それで

今《いま》その報《むくい》として、お前《まへ》を殺《ころ》す所《ところ》だが、わしの云《い》ふことを聞《き》けばゆるしてやる。どうぢや、聞《き》くか。』

ジョージさんはこれを聞《き》いて、何《なに》をいふか一つ聞《き》いて見《み》ようと思《おも》ひました。

『どんなことか言《い》つて見《み》ろ。』

『お前《まへ》の家《うち》に手紙《てがみ》を書《か》け。そして家《うち》の者《もの》にイギリス村《むら》の詳《くは》しい地圖《ちづ》を此所《こゝ》まで持《も》つてこさすのだ。その地圖《ちづ》がわしの手《て》に入《はい》つたら、お前《まへ》を赦《ゆる》してやる。さあ、早《はや》く書《か》け。』

紙《かみ》とペンを出《だ》しました。

ジョージさんは、村《むら》の大事《だいじ》な地圖《ちづ》を敵《てき》に渡《わた》してたまるものか、そんなことをしたら、村《むら》はすぐに此《こ》の黑坊共《くろんぼども》のためにやられてしまふにきまつてゐると考《かんが》へて、

『そんなことは出來《でき》ない。』

と云《い》はうと思《おも》つたが、

『待《ま》て〳〵、こいつらは言葉《ことば》は知《し》つてゐても、文字《もじ》は知《し》らないから、何《なん》と書《か》いてもいゝ。今殺《いまころ》されてしまつてはそれきりだから、一つ胡魔化《ごまくわ》して他《ほか》のことを書《か》いてやらう。そして地圖《ちづ》は四五日中《にちぢう》に來《く》ると云《い》つてやれば、それまでは助《たす》かる。その中《うち》には逃《に》げる工夫《くふう》もつくだらう。さうだ、さうしよう。』

かう考《かんが》へを決《き》めて、

『書《か》かう。』

と言《い》つて、筆《ふで》を執《と》つて書《か》き始《はじ》めました。

『アンナよ、私《わたし》はカンタ村《むら》の酋長《しうちやう》の家《うち》に虜《とりこ》になつてゐる。四五日《にち》したら殺《ころ》されることになつてゐるが、それまでにはうまく逃《に》げ出《だ》して歸《かへ》るつもりだから、心配《しんぱい》するには及《およ》ばない。お母《かあ》さんにはこのことを知《し》らせないがいゝだらう。』

かう書《か》いて、宛名《あてな》まで書《か》きました。

『若《も》し、五日《か》の中《うち》に地圖《ちづ》が來《こ》なかつたら、お前《まへ》を殺《ころ》すぞ。』

かう云《い》つて、酋長《しうちやう》はその手紙《てがみ》を持《も》つて出《で》て行《ゆ》きました。黒坊《くろんぼ》たちはジョージさんを牢屋《らうや》の中《なか》に入《い》れると、又錠《またぢやう》を下《おろ》して、固《かた》いパンと水《みづ》を少《すこ》しだけくれて、番人一《はんにんひと》人《り》を殘《のこ》して出《で》て行《ゆ》きました。

お腹《なか》がすいてゐるので、固《かた》いパンでもおいしいから皆《みな》食《た》べてしまひました。しかし足《あし》が痛《いた》い。とても立《た》つてゐられないから、堅《かた》い板《いた》の上《うへ》に坐《すわ》つたり寢《ね》たりしてゐました。

その中《うち》に、一日《にち》たち、二日《か》たつたけれども、ちつとも逃《に》げられさうもありません。第《だい》一足枷《あしかせ》があつては、牢屋《らうや》は出《で》ても歩《ある》くことが出來《でき》ません。これでは仕方《しかた》がない。三日《か》たち、四日《か》たち、もう明日《あす》は殺《ころ》される日《ひ》になりました。ジョージさんは殺《ころ》されることを覺悟《かくご》して、その時《とき》を待《ま》つてゐました。けれども、お母《かあ》さんやアンナさんのことを思《おも》ふと心殘《こころのこ》りで、ジョージさんは悲《かな》しい思《おも》ひに夜《よ》を明《あか》しました。

三

イギリス村《むら》のジョージさんの家《うち》では、ジョージさんが出《で》てからは淋《さび》しい日《ひ》を送《おく》つてゐましたが、廿日《はつか》位《ぐらゐ》してカンタ村《むら》と戰爭《せんさう》が始《はじ》まりさうになつたので、二人《ふたり》は心配《しんぱい》しだしました。ジョージさんが歸《かへ》るには、どうしてもカンタ村《むら》を通《とほ》らなければならぬ。カンタ村《むら》の黑坊《くろんぼ》に見《み》つかつたら、虜《とりこ》にされて殺《ころ》されてしまふだらう。困《こま》つたことになつた。夜《よ》もろく／＼眠《ねむ》れない。その中《うち》に五日《か》たち、十日《か》たつて、もう當《あた》り前《まへ》なら歸《かへ》つて來《こ》なければならないのに、何《なん》のたよりもありません。

『ジョージはきつと虜《とりこ》にでもされたに違《ちが》ひない。』

お母《かあ》さんがこんなことを云《い》ふと、アンナさんは、

『何《なに》、大丈夫《だいぢやうぶ》ですよ。今度《こんど》は馬《うま》もあるし、ピストルも持《も》つて行《ゆ》かれたのだから、黑坊《くろんぼ》なんかに虜《とりこ》になるものですか。』

と慰《なぐさ》めはするものゝ、心配《しんぱい》は同《おな》じこと。それからは毎日《まいにち》々々《〳〵》、ジョージさんの歸《かへ》りを待《ま》ちましたが、何《なん》の便《たよ》りもなく日《ひ》が立《た》ちました。

『ねえ、アンナ、ジョージは殺《ころ》されたのだらうよ。どうしよう。』

もうお母《かあ》さんは泣《な》き聲《ごゑ》です。

『そんなことはありませんよ、大丈夫《だいぢやうぶ》ですよ。』

アンナさんは、お母《かあ》さんには強《つよ》いことを云《い》ふけれども、心《こゝろ》の中《うち》では、お母《かあ》さんの言《い》はれるように、虜《とりこ》になつたのか、殺《ころ》されたのかも知《し》れないと思《おも》つて、悲《かな》しくてたまりません。

或《あ》る朝早《あさはや》く起《お》きて、表《おもて》の門《もん》を開《ひら》きに出《で》ると、玄關《げんくわん》の所《ところ》に手紙《てがみ》が落《お》ちてゐます。

『おや、手紙《てがみ》だな。誰《だれ》が持《も》つて來《き》たんだらう。昨夜《ゆふべ》此所《こゝ》を締《し》める時《とき》は何《なに》もなかつたのだから、戸《と》を締《し》めた後《あと》に誰《だれ》かゞ此處《こゝ》へ投《な》げ入《い》れて行《い》つたのだらう。』

不審《ふしん》に思《おも》ひながら拾《ひろ》ひ上《あ》げて見《み》ると、兄《にい》さんからです。

『やつ、兄《にい》さんからだ。』

開《ひら》いて讀《よ》んでゐる中《うち》に、アンナさんの手《て》は震《ふる》へ出《だ》しました。顔《かほ》は眞青《まつさを》になりました。

『あゝ、矢張《やつは》り虜《とりこ》になつてゐらつしやるんだ。それにしても五日《か》の後《のち》には殺《ころ》されるなんて、まあ、どうしよう。逃《に》げ歸《かへ》るから心配《しんぱい》するなと書《か》いてあるけれど、そんなに易々《やすく》と逃《に》げられはしまい。困《こま》つたことになりました。若《も》し私《わたし》が男《をとこ》だつたら、すぐにも行《い》つて、何《なん》とかして助《たす》け出《だ》してくるんだが、女《をんな》ではそれも出來《でき》ないし、どうしよう、どうしよう。』

けれども、このことをお母《かあ》さんには知《し》らさないがよいと書《か》いてあるし、又自分《またじぶん》でもお母《かあ》さんには告《つ》げない方《はう》がよいと思《おも》つて、お母《かあ》さんには何事《なにごと》も話《はな》さないで、一人《ひとり》で小《ちひ》さい胸《むね》を痛《いた》めてゐました。

一日《にち》、二日《か》とたつて行《ゆ》きます。毎日《まいにち》々々、

『今日《けふ》は歸《かへ》られるだらう。』

と、望《のぞ》みを持《も》つて朝《あさ》を迎《むか》へるけれども、夜《よる》になると、

『今日《けふ》も駄目《だめ》だつた。』

と悲《かな》しい思《おも》ひに泣《な》くのでした。

三日目《かめ》になりました。アンナさんはもうさてもじつとしてはゐられなくなりました。

どうなつても構《かま》はないから助《たす》けに行《ゆ》かう。弱《よわ》い女《をんな》でも、一心《しん》になれば何《なん》とかなるだらう。こゝにぢつとしてゐる中《うち》に、兄《にい》さんは殺《ころ》されてしまふのだ。よし、行《ゆ》かう、行《ゆ》かう。

かう決心《けつしん》して、何氣《なにげ》ない風《ふう》をして、其《そ》の夜《よ》はお母《かあ》さんと一緒《しよ》に寢《ね》ました。夜中《よなか》頃《ころ》お母《かあ》さんの寢息《ねいき》を窺《うかゞ》つて、そつと床《とこ》を拔《ぬ》け出《だ》して、ピストルと彈丸《たま》とをポケットの中《なか》にしまひ込《こ》んで、わざと汚《きたな》い身装《みなり》をして家《いへ》を出《で》ました。

カンタ村《むら》までは十七八里《り》もあります。弱《よわ》い女《をんな》の足《あし》では、いくら急《いそ》いでもどれだけ歩《ある》けませう。けれども兄《にい》さんのことを思《おも》へば、足《あし》の痛《いた》いのも、體《からだ》の疲《つか》れも忘《わす》れてしまひます。山《やま》を越《こ》え、野《の》を過《す》ぎて、カンタ村《むら》についたのはその次《つぎ》の次《つぎ》の日《ひ》の晝頃《ひるごろ》でした。

村《むら》に入《はい》ると、すぐ黒坊《くろんぼ》につかまりました。固《もと》より決心《けつしん》してゐることですから、ちつとも驚《おどろ》きません。すぐに酋長《しうちやう》の家《うち》に伴《つ》れて行《ゆ》かれました。酋長《しうちやう》はアンナさんを呼《よ》んで、

『お前《まへ》は女《をんな》のくせに何《なん》の用《よう》で來《き》たのか。』

と訊《たづ》ねました。

『私《わたし》はイギリス村《むら》で、女中奉公《ぢよちうほうこう》をしてをりましたが、どのイギリス人《じん》も皆《みな》ひどい人《ひと》ばかりで、私《わたし》を大變苛《たいへんいぢ》めますから逃《に》げ出《だ》して來《き》たのです。カンタ村《むら》の人《ひと》は情深《なさけぶか》いと云《い》ふことを聞《き》いてゐますので、此處《こゝ》で奉公《ほうこう》したいと思《おも》つて來《き》ました。』

これを聞《き》いた酋長《しうちやう》は、憎《にく》いと思《おも》つてゐるイギリス人《じん》を惡口《あくこう》したアンナの言葉《ことば》に、すつかり釣《つ》り込《こ》まれて、

『お前《まへ》はイギリス人《じん》だのに、イギリス人《じん》から苛《いぢ》められるのか。全《まつた》くイギリス人《じん》の奴等《やつら》はひどい奴《やつ》ばかりだ。』

『まるで鬼《おに》の樣《やう》な人《ひと》ばかりです。私《わたし》はどんなことがあつても、イギリス村《むら》には歸《かへ》るまいと思《おも》つてゐます。どんなことでもしますから、此處《こゝ》で女中《ぢよちう》に使《つか》つて下《くだ》さい。』

酋長《しうちやう》は喜《よろこ》びました。此《こ》の女《をんな》は、イギリス村《むら》の樣子《やうす》はくはしく知《し》つてゐるだらうし、その上《うへ》英語《えいご》の文字《もじ》が讀《よ》めたり書《か》けたりするだらうから、戰爭《せんさう》には大變役《たいへんやく》に立《た》つ。いゝものが來《き》たものだと、早速《さつそく》、

『よし〳〵、心配《しんぱい》することはない。私《わし》の家《うち》にゐるがよい。』

その日《ひ》から、酋長《しうちやう》の家《うち》で仕事《しごと》をし始《はじ》めました。中々《なか〳〵》よく働《はたら》く上《うへ》に、イギリス人《じん》

の惡口《わるくち》を云《い》ふので、家《うち》の者《もの》にはすぐ氣《き》に入《い》りました。

アンナさんは家《うち》の樣子《やうす》を探《さぐ》つて、色々《いろ／＼》のことを知《し》りましたが、兄《にい》さんがごこにゐるかはちつともわかりません。一目《ひとめ》會《あ》つて私《わたし》が助《たす》けに來《き》てゐることを話《はな》したいと思《おも》つてゐる中《うち》に、酋長《しうちやう》がアンナを連《つ》れて、あの倉《くら》の中《なか》に入《にい》りました。向《むか》ふの鐵《てつ》格子《かうし》の中《なか》を見《み》ると、會《あ》ひたい見《み》たいと思《おも》つてゐた兄《にい》さんが坐《すわ》つていらつしやる。ジョージさんも早《はや》くもアンナを見《み》つけました。

『おゝ、アンナ。』

と聲《こゑ》を立《た》てようとする所《ところ》を、アンナさんは目《め》と手《て》で押《お》し止《と》めておいて、何《なに》も知《し》らん顏《かほ》をして、

『あら、此處《こゝ》にイギリス人《じん》がゐますね、憎《にく》らしい。』

『うむ、これは今日《けふ》殺《ころ》さうと思《おも》つてゐる所《ところ》だが、どうも都合《つがふ》が惡《わる》いので、もう一度《さ》手《て》紙《がみ》を書《か》かすのだ。』

そしてジョージさんの方《はう》に向《む》いて、

『もう五日《か》たつたが、地圖《ちづ》は來《こ》ないぞ。きつと前《まへ》のは嘘《うそ》の手紙《てがみ》を書《か》いたのだらう。今日《けふ》は殺《ころ》す筈《はず》ぢやが、もう五日《か》助《たす》けてやるから、今度《こんど》はほんとうの手紙《てがみ》を書《か》け。嘘《うそ》を書《か》いても此處《こゝ》にイギリス人《じん》がゐるからすぐ分《わか》るぞ。』

アンナさんは、

『私《わたし》が書《か》きませう。そして此《こ》の人《ひと》に宛名《あてな》だけ書《か》かしたら間違《まちがひ》ないから。』

『おゝ、さうぢや、お前《まへ》書《か》け。一日《にち》も早《はや》く地圖《ちづ》を持《も》つて來《こ》い。でないとわしは殺《ころ》されるのだと、さう書《か》くのだぞ。』

『はい、分《わか》りました。』

アンナさんは兄《にい》さんによく見《み》えるように、

『私《わたし》は兄《にい》さんを助《たす》けに來《き》たのです。きつと二三日中《にちちう》に助《たす》け出《だ》して一緒《しよ》に歸《かへ》ります。御心配《ごしんぱい》なさいますな。母上樣《はゝうへさま》。』

かう書《か》きました。兄《にい》さんはこれを見《み》て、大變安心《たいへんあんしん》した様子《やうす》でした。

酋長《しうちやう》はその手紙《てがみ》を持《も》つて、アンナさんを伴《つ》れて出《で》て行《ゆ》きました。

四

それからはアンナさんは、兄《にい》さんの所《ところ》へパンと水《みづ》とを持《も》つて行《ゆ》くようになつたので、水《みづ》の壺《つぼ》にはそつと牛乳《ぎうにふ》を入《い》れて持《も》つて行《ゆ》くこともありました。

その度《たび》に牢屋《らうや》の番人《ばんにん》と、イギリス人《じん》の惡口《わるくち》を話《はな》すので、番人《ばんにん》もすつかりアンナさんを信用《しんよう》して、すぐ仲《なか》よくなりました。番人《ばんにん》は酒《さけ》が好《す》きだつたので、時々《ときどき》は酒《さけ》を盜《ぬす》み出《だ》して持《も》つて來《き》てやりました。

番人《ばんにん》はアンナさんに、自慢《じまん》さうに色々《いろいろ》のことを話《はな》しました。

『わしは此《こ》の家《うち》には二十年《ねん》もゐて、大變信用《たいへんしんよう》されてゐる。大事《だいじ》な所《ところ》の鍵《かぎ》は皆《みな》わしが預《あづか》つて、チャンと此處《こゝ》に入《い》れてあるんだ。』

と云《い》つて、ポケツトを叩《たゝ》いて見《み》せたこともありました。

或《あ》る晩《ばん》、いつになく家《うち》の中《なか》がひつそりしてゐるので、どうしたことだらうと思《おも》ひながら、倉《くら》の中《なか》に入《はい》つてみると、番人《ばんにん》はコクリ〳〵居眠《ゐねむ》りをしてゐます。

『もし〳〵、おぢさん。』

番人《ばんにん》はびつくりして目《め》を覺《さま》しました。

『なんだ、アンナさんか、びつくりするぢやないか。大將《たいしやう》が歸《かへ》つてくるにしては早《はや》いと思《おも》つて、一寸油《ちよつとあぶら》を賣《う》つてゐた所《ところ》だよ。』

『まあ、番人《ばんにん》さんが居眠《ゐねむ》りなんかしては、一向番《かうはん》にはなりませんよ。うつかりしてゐて格子《かうし》から手《て》を出《だ》されて、鍵《かぎ》を取《と》られたらどうします。』

『何《なに》、大丈夫《だいぢやうぶ》さ。こんなに離《はな》れてをれば、いくら手《て》が長《なが》くとも届《とゞ》くものか。これ、この通《とほ》り、（ポケツトから鍵を出す身振）扉《とびら》の鍵《かぎ》も、足枷《あしかせ》の鍵《かぎ》もちやんとあるからな。』

ヂャラ〳〵鳴《な》らして見《み》せます。

『おぢさん、今晩《こんばん》は家《うち》の中《なか》が妙《めう》に靜《しづ》かだが、どうしたんでせう。』

『今晩《こんばん》はね、イギリス村《むら》と戰爭《せんさう》することについて、村《むら》の者《もの》が皆《みな》お城《しろ》に集《あつま》つて相談《さうだん》してゐるんだ。家《うち》の大將《たいしやう》も手下《てした》の者《もの》も、皆《みな》そこに行《い》つてゐるんだ。どうせ夜明《よあ》けまではかゝるだらうよ。所《ところ》でアンナさん、もう勝手《かつて》の女《をんな》どもは皆寢《みなね》たかね。』

『えゝ、皆寢《みなね》てゐますよ。』

『これは有難《ありがた》い。此《こ》の家《うち》で起《お》きてゐるのはお前《まへ》とわしだけだ。一つ御馳走《ごちそう》になりたいね。』

『さう〳〵、今日《けふ》はちつとも持《も》つて來《き》て上《あ》げなかつたわね。今《いま》ならいくらでも持《も》つて來《こ》られるから、たくさん持《も》つて來《き》て上《あ》げませう。』

アンナさんは、いよ〳〵時《とき》が來《き》た、今晩逃《こんばんに》げ出《だ》さねば又《また》とよい時《とき》はない、うまく行《い》つてくれゝばいゝがと思《おも》ひながら、勝手《かつて》に入《はい》つて、お酒《さけ》を二升《しよう》ほどとり出《だ》し

て倉《くら》の中《なか》へ戻《もど》りました。

『さあ、お上《あが》り。』

『こいつは有難《ありがた》い。まあ、こんなに澤山《たくさん》。やれうれしや。これまではお酒《さけ》を呑《の》むと云《い》つても、ほんの二杯《はい》か三杯《はい》、匂《にほ》ひを嗅《か》ぐ位《くらゐ》のものだつた。今日《けふ》は一年中《ねんぢう》のお酒《さけ》が一度《ど》に呑《の》めると云《い》ふもんだ。アンナさん、有難《ありがた》う、お禮《れい》を云《い》ふよ。』

かう云《い》ひながら、大《おほ》きな茶碗《ちやわん》でがぶり〳〵とやり出《だ》しました。番人《はんにん》は、

『あゝ旨《うま》い、あゝ旨《うま》い。』

といつては、息《いき》もつかずに呑《の》んでゐます。

　アンナさんは、うまく行《ゆ》く、うまく行《ゆ》く、きつと大丈夫《だいぢやうぶ》だ、かう思《おも》ひながら、兄《にい》さんにそれとなく目《め》で知《し》らして、番人《はんにん》に酒《さけ》をすゝめます。

『あゝ、醉《よ》つた〳〵、いゝ氣持《きもち》になつた。』

『さあ、お上《あが》り。まだこんなに澤山《たくさん》あるよ。早《はや》く飲《の》まんと、大將《たいしやう》が歸《かへ》つて來《き》ます

よ。』

『うん、さうだ、も少《すこ》し元氣《げんき》を出《だ》して飮《の》まうかな。』

またやり出《だ》す。

その中《うち》に番人《ばんにん》はすつかり醉《よ》つて、もう何《なに》もかも忘《わす》れて、そこにばつたり倒《たふ》れて大《おほ》いびき。

アンナさんは暫《しばら》く樣子《やうす》を見《み》てゐましたが、番人《ばんにん》に正氣《しやうき》がなくなつたのを見定《みさだ》めると、そつとそのポケットから鍵《かぎ》をとり出《だ》して、倉《くら》を出《で》て厩《うまや》に來《き》て、二匹《ひき》の大《おほ》きな馬《うま》を引《ひ》き出《だ》しました。それから裏門《うらもん》を開《ひら》いて、そこに馬《うま》を繋《つな》いでおいて、倉《くら》に歸《かへ》つて牢屋《らうや》の戸《と》を開《ひら》いて、中《なか》に飛《と》びこみました。

『兄《にい》さん！』

『アンナ、（間）有難《ありがた》う。』（感情をこめて）

これまで兄《にい》さんともアンナとも呼《よ》べなかつた二人《ふたり》は、今始《いまはじ》めて手《て》を取《と》り合《あ》つて、

兄《にい》さん、アンナと呼《よ》びかはして、敵《てき》の牢屋《らうや》にゐることも忘《わす》れて、嬉《うれ》し泣《な》きに泣《な》いてゐましたが、その中《うち》にもぐづ〳〵してゐてはいけないと氣付《きづ》いて、すぐに足枷《あしかせ》の錠《ぢやう》をはづして、番人《ばんにん》の持《も》つてゐたピストルを兄《にい》さんに渡《わた》し、自分《じぶん》のにも彈丸《たま》をこめて、

『さあ、早《はや》く〳〵。』

と急《いそ》いで、裏《うら》の門《もん》に來《く》ると、繋《つな》いでおいた馬《うま》にヒラリと飛《と》び乘《の》つて、鞭《むち》をあてました。

馬《うま》は一目散《もくさん》にかけ出《だ》しました。

五

空《そら》には明《あか》るい月《つき》が出《で》てあたりをはつきりと照《てら》し出《だ》してゐます。村中《むらぢう》は死《し》んだ様《やう》に靜《しづ》かで、動《うご》いてゐるものは此《こ》の二つの影《かげ》だけ、音《おと》のするものは、二人《ふたり》の馬《うま》の蹄《ひづめ》

の音《おと》が空《そら》に高《たか》く響《ひび》くだけ。

もう少《すこ》しでカンタ村《むら》を過《す》ぎると云《い》ふ所《ところ》まで來《き》た時《とき》、先《さき》に進《すゝ》んでゐた兄《にい》さんは馬《うま》をピタリと止《と》めました。

『アンナ、あすこを見《み》ろ。』

『何《なに》、兄《にい》さん。』

アンナさんが前《まへ》に進《すゝ》み出《で》て、兄《にい》さんの指《ゆび》さす方《はう》を見《み》ると、そこはカンタ村《むら》と隣《となり》村《むら》との境《さかひ》らしい所《ところ》にあたつて、篝火《かゞりび》の火影《ほかげ》と人《ひと》の黒《くろ》い影《かげ》が七つ八つ動《うご》いてゐるのが、はつきりと見《み》えます。

『あつ、番兵《ばんぺい》だ。』

アンナさんは思《おも》はず聲《こゑ》を立《た》てました。

『番兵《ばんぺい》？ （間）困《こま》つたなあ。どうしたらいゝだらう。』

アンナさんも暫《しばら》く途方《とはう》に暮《く》れてゐましたが、ポンと手《て》を拍《た》いて、

『兄《にい》さん、いゝことがあります。兄《にい》さんは早《はや》く此《こ》の森《もり》にかくれて下《くだ》さい。そして黒坊《くろんぼ》が皆此處《みなこ》を通《とほ》つて、お城《しろ》の方《はう》へ行《い》つたら、すぐにこつそりと出《で》ていらつしやい。』

『黒坊《くろんぼ》がお城《しろ》へ行《ゆ》くなんて、そんなことが出來《でき》るかえ。』

『えゝ、大丈夫《だいぢやうぶ》です。さあ、早《はや》く〳〵。』

アンナさんが急《せ》き立《た》てるので、兄《にい》さんは森《もり》の中《なか》へかくれて、馬《うま》の轡《くつわ》をとつて、じつと息《いき》をこらして様子《やうす》を見《み》てゐました。

アンナさんは馬《うま》に乘《の》つたまゝ、番兵《ばんぺい》のゐる所《ところ》へ飛《と》んで行《い》つて、

『いよ〳〵イギリス村《むら》と戰爭《せんさう》を始《はじ》めることになつたので、これからお城《しろ》で勢揃《せいぞろ》ひするさうですから、すぐに皆《みんな》お城《しろ》に集《あつま》る様《やう》にと云《い》ふことです。』

これを聞《き》いた黒坊《くろんぼ》たちは、

『いよ〳〵戰爭《せんさう》か。それ、すぐ行《ゆ》け！』

と出《で》かけようとしましたが、

『待《ま》てよ、皆行《みない》つたら此處《こゝ》の番《ばん》は誰《だれ》がするのだ。誰《だれ》か一人《ひとり》殘《のこ》つてゐなくちやならないぞ。』

これを聞《き》いたアンナさんは、

『それは私《わたし》がする樣《やう》に云《い》ひつかりました。チャンとかうしてピストルまで持《も》つて來《き》てゐるんです。』

と云《い》つて、ポケットからピストルを出《だ》して見《み》せたので、黒坊《くろんぼ》たちは、

『ぢや頼《たの》むよ。皆行《みなゆ》かう。』

黒坊《くろんぼ》たちは馬《うま》に乘《の》ると、先《さき》を爭《あらそ》うてお城《しろ》の方《はう》へ驅《か》け出《だ》しました。

黒坊《くろんぼ》たちが皆驅《みなか》け去《さ》つたのを見送《みおく》つて、ジョージさんは森《もり》の奧《おく》からこつそりと出《で》て來《き》ました。

『アンナ、旨《うま》くいつたね。』

『でも、嘘《うそ》だと云《い》ふことはお城《しろ》まで行《ゆ》けば知《し》れますから、きつと追手《おつて》がやつて來《き》ます。早《はや》く逃《に》げませう。』

『さうだ、さうだ。』

二人《ふたり》は一生懸命《しやうけんめい》に馬《うま》に鞭《むち》をあてました。

しばらく走《はし》つてゐる中《うち》に、後《うし》ろの方《はう》から、

『待《ま》て！（細い聲で長く）待《ま》て！』

と云《い》ふ聲《こゑ》が聞《きこ》えて來《き》ました。

振《ふ》り返《かへ》つて見《み》ると、二十人《にん》ばかりの黒坊《くろんぼ》が馬《うま》に乗《の》つて、長《なが》い槍《やり》や鐵砲《てつぱう》を持《も》つて走《はし》つて來《く》る。二人《ふたり》はいよ／＼強《つよ》く馬《うま》を走《はし》らせる。二人《ふたり》の馬《うま》は酋長《しうちやう》の所《ところ》でも、一番《ばん》いゝ馬《うま》だから脚《あし》が早《はや》い。だん／＼黒坊《くろんぼ》どもが後《おく》れてしまひます。

『しめた、こつちが早《はや》いぞ。』

ジョージさんは大丈夫《だいぢやうぶ》だと思《おも》つたが、その時《とき》、ドーン！　と鋭《するど》く響《ひび》いた鐵砲《てつぱう》の

音《おと》に、アンナさんの馬《うま》は一聲嘶《ひとこゑいなゝ》いて、空《そら》に高《たか》く飛《と》び上《あが》つたが、そのまゝばつたりと倒《たふ》れました。

『しまつた、兄《にい》さん。』

『やられたか。』

兄《にい》さんはすぐ馬《うま》から飛《と》び下《お》りる。

『馬《うま》がやられました。私大丈夫《わたしだいぢやうぶ》ですから、兄《にい》さんだけ早《はや》く逃《に》げて下《くだ》さい。早《はや》く早《はや》く。』

『馬鹿《ばか》、そんなことが出來《でき》るものか。さあ、お前《まへ》も乘《の》れ。此《こ》の馬《うま》は大《おほ》きいから大《だい》丈夫《ぢやうぶ》。』

『いゝえ、そんなことをしたらすぐに追《お》ひつかれます。兄《にい》さんだけ早《はや》く。』

『何《なに》を云《い》ふんだ。もうあんなに近《ちか》づいた。早《はや》くしないか。』

兄《にい》さんは無理《むり》にアンナさんを自分《じぶん》の馬《うま》の前《まへ》の方《はう》に乘《の》せ、兄《にい》さんも後《うしろ》の方《はう》へ飛《と》び

乗《の》つて走《はし》り出《だ》しました。

いくら強《つよ》い馬《うま》でも、二人《ふたり》が乗《の》つては早《はや》く走《はし》れる筈《はず》がない。黒坊《くろんぼ》どもはだん〳〵近《ちか》づきました。

『兄《にい》さん、どうか一人《ひとり》で逃《に》げて下《くだ》さい。これではとても駄目《だめ》ですから。』

『一人《ひとり》で逃《に》げられるものか。死《し》ぬも生《い》きるも一緒《しよ》だ。』

黒坊《くろんぼ》どもはすぐ近《ちか》くへ追《お》ひついて來《き》ました。もう鐵砲《てつぽう》は打《う》ちません。生捕《いけどり》にする考《かんが》へらしいのです。

ジョージさんは馬《うま》に強《つよ》く鞭《むち》をあてました。馬《うま》も跳《は》ね上《あが》つて早《はや》く走《はし》らうとあせるけれども、あまりに背中《せなか》が重《おも》い。どうした機《はづみ》か、石《いし》にでも躓《つまづ》いたのか、馬《うま》は前《まへ》にひよろ〳〵とのめりました。

『危《あぶな》い！』

ジョージさんが手綱《たづな》を引《ひ》かうと思《おも》つた時《とき》は、もう遲《おそ》かつた。馬《うま》はバッタリと倒《たふ》

れました。その拍子《ひやうし》にアンナさんは、馬《うま》の腹《はら》の下《した》に足《あし》を敷《し》かれてしまひました。

ジョージさんは急《いそ》いで、アンナさんを助《たす》け起《おこ》しましたが、もうその時《とき》は、黒坊《くろんぼ》どもは槍《やり》を振《ふ》り廻《まは》して、十間《けん》ばかりの所《ところ》に迫《せま》つてゐました。

『もうこれまでだ。』

ジョージさんはポケットから、ピストルを取出《とりだ》して身構《みがま》へしました。

けれども二十人《にん》に二人《ふたり》では、どうして適《かな》ひませう。すぐに二人《ふたり》は捕《とら》へられて、もとの牢屋《らうや》に入《い》れられるか、殺《ころ》されるに決《きま》つてゐます。

丁度《ちやうど》その時《とき》、向《むか》ふの黒《くろ》い森《もり》の方《はう》から、

『ワアー!』

といふ喊《とき》の聲《こゑ》がしたと思《おも》ふと、ドドドン、ドン、ドンと、一度《ど》に何《なん》十發《はつ》といふ鐵《てつ》砲《はう》の音《おと》。

これはと驚《おどろ》く間《ま》もなく、つい側近《そばちか》く進《すゝ》んでゐた黒坊《くろんぼ》どもは、コロリ〳〵と馬《うま》から

落《お》ちるやら、馬《うま》と一緒《しよ》に倒《たふ》れるやら、殘《のこ》つた七八人《にん》も列《れつ》を亂《みだ》して逃《に》げだしました。
鐵砲《てつぱう》の音《おと》はばたりと止《や》む。そのとたん、――
タテトテタテト、チテチテタテトー。
勇《いさま》しいイギリスの進軍喇叭《しんぐんらつぱ》。

結

二人《ふたり》は危《あやふ》い所《ところ》をイギリスの軍隊《ぐんたい》に助《たす》けられて、次《つぎ》の朝《あさ》お家《うち》へ歸《かへ》りました。

心配《しんぱい》してゐたお母《かあ》さんは、二人《ふたり》の無事《ぶじ》な姿《すがた》を見《み》て、どんなにお喜《よろこ》びになつたことでせう。

笹賣り源吾

枕

『敷島《しきしま》の大和《やまと》心《こころ》を人問《ひとと》はゞ朝日《あさひ》に匂《にほ》ふ山櫻《やまざくら》かな。』

これは云《い》ふまでもなく、本居宣長《もとをりのりなが》の有名《いうめい》な歌《うた》で、大和魂《やまとだましひ》、卽《すなは》ち我《わ》が武士道《ぶしだう》の精《せい》神《しん》を歌《うた》つたものです。さし昇《のぼ》る朝日《あさひ》の前《まへ》に咲《さ》き盛《さか》つて、芳《かんば》しく匂《にほ》ふ山櫻《やまざくら》の氣高《けだか》さに譬《たと》へられる眞《まこと》の武士《ぶし》は、その人格《じんかく》に奧床《おくゆか》しい匂《にほ》ひがなければなりません。弓矢《ゆみや》の技《わざ》に長《た》けてゐるだけでは、眞《まこと》の武士《ぶし》とは申《まを》されません。武術《ぶじゆつ》に勝《すぐ》れてゐるばかりでなく、物《もの》の哀《あは》れ、人《ひと》の情《なさけ》を知《し》つてこそ、ほんとうの侍《さむらひ》と云《い》へるのです。武《ぶ》器《き》を執《と》つては鬼《おに》をもひしぐ武勇《ぶゆう》がありながら、花《はな》にあくがれ、月《つき》を賞《め》づるの風流《ふうりう》があり、武運《ぶうん》拙《つたな》き敵《てき》に對《たい》しては、涙《なみだ》を惜《をし》まぬ人情《にんじやう》があつてこそ、大和魂《やまとだましひ》ある眞《まこと》の

武士《ぶし》と云《い》へるのです。

昔《むかし》から武士《ぶし》の鑑《かゞみ》と謳《うた》はれ、今尙《いまなほ》その墓前《ぼぜん》には香花《かうくわ》の絶《た》えない赤穗《あかほ》の四十七士《し》、これらの人々《ひと〴〵》は誰《たれ》も彼《かれ》も、武勇《ぶゆう》と人情《にんじやう》を兼《か》ね備《そな》へたほんとうの大和魂《やまとだましひ》ある武士《ぶし》でありました。

皆《みな》さんは此《こ》の四十七士《し》については、色々《いろ〳〵》なお話《はなし》を御存《ごぞん》じでありませうが、私《わたくし》は笹賣《さゝう》りで名高《なだか》い大高源吾《おほたかげんご》の風流《ふうりう》の一面《めん》のお話《はなし》を致《いた》しませう。

一

大高源吾忠雄《おほたかげんごたゞを》は、殿樣《とのさま》のお側《そば》の用《よう》をする近習《きんじゆ》といふ役《やく》を勤《つと》めてゐました。中々《なか〳〵》活潑《くわつぱつ》で負嫌《まけぎら》ひ。武術《ぶじゆつ》なら馬《うま》でも弓《ゆみ》でも劍術《けんじゆつ》でも何《なん》でも出來《でき》るが、殊《こと》に槍《やり》が上手《じやうず》でありました。こんなに武術《ぶじゆつ》がよく出來《でき》て、負嫌《まけぎら》ひの人《ひと》でありますから、兎角《とかく》云《い》ふことするることが手荒《てあら》い。

『大高殿《おほたかどの》、隨分寒《ずゐぶんさむ》うござるなあ。』

冬《ふゆ》など友人《いうじん》が挨拶《あいさつ》すると、

『拙者《せつしや》はちつとも寒《さむ》うござらぬ。』

花《はな》が咲《さ》く、友人《いうじん》が花見《はなみ》に誘《さそ》ふ。

『いゝお天氣《てんき》だ、花見《はなみ》に參《まゐ》りませぬか。』

『花《はな》を見《み》て何《なん》となさる。槍《やり》の稽古《けいこ》でもなさい。貴殿《きでん》の槍《やり》はまだ條《すぢ》が惡《わる》い。』

こんな風《ふう》で話《はなし》が出來《でき》ません。從《したが》つて友達《ともだち》とよく喧嘩《けんくわ》をします。喧嘩《けんくわ》も口《くち》の喧《けん》嘩《くわ》はまどろかしい。すぐに腕《うで》づくでやります。一寸氣《ちよつとき》に入《い》らぬことがあれば、相《あひ》手《て》の誰彼《たれかれ》を問《と》はず打《う》つてかゝる。道《みち》で石《いし》にでも躓《つまづ》かうものなら、

『不屈至極《ふとゞきしごく》な奴《やつ》だ。石《いし》の癖《くせ》に武士《ぶし》を侮《あなど》る。』

拳《こぶし》を固《かた》めてゴツーン！

痛《いた》いのは石《いし》ではなくて自分《じぶん》の手《て》です。

　これを見《み》て心配《しんぱい》したのは叔父《をぢ》の小野寺《をのでら》十内《ない》といふ、これも矢張《やは》り義士《ぎし》の一人《にん》。

『源吾《げんご》はあゝ粗暴《そばう》になつてはいけない。あのまゝにしておくと慢心《まんしん》して、とんだ失敗《しつぱい》を仕出來《しでか》すかも知《し》れない。ちと心《こゝろ》を優《やさ》しくする樣《やう》に意見《いけん》してやらねばならぬ。』

かう考《かんが》へてゐました。

　或《あ》る日《ひ》、源吾《げんご》が叔父《をぢ》さんの家《うち》へ遊《あそ》びに來《き》ました。

『叔父上《をぢうへ》、何《なに》か面白《おもしろ》いことはございませんかな。』

『面白《おもしろ》いことゝ云《い》つてどんなことだ。』

『先《ま》づ眞劍勝負《しんけんしようぶ》で人《ひと》を斬《き》つて見《み》たら面白《おもしろ》いでせうなあ。それともこの城下《じやうか》に虎《とら》でも出《で》て來《き》ますと面白《おもしろ》いでせうなあ。』

『これ〳〵、そんな物騷《ぶつそう》なことを云《い》ふものぢやない。人《ひと》を斬《き》つて何《なに》が面白《おもしろ》い。虎《とら》が出《で》て來《き》て何《なに》が面白《おもしろ》い。どうもお前《まへ》は氣《き》が荒《あら》くていかん。武士《ぶし》と云《い》ふものは、力《ちから》

が強《つよ》いだけが自慢《じまん》ぢやない。少《すこ》しは物《もの》の哀《あは》れと云《い》ふものを知《し》らんけりやいかん。』

『物《もの》の哀《あは》れと云《い》ふとどんなことですか。禮式《れいしき》ですか。それとも儀式《ぎしき》の衣服《きもの》の名《な》でもございますか。』

『それだからいけない。物《もの》の哀《あは》れと言《い》へば武術《ぶじゆつ》のやうな荒々《あらあら》しいことの反對《はんたい》で、月《つき》を見《み》て心《こころ》を慰《なぐさ》めたり、花《はな》を見《み》て氣分《きぶん》を落《お》ちつけたりする樣《やう》に、萬事《ばんじ》優《やさ》しいことに心《こころ》を寄《よ》せることだ。』

『どうも老寄臭《としよりくさ》いなあ。わたしには月《つき》を見《み》ても、花《はな》を見《み》ても、一向何《かうなん》ともありませんですが、どうしたら物《もの》の哀《あは》れとやら云《い》ふことが分《わか》つて來《き》ませうか。』

『色々《いろいろ》の遣《や》り方《かた》がある。笛《ふえ》を吹《ふ》くとか、詩《し》を吟《ぎん》ずるとか、繪《ゑ》を描《か》くとかいつた風《ふう》のことだが、一番手取《ばんてつと》り早《はや》いのは俳諧《はいかい》だらうねえ。』

『ハイカイ？　ハイカイと云《い》へば灰《はひ》を買《か》つて歩《ある》くのでせうが、武士《ぶし》が町人《ちやうにん》の眞似《まね》は…………』

『待《ま》て〳〵、そのハイカイとは違《ちが》ふ。灰《はひ》を買《か》つて歩《ある》くのではない。早《はや》く言《い》へば發《ほつ》句《く》のことだ。』

『ハヽア、發句《ほつく》のことですか。』

『發句《ほつく》なら分《わか》つたらう。』

『一向《かう》分《わか》りません。何《なん》のことですか。』

『これは困《こま》つた。そんなに何《なに》もわからんでは話《はなし》が出來《でき》ない。』

『出來《でき》なければなさらないがいゝでせう。』

『そんなことを云《い》ふ奴《やつ》があるか。(問)つまり、その、自分《じぶん》の見《み》たこと、聞《き》いたこと、思《おも》ふたことを、十七文字《もじ》の中《なか》に云《い》ひ込《こ》めて、歌《うた》に作《つく》ることなのだ。』

『成《な》る程《ほど》、十七文字《もじ》の中《なか》に見《み》たこと、聞《き》いたこと、思《おも》ふたことを言《い》ひ込《こ》めて歌《うた》にする。これは面白《おもしろ》さうですなあ。』

『面白《おもしろ》い。早速《さつそく》やつて見《み》よ。出來《でき》たらすぐに持《も》つて來《こ》い。わしが見《み》てなほしてや

るから。』

『承知《しようち》しました。』

それから二三日《にち》たつて、源吾《げんご》がやつて來《き》ました。

『叔父上《をぢうへ》、名句《めいく》が出來《でき》ました。』

『自分《じぶん》で名句《めいく》と云《い》ふ奴《やつ》があるか。』

『でも一晩中考《ばんぢうかんが》へたのですから、仲々名句《なか〱めいく》です。』

『どれ、見《み》せてごらん。何《なん》だ、馬鹿《ばか》に長《なが》いな。

叔父上《をぢうへ》を見《み》て發句《ほつく》を聞《き》いて面白《おもしろ》いと思《おも》ふ。（二度ゆつくり）

これが發句《ほつく》かえ。』

『えゝ、つまり一番最初《ばんさいしよ》の、叔父上《をぢうへ》を見《み》てが見《み》たことで、次《つぎ》の發句《ほつく》を聞《き》いてが聞《き》いたことで、一番後《ばんあと》の面白《おもしろ》いと思《おも》ふが思《おも》ふたことです。中々名句《なか〱めいく》でせう。』

『驚《おどろ》いた。これは發句《ほつく》ではない。發句《ほつく》と云《い》ふのは、そんなに見《み》たこと聞《き》いたこと

思《おも》ふたことを、皆云《みない》はなくともよい。その中《うち》の一つだけを上手《じやうず》に、しかもその中《うち》に深《ふか》い味《あぢ》があるように云《い》ひ表《あらは》すのぢや。發句《ほつく》の名人《めいじん》の芭蕉《はせう》と云《い》ふ人《ひと》の句《く》に、

古池《ふるいけ》や蛙飛《かはづと》びこむ水《みづ》の音《おと》。

と云《い》ふのがある。仲々《なか〳〵》味《あぢは》ひがあるだらう。』

『古池《ふるいけ》に蛙飛《かはづと》び込《こ》む水《みづ》の音《おと》、古池《ふるいけ》に蛙飛《かはづと》び込《こ》む水《みづ》の音《おと》。ハハア、これは聞《き》いたことを歌《うた》つたのですなあ。いかにも味《あぢは》ひがある。ぢやもう一つやつて來《き》ませう。』

又《また》二三日《にち》してやつて來《き》ました。

『叔父上《をぢうへ》、やつて參《まゐ》りました、一つ見《み》て下《くだ》さい。』（紙を取出す身振）

『おゝ、よく參《まゐ》つた。（紙を讀む身振）

鶯《うぐひす》を聞《き》く耳《みゝ》は別《べつ》にしておく武士《ぶし》かな。』（ゆつくり二度くり返す）

『どうです、今度《こんど》のは名句《めいく》でせう。』

『うむ、面白《おもしろ》い。しかし大《たい》へん長《なが》いなあ。』

『でも十七文字《もじ》ですが。』

『ハヽア、如何《いか》にも十七文字《もじ》だ。だが發句《ほつく》の十七文字《もじ》は、假名《かな》での十七文字《もじ》なのだ。』

『さうですか。それなら早《はや》くいつて下《くだ》さればいゝに。しかしこれでも大《だい》は小《せう》を兼《か》ねるからいゝでせう。』

『それでは歌《うた》にならん。此《こ》の意味《いみ》を假名《かな》十七文字《もじ》に考《かんが》へ直《なほ》して來《こ》い。』

『又落第《またらくだい》ですか。まあやつて來《き》ませう。』

又《また》二三日《にち》してやつて來《き》ました。

『叔父上《をぢうへ》、今度《こんど》は三度目《さんどめ》の上《じやう》の目《め》です。きつと及第《きふだい》でせう。』

『どれ〳〵、

もの〻ふの鶯《うぐひす》きいて立《た》ちにけり。(二度)

うむ、えらい、よく出來《でき》た。これなら上等《じやうとう》。』

叔父《をぢ》さんにほめられて源吾《げんご》はうれしくてたまりません。元《もと》より才《さい》のある人《ひと》ですから、これから勉強《べんきやう》して僅《わづ》かの中《うち》になか〳〵の上手《じやうず》になつて、その頃有名《ころいうめい》な榎本《えのもと》其角《きかく》といふ發句《ほつく》の先生《せんせい》とも交際《つきあひ》する様《やう》になりました。

二

その中《うち》に元祿《げんろく》十四年《ねん》三月《ぐわつ》十四日《か》、主君《しゆくん》淺野內匠頭長矩公《あさのたくみのかみながのりこう》は、怨重《うらみかさ》なる吉良上野介吉央《きらかうづけのすけよしなか》をば、殿中松《でんちうまつ》の廊下《らうか》に於《お》いて斬付《きりつ》けられましたが、無念《むねん》にも額《ひたひ》に刀傷《かたなきず》を殘《のこ》しただけで、本望《ほんまう》は遂《と》げられず、間《ま》もなく切腹《せつぷく》を仰《おほ》せつけられ、赤穗《あかほ》のお城《しろ》は取《と》り上《あ》げられて、家來《けらい》の者《もの》は皆散々《みなちり〴〵》になつてしまひました。しかし忠義《ちうぎ》に燃《も》ゆる家來《けらい》達《たち》は、到底《たうてい》そのまゝ方々《はう〴〵》に散《ち》り失《う》せてはしまひません。家老大石良雄《からうおほいしよしを》を頭《かしら》として、四十七名《めい》のものが堅《かた》く〳〵誓《ちか》つて、殿様《とのさま》の無念《むねん》を晴《はら》さうと決《けつ》したのであります。そのことを上野介《かうづけのすけ》の方《はう》に覺《さと》られてはいけないと思《おも》つて、他《た》の家來達《けらいたち》と同《おな》じ様《やう》

に、所々方々《しよ〳〵はう〳〵》に姿《すがた》を消《け》しましたが、ぢつとしてはゐません。それ〴〵仇討《あだうち》の準備《じゆんび》をしてゐたのであります。

大高源吾《おほたかげんご》も、殿様《とのさま》がお亡《な》くなりの後《のち》、身《み》を安《やす》らかにしようとか、他《た》の主君《しゆくん》に仕《つか》へようなどゝ考《かんが》へるような腰拔武士《こしぬけぶし》ではありませんでした。四十七名《めい》の中《うち》に加《くは》はつて、敵《てき》の様子《やうす》を探《さぐ》るために江戸《えど》に上《のぼ》つて、矢《や》の倉《くら》と云《い》ふ所《どころ》に家《いへ》を借《か》り、町人《ちやうにん》に化《ば》けて商賣《しやうばい》をしてゐました。

年《とし》が明《あ》けて、元祿《げんろく》十五年《ねん》もずつと押《お》し詰《つま》つた十二月《ぐわつ》になつて、長《なが》い間《あひだ》の甲斐《かひ》あつて、いよ〳〵十四日《か》には吉良《きら》の邸《やしき》へ打《う》ち入《い》ると云《い》ふことになりました。四十七名《めい》の武士《ぶし》はその日《ひ》の來《く》るのを今《いま》か〳〵と待《ま》つて、所々方々《しよ〳〵はう〳〵》に散《ち》つてゐたのが、次《し》第次《だいし》第《だい》に江戸《えど》に集《あつま》つて來《き》ました。しかし今《いま》が大切《たいせつ》な時《とき》、今《いま》になつて敵《てき》に覺《さと》られては苦心《くしん》も水《みづ》の泡《あわ》。いつもと變《かは》らぬ様子《やうす》をして、人目《ひとめ》に立《た》たぬやうに氣《き》を付《つ》けてゐました。

源吾《げんご》は、いよ〳〵明日《あす》は討入《うちい》りと云《い》ふ十三日《にち》も、いつもとちつとも變《かは》らぬ身裝《みなり》をして、煤掃《すゝは》きの笹竹《さゝだけ》を賣《う》りに街《まち》へ出《で》ました。丁度《ちやうど》その日《ひ》は朝《あさ》から降《ふ》り出《だ》した雪《ゆき》が積《つも》つて、一面《めん》は眞白《まつしろ》な銀世界《ぎんせかい》。その雪《ゆき》の中《なか》を簑《みの》と菅笠《すげがさ》に身《み》を固《かた》めて、

『さゝあ、煤竹《すゝだけ》！』

大聲《おほごゑ》に寒《さむ》さも忘《わす》れてやつて來《き》ましたのが兩國橋《りやうごくはし》。ふと向《むか》ふを見《み》ると發句《ほつく》の大先生《だいせんせい》其角《きかく》が、蛇目傘《じやのめがさ》に雪《ゆき》をよけてこちらへ歩《ある》いて來《き》ます。

『あゝ、あれは其角先生《きかくせんせい》だ。見《み》つからなければよいがなあ。』

源吾《げんご》はなつかしい先生《せんせい》に會《あ》つたのですから、話《はなし》がしたい。けれどもこんな時《とき》に色々話《いろ〳〵はなし》をしてゐては、又却《またかへつ》て惡《わる》いこともある。それに今《いま》のこの身裝《みなり》、なんだか恥《はづ》かしい。見《み》られまいとあつちの方《はう》を向《む》いて、わざと頓狂《とんきやう》な聲《こゑ》を出《だ》して、

『ささあ、煤竹《すゝだけ》！』

所《ところ》が其角《きかく》はすぐにそれと見《み》つけました。

『其所《そこ》を行《ゆ》かるゝは大高氏《おほたかうぢ》ではござらぬか。』
源吾《げんご》は聞《きこ》えない風《ふり》して、
『さゝあ、煤竹《すゝだけ》!』
『もし、大高氏《おほたかうぢ》。』
其角《きかく》はいよ〳〵近《ちか》づいて來《き》ます。源吾《げんご》は一生懸命《しやうけんめい》。
『さゝあ、煤竹《すゝだけ》!』
其角《きかく》は源吾《げんご》の前《まへ》に立《た》ち塞《ふさ》がりました。
『いや、これは珍《めづ》らしい、大高氏《おほたかうぢ》。』
かうなつては源吾《げんご》も仕方《しかた》がありません。笠《かさ》をとつて挨拶《あいさつ》をし様《やう》としますと、其角《きかく》は、
『いや、その儘《まゝ》〳〵。』
とそれを押《お》し止《と》めました。

『では此儘《このまゝ》失禮《しつれい》仕《つかまつ》る。先生《せんせい》、お久《ひさ》し振《ぶ》りでござりまする。』

『大高氏《おほたかうぢ》、何《なに》からお話《はなし》してよいかわからない。思《おも》ひがけないことで御浪人《ごらうにん》なされ、其後《そのご》は何《なん》の便《たよ》りも噂《うはさ》も聞《き》かず、如何《いか》にお暮《くら》しかと案《あん》じてゐましたが、何《なに》はともあれ、お達者《たつしや》で先《ま》づはお目出度《めでた》い。』

『いや〳〵、こんな姿《すがた》で先生《せんせい》に久方振《ひさかたぶ》りにお目《め》にかゝり、恥《はづ》かしくて何《なん》とも申《まを》されません。赤穂《あかほ》を浪人《らうにん》してからは、あちこちと迷《まよ》ひ歩《ある》き、江戸《えど》へは參《まゐ》りましたものの、思《おも》ふ樣《やう》にもならず、今《いま》は笹賣《さゝう》りとまで落《お》ちぶれて、いやはや赤面《せきめん》の至《いた》りでござります。』

『何《なん》のそのやうなことがござらう。忠臣《ちうしん》は二君《くん》に仕《つか》へず。貴殿《きでん》が他《た》の主君《しゆくん》に仕《つか》へて御出世《ごしゆせ》なされたら、却《かへつ》て恥《はぢ》であらう。笹賣《さゝう》りになつてまでも、節義《せつぎ》を守《まも》られる御志《おこゝろざし》を嬉《うれ》しく存《ぞん》じまするぞ。』

『御言葉《おことば》痛《いた》み入《い》ります。そんな次第《しだい》で江戸《えど》に參《まゐ》りましても、つい御伺《おうかが》ひも致《いた》さ

ず、失禮《しつれい》いたしてをりました。何卒《なにとぞ》お赦《ゆる》し下《くだ》され。』

『何《なん》のその御《お》言葉《ことば》に及《およ》びませうぞ。だが俳諧《はいかい》はお忘《わす》れではござるまいなあ。』

『どうも恐《おそ》れ入《い》ります。仕事《しごと》の忙《いそが》しさに追《お》はれ、近頃《ちかごろ》はとんと忘《わす》れて過《す》ごしてゐます。』

『兎《と》に角久《かくひさ》し振《ぶ》りでござる。一つ拙者《せつしや》につけて下《くだ》され。』

其角《きかく》は矢立《やだて》の筆《ふで》を取《と》り出《だ》して、懐紙《くわいし》へすら〳〵と書《か》いて、源吾《げんご》に渡《わた》しました。

これは一人《ひとり》が上《かみ》の句《く》を書《か》くと、他《た》の一人《ひとり》がそれに續《つゞ》けて下《しも》の句《く》を書《か》くのでありまして、連歌《れんが》と申《まを》します。

源吾《げんご》が受取《うけと》つて讀《よ》んで見《み》ますと、

『年《とし》の瀨《せ》や水《みづ》の流《ながれ》と人《ひと》の身《み》は。』

『ふうむ、年《とし》の瀨《せ》や水《みづ》の流《ながれ》と人《ひと》の身《み》は。なるほど、流石《さすが》は先生《せんせい》。』

源吾《げんご》は感心《かんしん》してゐます。此《こ》の意味《いみ》は申《まを》すまでもないことですが、今年《ことし》も暮《くれ》に迫《せま》

つてゐる、又新《またあたら》しい年《とし》がくる、年《とし》が代《かは》るにつれて水《みづ》の流《ながれ》と同《おな》じ様《やう》に、世《よ》の人々《ひと〴〵》の身《み》の上《うへ》も、定《さだ》めなく變《かは》つて行《ゆ》くものだが、さて來年《らいねん》はお互《たが》ひにどんなことになるであらうか、と云《い》ふ様《やう》なことでありますが、この意味《いみ》の底《そこ》には、源吾《げんご》の身《み》も今《いま》は落《お》ちぶれてゐても、變《かは》り易《やす》い人《ひと》の運命《うんめい》だから、又《また》よい運《うん》が廻《まは》つてこないものでもあるまい、と同情《どうじやう》して歌《うた》つたのでありませう。暫《しばら》く見《み》て居《ゐ》た源吾《げんご》は筆《ふで》を執《と》つて、次《つぎ》にすら〳〵と書《か》いて其角《きかく》に渡《わた》しました。其角《きかく》は受取《うけと》つて讀《よ》みました。

『明日《あした》待《ま》たるゝその寶船《たからぶね》。(問) いかにも立派《りつぱ》でござる。結構《けつこう》々々《〳〵》。お見受《みう》け申《まを》すと、簑《みの》一つに雪《ゆき》を凌《しの》いでの御様子《ごやうす》、さぞお寒《さむ》うござらう。甚《はなは》だ失禮《しつれい》ながら、此《こ》の羽織《はおり》を進《しん》ぜよう。綿《わた》がたくさん入《はい》つてをるから温《あたゝか》い。』

『いや、これは有難《ありがた》い。恭《かたじけな》く頂戴《ちやうだい》いたしまする。さらば御免《ごめん》。』

羽織《はおり》を貰《もら》つて行《ゆ》かうとすると、

『ちとお暇《ひま》の時《とき》にはお出《で》かけ下《くだ》され。拙者《せつしや》も又《また》お伺《うかが》ひいたす。お住居《すまゐ》はどちら

で。』

『矢《や》の倉《くら》でございます。いづれ後程《のちほど》お伺《うかが》ひいたす機《をり》もござらう。』

『拙者《せつしや》はこれより松浦家《まつうらけ》へ參《まゐ》る途中《とちう》。こゝでお目《め》にかゝつたは有難《ありがた》い御緣《ごえん》。これにてお別《わか》れ申《まを》さう。』

『皆様方《みなさまがた》へよろしく。』

源吾《げんご》は笹《さゝ》を擔《かつ》いでそのまゝ行《い》つてしまひます。其角《きかく》は後姿《うしろすがた》を見送《おく》つて、

『あゝ、氣《き》の毒《どく》なことだ。御主君《ごしゆくん》の不慮《ふりよ》の災難《さいなん》から、立派《りつぱ》な武士《ぶし》を埋木《うもれぎ》にしてしまつた。』

こんなことを云《い》ひながら、松浦家《まつうらけ》へやつて來《き》ました。

三

松浦家《まつうらけ》といふのは、松浦壹岐守《まつうらいきのかみ》のことで、九州平戸《しうひらと》の殿様《とのさま》でありますが、もう

御隱居《ごいんきよ》しておいでになる八十餘歳《よさい》の御老人《ごらうじん》です。

此《こ》の人《ひと》は立派《りつぱ》な武士《ぶし》でありまして、軍學《ぐんがく》には大變詳《たいへんくは》しい。その上風流《うへふうりう》な人《ひと》で、俳諧《はいかい》もよく出來《でき》る。それで其角《きかく》なども始終出入《しじうでいり》してゐます。

丁度《ちやうど》その日《ひ》は書物《しよもつ》を讀《よ》んでをられましたが、近習《きんじゆ》の者《もの》が其角《きかく》が來《き》たことを告《つ》げますと、

『其角《きかく》が參《まゐ》つたか。すぐこれに通《とほ》せ。』

其角《きかく》が入《はい》つて參《まゐ》ります。

『其角《きかく》、よく參《まゐ》つた。隨分寒《ずゐぶんさむ》いなあ。』

『一寸御機嫌伺《ちよつとごきげんうかが》ひに參《まゐ》りました。今日《こんにち》は雪《ゆき》で大變《たいへん》な寒《さむ》さでございます。』

『うむ、此《こ》の樣子《やうす》なら明日《あす》も降《ふ》るだらう。して近頃何《ちかごろなに》か變《かは》つたことはないか。』

『變《かは》つたこと丶申《まを》せば、只今兩國橋《たゞいまりやうごくはし》で大高氏《おほたかうぢ》に會《あ》ひました。』

『大高氏《おほたかうぢ》？　それは珍《めづら》しい人《ひと》に會《あ》つたなあ。今《いま》は浪人《らうにん》してをる筈《はず》ぢやが、どんな

様子《やうす》をしてゐたか。』

『煤拂《すゝはらひ》の笹賣《さゝう》りをしてをりました。立派《りつぱ》な武士《ぶし》を埋木《うもれぎ》にしてしまつて、惜《を》しいことでございます。』

『それも仕方《しかた》がない。浮世《うきよ》だ。』

『氣《き》の毒《どく》に思《おも》ひましたので、先日殿様《せんじつとのさま》から頂《いたゞ》きました御羽織《おはおり》を遣《つかは》しました。』

『左様《さやう》か、よく遣《や》つた。久《ひさ》し振《ぶ》りの出會《であ》ひで何《なに》か連歌《れんか》でもやつたか。』

『はい、これを御覽下《ごらんくだ》さい。』

先程《さきほど》の懷紙《くわいし》を前《まへ》に出《だ》します。松浦公《まつうらこう》はぢつと見《み》てをられましたが、

『ふうむ、さうか。』（獨言、肯きながら感心する樣子）

『如何《いかゞ》でございます。』

『立派《りつぱ》な出來《でき》ぢや。が、其角《きかく》、其《そ》の方《はう》は此《こ》の大高氏《おほたかうぢ》の「明日待《あしたま》たるゝその寶船《たからぶね》」の意味《いみ》を何《なん》と見《み》る。』

『今《いま》はこんな笹賣《さゝう》りにまでおちぶれてゐるが、明日《あした》待《ま》たるゝ寶船《たからぶね》で、年《とし》でも變《かは》れば、いゝ運《うん》に廻《まは》り合《あは》せて、立身《りつしん》も出來《でき》ようと云《い》ふような意味《いみ》かと存《ぞん》じます。』

『ハヽア、それは表面《へうめん》の意味《いみ》ぢや。その方《はう》は俳諧《はいかい》にかけては立派《りつぱ》な人物《じんぶつ》ぢやが、武士《ぶし》の精神《せいしん》は分《わか》らないと見《み》える。此《こ》の歌《うた》の眞《まこと》の意味《いみ》はそんなものぢやない。近々《きん〳〵》囘向院《ゑかうゐん》の裏門《うらもん》に當《あた》つて勇《いさま》しい音《おと》がするぞ。』

『何《なん》でございますか、囘向院《ゑかうゐん》の裏門《うらもん》に當《あた》つて勇《いさま》しい音《おと》がするとは。』

『分《わか》らねばそれでよい。』

『一向《かう》に分《わか》りませんが、何《なん》のことでございますか。』

『いや、分《わか》らぬ人《ひと》には申《まを》すに及《およ》ばぬ。今《いま》に分《わか》る。却《かへ》つて言《い》はぬが花《はな》ぢや。しばらく時機《じき》を待《ま》て。』

其角《きかく》は早々《さう〳〵》松浦家《まつうらけ》をお暇《いとま》して、家《うち》へ歸《かへ》つて來《き》ましたが、書齋《しよさい》に入《はい》るとぴつたりと戶《と》を締《し》めて考《かんが》へ出《だ》しました。

『明日《あした》待《ま》たるゝその寶船《たからぶね》。回向院《えかうゐん》の裏門《うらもん》で勇《いさま》しい音《おと》がする。はてな、回向院《えかうゐん》の裏《うら》で寶船《たからぶね》が戰爭《せんさう》でもするんだらうか。いや、そんなことはない。回向院《えかうゐん》の裏《うら》と云《い》ふと川《かは》はない筈《はず》ぢや。して見《み》ると船《ふね》の喧嘩《けんくわ》でもあるまい。ハテ、あの邊《へん》には何《なに》か變《かは》つたものがあつたか知《し》ら。越前《えちぜん》の家老《からう》の本田様《ほんださま》のお邸《やしき》と、その隣《とな》りに吉良上野様《きらかうづけさま》のお邸《やしき》とがあるが、それより外《ほか》には別《べつ》に大《たい》したものもない。して見《み》ると勇《いさま》しい音《おと》はどこでするんかな。分《わか》らないぞ。待《ま》て〱、初《はじ》めから考《かんが》へ直《なほ》しだ。兩國橋《りやうこくばし》の上《うへ》で、汚《きたな》い姿《すがた》をして笹《さゝ》や煤竹《すゝだけ》。それから明日《あした》待《ま》たるゝその寶船《たからぶね》。武士《ぶし》の精神《せいしん》が分《わか》らぬ。近々《きん〱》回向院《えかうゐん》の裏門《うらもん》で勇《いさま》しい音《おと》がする。分《わか》らねばそれでいゝ。云《い》はぬが花《はな》ぢや。しばらく時機《じき》を待《ま》て。(間) どうもちつとも分《わか》らんっ』

その晩《ばん》は寢《ね》ずに考《かんが》へたが分《わか》りません。翌日《よくじつ》、十二月《ぐわつ》十四日《か》も朝《あさ》から雪《ゆき》です。其角《きかく》は朝食《あさめし》をすますと、又部屋《またへや》に入《はい》つてぴつたりと戸《と》を締《し》め切《き》つて、考《かんが》へ込《こ》んでゐました。

『明日《あした》待《ま》たるゝその寶船《たからぶね》。年《とし》が變《かは》れば又《また》いゝ運《うん》も廻《まは》つて來《く》るだらう。先《さき》が待《ま》たれる寶船《たからぶね》といふんだがなあ。それは表面《へうめん》の意味《いみ》で武士《ぶし》の精神《せいしん》は分《わか》らぬ。眞《まこと》の意味《いみ》は別《べつ》にある。眞《まこと》の意味《いみ》が囘向院《えかうゐん》の裏《うら》の勇《いさま》しい音《おと》。ハテナ、寶船《たからぶね》と囘向院《えかうゐん》、明日《あした》待《ま》たるゝ勇《いさま》しい音《おと》。』

考《かんが》へれば考《かんが》へるほど分《わか》らなくなつて來《き》ます。けれども根氣《こんき》よく同《おな》じことを繰《く》り返《かへ》して考《かんが》へてゐました。

四

晝過《ひるす》ぎになると、其角《きかく》の友人《いうじん》で俳諧《はいかい》のよく出來《でき》る杉風《さんぷう》と云《い》ふ人《ひと》が尋《たづ》ねて來《き》ました。其角《きかく》とは兄弟分《きやうだいぶん》の間柄《あひだがら》です。

『今日《こんにち》は。』

『入《い》らつしやいまし。』

其角《きかく》の妻《つま》がそれへ出《で》て迎《むか》へます。

『えらい寒《さむ》さですな。兄貴《あにき》はゐますか。』

『はい、居《を》りますが、昨日《きのふ》からちつと變《へん》なのでございます。』

『變《へん》とは變《へん》だね。病氣《びやうき》かね、それともお酒《さけ》でも……』

『所《ところ》が病氣《びやうき》でもお酒《さけ》でもないんです。昨日《きのふ》松浦樣《まつうらさま》から歸《かへ》ると、部屋《へや》に閉《と》ぢ籠《こも》つて寶船《たからぶね》が何《なん》とかと云《い》つて考《かんが》へ込《こ》んでゐるのです。』

『そいつはをかしいな。』

『それで誰《だれ》が來《き》ても會《あ》はないと申《まを》してゐます。』

『いや、構《かま》はん。私《わし》は是非《ぜひ》會《あ》はねばならぬことがある。』

杉風《さんぷう》はずつと部屋《へや》に通《とほ》りました。

『兄貴《あにき》、何《なに》を考《かんが》へてゐる。』

『おゝ、杉風《さんぷう》か。（間）ちつとも分《わか》らんのぢや。』

『何《なに》が分《わか》らんのか。』

『寶船《たからぶね》ぢや。武士《ぶし》の精神《せいしん》ぢや。眞《まこと》の意味《いみ》ぢや。囘向院《えかうゐん》の裏門《うらもん》ぢや。杉風《さんぷう》、ごうぢや、君《きみ》は分《わか》るかね。』

『何《なん》だかちつとも分《わか》らんな。寶船《たからぶね》つて何《なん》だい。』

『わしも分《わか》らんのぢや。』

『まあ、分《わか》らんことはさうぢつと考《かんが》へてゐては尙《なほ》分《わか》らなくなる。少《すこ》し間《あひだ》をおいてゆつくり考《かんが》へるんぢや。今晩《こんばん》はいつか話《はな》しておいた通《とほ》り、本田様《ほんださま》のお邸《やしき》で俳諧《はいかい》の會《くわい》があるんだから、是非《ぜひ》行《ゆ》かう。』

『あゝ、さうだつたなあ。本多様《ほんださま》は囘向院《えかうゐん》の裏《うら》だ。よし、行《い》つてみよう。何《なに》か裏《うら》門《もん》の方《はう》に勇《いさま》しい音《おと》がしてゐるかも知《し》れない。ことによつたら寶船《たからぶね》が分《わか》るかも知《し》れん。』

二人《ふたり》は連《つ》れ立《だ》つて本多家《ほんだけ》へやつて參《まゐ》りました。もう雪《ゆき》は止《や》んでゐます。しかし

俳諧《はいかい》の會《くわい》がすんだのは、夜《よ》も大分《だいぶ》遲《おそ》かつたので、今夜《こんや》はお邸《やしき》へ泊《とま》ることになつて、杉風《さんぷう》と一所《しよ》に玄關《げんくわん》の横《よこ》の部屋《へや》に寢《ね》てゐました。

其角《きかく》はやつぱり、寶船《たからぶね》と武士《ぶし》の精神《せいしん》とを考《かんが》へてゐます。その中《うち》に次第《しだい》に夜《よ》も更《ふ》けて、眞夜中頃《まよなかごろ》になると、邊《あた》りは森《しん》として何《なん》の物音《ものおと》も聞《きこ》えません。

ドン〳〵、ドン〳〵。

丁度《ちやうど》その時《とき》、本多家《ほんだけ》の表門《おもてもん》を強《つよ》く叩《たゝ》く音《おと》にハツと驚《おどろ》きました。其角《きかく》がきゝ耳《みゝ》を立《た》てると、

『御門番殿《ごもんばんどの》、願《ねが》ひます。我々《われ〳〵》は前《ぜん》の赤穗《あかほ》の城主淺野内匠頭長矩《じやうしゆあさのたくみのかみながのり》の家來《けらい》、大高源《おほたかげん》吾《ご》、富森助右衞門《とみもりすけゑもん》と申《まを》すもの、今宵《こよひ》同志《どうし》四十七名《めい》と共《とも》に、吉良家《きらけ》へ參《まゐ》り、亡君《ばうくん》の仇《あだ》を報《はう》じます。何卒《なにとぞ》火《ひ》の元《もと》御《ご》大切《たいせつ》に致《いた》さるゝやう、宜《よろ》しくお傳《つた》へ下《くだ》されい。』

これを聞《き》いた其角《きかく》は、がばと跳《は》ね起《お》きました。

『分《わか》つた〳〵。寶船《たからぶね》が分《わか》つた、武士《ぶし》の精神《せいしん》が分《わか》つた。』

と云《い》ひながら表《おもて》へ轉《ころ》がり出《で》て、

『大高氏《おほたかうぢ》、其角《きかく》こゝに在《あ》り。』

と、大聲《おほごゑ》と共《とも》に門《もん》を押《お》し明《あ》けて、外《そと》へ飛《と》び出《だ》しました。

空《そら》には十四日《か》の月《つき》が皎々《かう〱》と輝《かゞや》き、凍《こほ》つた雪《ゆき》の上《うへ》に照《て》り映《は》えて、世《よ》は一面《めん》の銀世界《ぎんせかい》。見《み》ると、源吾《げんご》は昨日《きのふ》の笹賣《さゝう》りの姿《すがた》に引《ひ》きかへ、討入《うちい》りの陣羽織《ぢんはおり》に、九尺《しやく》の長槍《ながやり》小脇《こわき》にかかへて突立《つゝた》つてゐる姿《すがた》は、實《じつ》に威風堂々《ゐふうだう〱》、月《つき》と雪《ゆき》との中《なか》に武士《ぶし》の精神《せいしん》が光《ひか》り輝《かゞや》いてゐる樣《やう》です。

『大高氏《おほたかうぢ》、其角《きかく》でござる。天晴忠節《あつぱれちうせつ》なことでござる。』

『おゝ、これは其角先生《きかくせんせい》、昨日《さくじつ》は失禮《しつれい》いたしました。これが此《こ》の世《よ》のお名殘《なご》り、あの世《よ》に於《おい》て又御目《またおめ》にかゝるでござらう。隨分御達者《ずゐぶんごたつしや》に。』

行《ゆ》く後《あと》から其角《さかく》は大聲《おほごゑ》に、

『吾《わ》が雪《ゆき》と思《おも》へば輕《かる》し笠《かさ》の上《うへ》。』

大雪《おほゆき》だ、この雪《ゆき》に敵《てき》も油断《ゆだん》してゐよう、敵討《かたきうち》にはあつらへ向《むき》の有難《ありがた》い雪《ゆき》だ、雪《ゆき》も寒《さむ》さも敵討《かたきう》つ身《み》には、寒《さむ》くもなければ厄介《やくかい》でもない、笠《かさ》の上《うへ》の雪《ゆき》でさへも、自《じ》分《ぶん》の爲《ため》に降《ふ》つてくれたのだと思《おも》へば重《おも》くはない、天晴此《あつぱれこ》の雪《ゆき》の中《なか》で、御手柄《おてがら》なされよといふ意味《いみ》でございます。

これを聞《き》いた源吾《げんご》は振《ふ》り返《かへ》つて、

『月雪《つきゆき》の中《なか》や命《いのち》の捨《す》て所《どころ》。御免《ごめん》!』

そのまゝ吉良家《きらけ》へ討《う》ち入《い》りましたが、長《なが》い間苦労《あひだくらう》の甲斐《かひ》あつて、主君《しゆくん》の怨《うら》みに報《むく》い、天晴《あつぱれ》の手柄《てがら》を立《た》てました。

結

月雪《つきゆき》の中《なか》や命《いのち》の捨《す》て所《どころ》。ほんとうの武勇《ぶゆう》、ほんとうの武士《ぶし》の願《ねが》ひ、いや、ほんとうの情《なさけ》を知《し》る優《やさ》しい武士《ぶし》の魂《たましひ》は、なんと奥床《おくゆか》しいものではありませんか。

善心

枕

世《よ》の中《なか》は樣々《さま〴〵》で、善人《ぜんにん》もあれば惡人《あくにん》もあります。善人《ぜんにん》の心《こゝろ》はよいに定《きま》つてゐますが、惡人《あくにん》の心《こゝろ》は果《はた》して惡《わる》いかと云《い》ひますと、どうも根本《こんぽん》から惡《わる》いとは云《い》へない樣《やう》です。いかなる惡人《あくにん》でも、ほんとうの心《こゝろ》は惡《あく》ではありません。只《たゞ》それが世《よ》の中《なか》の色々《いろ〳〵》な事情《じじやう》によつて、次第々々《しだい〳〵》に惡《わる》くなつていつたもので、嬰兒《あかんぼ》の時《とき》から、そんな惡《わる》い心《こゝろ》であつたのではないのです。嬰兒《あかんぼ》の時《とき》のまゝの心《こゝろ》、世《よ》の中《なか》の惡《あく》に汚《けが》されない心《こゝろ》と云《い》ふものが、如何《いか》なる惡人《あくにん》の心《こゝろ》の底《そこ》にも殘《のこ》つてゐるものだと思《おも》ひます。ふとした機會《はづみ》に、その善心《ぜんしん》が蘇生《よみがへ》つて來《く》ることがあるものです。

一

昔《むかし》、ロシアのウラヂミールといふ町《まち》に、アクスョーノフと云《い》ふ立派《りつぱ》な商人《しやうにん》がありました。至《いた》つて正直《しやうぢき》な、情深《なさけぶか》い人《ひと》でありました。貧乏人《びんぼふにん》には品物《しなもの》を安《やす》く賣《う》つてやるし、他《ほか》の商人《しやうにん》のように、只《たゞ》お金《かね》を儲《まう》けさへすればいゝと、悪《わる》い品物《しなもの》を高《たか》く賣《う》つたり、人《ひと》を胡魔化《ごまくわ》したりするような事《こと》は、ちつともしませんでしたから、商賣《しやうばい》は次第《しだい》に繁昌《はんじやう》して、支店《してん》が二軒《けん》も出來《でき》ました。

アクスョーノフは商賣《しやうばい》のことで、一週間《しうかん》ばかり旅《たび》に出《で》ることになりました。妻《つま》はアクスョーノフの旅《たび》の仕度《したく》をして、

『どうか氣《き》を付《つ》けて行《い》つて下《くだ》さい。今度《こんど》の旅《たび》は、何《なん》だか不幸《ふかう》が起《おこ》る様《やう》な氣《き》がしてなりませんから。』

と云《い》ふと、アクスョーノフは笑《わら》ひながら、

『何《なに》を馬鹿《ばか》々々しいことを云《い》ふんだ。今度《こんど》もよい運《うん》に廻《まは》り會《あ》つて、うんと幸福《かうふく》を持《も》つて歸《かへ》つて來《く》るんだ。』

『でも昨夜《ゆふべ》の夢見《ゆめみ》が惡《わる》くて、何《なに》か知《し》ら氣《き》がかりなのですもの。』

『まあ〳〵、七日後《かご》を待《ま》つておいで。』

さう云《い》つて、鞄《かばん》一つを持《も》つて出《で》て行《ゆ》きました。

　アクスヨーノフは安《やす》らかな旅《たび》を續《つゞ》けて、商賣《しやうばい》もいゝ工合《ぐあひ》に進《すゝ》みました。

『出《で》る時妻《ときつま》があんなことを云《い》つたが、今《いま》に歸《かへ》つてこの有様《ありさま》を話《はな》したら、きつと喜《よろこ》ぶだらう。』

こんなことを思《おも》ひながら、五日目《かめ》も旅《たび》の宿《やど》で安《やす》らかに眠《ねむ》りに入《い》りました。

　その夜《よ》は常《つね》にない蒸《む》し暑《あつ》い晩《ばん》でしたが、晝《ひる》の疲《つか》れですぐ寢入《ねい》ることは出來《でき》ましたけれども、夜中頃《よなかごろ》恐《おそろ》しい夢《ゆめ》を見《み》て、うーんと唸《うな》つて目《め》が醒《さ》めました。右《みぎ》の手《て》を體《からだ》の下《した》に敷《し》いてゐましたので、その痛《いた》みに氣付《きづ》いて左《ひだり》の方《はう》へ寢返《ねがへ》りを打《う》つた時《とき》、

部屋《へや》の隅《すみ》の方《はう》でコト／＼と云《い》ふ音《おと》がしますので、フトその方《はう》へ目《め》をやりますと、そこから大《おほ》きな男《をとこ》が部屋《へや》の外《そと》へ消《き》えるように出《で》て行《ゆ》きました。その出《で》て行《ゆ》く時《とき》、薄暗《うすぐら》い灯《ひ》ではありましたが、その男《をとこ》の左《ひだり》の頰《ほゝ》に大《おほ》きな黒《くろ》い黒子《ほくろ》のあることが、はつきりとアクスヨーノフの目《め》に殘《のこ》りました。

多分《たぶん》宿《やど》の番頭《ばんとう》が、何《なに》かの用事《ようじ》で來《き》たのだらう位《ぐらゐ》に思《おも》つて、別《べつ》に氣《き》にもとめないで又《また》眠入《ねい》つてしまひました。

次《つぎ》の朝《あさ》、アクスヨーノフはいつもよりずつと早《はや》く、暗《くら》い中《うち》に起《お》きました。その日《ひ》は可成《かな》り遠《とほ》い次《つぎ》の町《まち》まで行《ゆ》かねばならなかつたので、宿《やど》の者《もの》に云《い》ひつけて仕度《したく》を急《いそ》がせて、馬車《ばしや》を傭《やと》つて宿《やど》を出《で》ました。それはまだ夜《よ》も明《あ》け切《き》らない中《うち》でありました。朝《あさ》の空氣《くうき》の氣持《きもち》よさを感《かん》じながら、馬車《ばしや》を走《はし》らせました。その中《うち》に午近《ひるちか》くなりましたので、或《あ》る町《まち》の料理屋《れうりや》の前《まへ》に馬車《ばしや》を止《と》めて中食《ちうじき》をして、いゝ氣持《きもち》で暫《しばら》く休《やす》んでゐました。

その時《とき》、アクスョーノフの來《き》た方《はう》から一臺《だい》の馬車《ばしや》が來《き》ましたが、アクスョーノフの馬車《ばしや》の所《ところ》まで來《く》ると、その馬車《ばしや》はピタリと止《とま》つて、中《なか》から四人《にん》の警官《けいくわん》がばらばらと下《お》りて、アクスョーノフを圍《かこ》んでしまひました。

『お前《まへ》は昨夜《ゆふべ》どこへ泊《とま》つた。』

アクスョーノフは、ありのまゝに昨夜《ゆふべ》泊《とま》つた町《まち》と、宿《やど》の名《な》を云《い》ひました。そして不審《ふしん》に思《おも》ひながら、

『何《なに》か變《かは》つたことがあつたのですか。私《わし》は何《なに》も取調《とりしら》べを受《う》けるような覺《おぼ》えはありませんが。』

『變《かは》つたことがあつたからお前《まへ》の後《あと》を追《お》つて來《き》たのだ。昨夜《ゆふべ》その宿《やど》に人殺《ひとごろ》しがあつたのだ。』

『えつ？ 人殺《ひとごろ》し？ (間) 私《わし》は何《なに》も存《ぞん》じませんでした。朝出《あさで》る時《とき》にはそんなことはちつとも聞《き》きませんでしたが。』

『お前《まへ》が出《で》た後《あと》で分《わか》つたのだ。お前《まへ》はどうしてあんなに早《はや》く宿《やど》を出《で》たのだ。』

『今日《けふ》の道程《みちのり》が可成《かな》り遠《とほ》いものですから。』

『さうか。それにしてもお前《まへ》はその殺人《さつじん》の有力《いうりよく》な嫌疑者《けんぎしや》だ。』

『えつ？ 私《わし》が嫌疑者《けんぎしや》？ （問） 私《わし》はそんな、そんな大《だい》それたことをする様《やう》なものぢやありません。』

アクスョーノフは多少《たせう》せき込《こ》んでゐましたけれども、はつきりと答《こた》へました。

『いや、確《たしか》にお前《まへ》は立派《りつは》な嫌疑者《けんぎしや》だ。昨夜《ゆふべ》あそこに泊《とま》つたのは、お前《まへ》とその殺《ころ》された商人《しやうにん》との二人《ふたり》きりで、しかも誰《だれ》も外《そと》から忍《しの》び込《こ》んだ形跡《けいせき》がないのだ。』

『でも私《わし》は何《なに》も知《し》りません。神《かみ》に誓《ちか》つて申《まを》します。私《わし》は決《けつ》してそんなことはいたしません。』

『神《かみ》に誓《ちか》つて申《まを》す？ それはどんな惡人《あくにん》でも警官《けいくわん》の前《まへ》で云《い》ふ定《きま》り文句《もんく》だ。そんなことで疑《うたがひ》が晴《は》れるものではない。兎《と》に角《かく》、お前《まへ》の荷物《にもつ》やお前《まへ》の衣服《きもの》などよく調《しら》

べたい。』

『はい、どうか思《おも》ふ存分《ぞんぶん》にお調《しら》べ下《くだ》さい。』

アクスョーノフは上衣《うはぎ》を脱《ぬ》ぎ、鞄《かはん》を警官《けいくわん》の前《まへ》に差《さ》し出《だ》しました。警官《けいくわん》は鞄《かはん》を開《ひら》きました。そしてすぐに何《なに》かとり出《だ》して、アクスョーノフの前《まへ》につきつけました。

『これは何《なん》だ。』

アクスョーノフは、

『あつ！』

と聲《こゑ》を立《た》てた切《き》り、しばらくは物《もの》も言《い》へませんでした。アクスョーノフの前《まへ》につき出《だ》されたものは、鋭《するど》いナイフ、しかも柄《え》の所《ところ》まで生々《なまなま》しい血《ち》のついてゐるナイフでした。

『そ、そ、それは、私《わし》のではありません。』

アクスョーノフの言葉《ことは》は震《ふる》へて來《き》ました。

『お前《まへ》のでなくて誰《だれ》のだ。此《こ》の鞄《かはん》に入《はい》つてゐたのだぞ。』

『でも私《わし》は知《し》りません。決《けつ》して私《わし》のではありません、私《わし》のではありません。』

『駄目《だめ》だ、いくら辯解《べんかい》してもこんな確《たし》かな證據《しようこ》があるんだもの。さあ、縛《しは》つてしまへ。』

アクスョーノフは太《ふと》い繩《なは》でぐる〳〵と縛《しは》り上《あ》げられて、馬車《ばしや》の中《なか》に放《はう》り込《こ》まれてしまひました。

二

馬車《ばしや》は間《ま》もなくその町《まち》の監獄《かんごく》に着《つ》いて、アクスョーノフは取調《とりしら》べのつくまで牢《らう》屋《や》に入《い》れられました。

アクスョーノフの取調《とりしら》べはすぐに開《ひら》かれました。アクスョーノフはナイフが自《じ》

分《ぶん》のものでないこと、自分《じぶん》は決《けつ》して人殺《ひとごろ》しなどした覺《おぼ》えのないことなどを、何度《なんど》も何度《なんど》も繰《く》り返《かへ》して申《まを》しました。そして、あの宿屋《やどや》で夜中頃《よなかごろ》、目《め》の醒《さ》めた時見《ときみ》た男《をとこ》のことも申《まを》しました。裁判官《さいはんくわん》はそれを聞《き》いても笑《わら》つて、

『そんなことは何《なん》の役《やく》にも立《た》たぬ。惡人《あくにん》は皆《みな》そんな作《つく》り事《こと》を言《い》つて、自分《じぶん》の罪《つみ》を逃《のが》れようとするものだ。』

と云《い》つて、相手《あひて》にしてくれません。そして、いよ〳〵アクスョーノフは、此《こ》の殺《さつ》人《じん》の眞《まこと》の犯人《はんにん》として、遠《とほ》い〳〵シベリャの監獄《かんごく》へ送《おく》られて、一生涯《しやうがい》そこで苦《くる》しい仕事《しごと》をせねばならぬことに定《きま》りました。

アクスョーノフは、自分《じぶん》の罪《つみ》が無實《むじつ》であることを、何《なん》とかして明《あきら》かにしたいと考《かんが》へましたが、もう裁判官《さいはんくわん》も監獄《かんごく》の役人《やくにん》も相手《あひて》になつてくれません。

アクスョーノフは泣《な》きました。そして家《いへ》を出《で》る時妻《ときつま》の言《い》つた言葉《ことば》を思《おも》ひ出《だ》しては、あの時思《ときおも》ひ止《とま》ればよかつたと、何度《なんど》も〳〵後悔《こうかい》するばかりでした。

その中《うち》に、いよ〳〵シベリヤの監獄《かんごく》に送《おく》られる日《ひ》が近《ちか》づいて參《まゐ》りました。アクスョーノフは家《うち》にゐる妻《つま》に會《あ》ひたいと思《おも》ひました。妻《つま》に會《あ》つて自分《じぶん》の罪《つみ》の無實《むじつ》であることを話《はな》して、皇帝《くわうてい》にお願《ねが》ひして、もう一度裁判《さいはん》をして貰《もら》ひたいと思《おも》つたのでした。

アクスョーノフは牢番《らうばん》に、妻《つま》に會《あ》はせて貰《もら》ひたいと願《ねが》ひますと、牢番《らうばん》は快《こゝろよ》くそれを許《ゆる》してくれました。妻《つま》は二日目《かめ》にやつて來《き》ました。牢屋《らうや》の鐵《てつ》の格子《かうし》の外《そと》と内《うち》で互《たがひ》に顏《かほ》を見合《みあは》せた時《とき》、妻《つま》は、

『まあ！』

と云《い》つたきりで、後《あと》は泣《な》くばかり。それも無理《むり》はありません、家《うち》を出《で》る時《とき》の夫《をつと》の顏《かほ》は、今《いま》は見《み》る影《かげ》もなくやつれて、髭《ひげ》はぼう〳〵と生《は》え、頭《あたま》には白毛《しらが》さへ見《み》えてゐるのですから。

アクスョーノフも暫《しばら》くは默《だま》つてゐましたが、やがて涙《なみだ》を拭《ふ》いて、

『決《けつ》して心配《しんぱい》することはない。神様《かみさま》は正《たゞ》しい者《もの》をお助《たす》けになる。私《わし》はいつかはきつと、晴天白日《せいてんはくじつ》の身《み》となれると信《しん》じてゐる。後《あと》に殘《のこ》つたお前《まへ》は淋《さび》しいだらうし、それに世間《せけん》へ對《たい》しても面目《めんもく》ないだらうが、それは暫《しばら》くの間《あひだ》だ。どうか皇帝《くわうてい》にお願《ねが》ひしてくれ。そしてもう一度《ど》裁判《さいばん》をし直《なほ》して貰《もら》ふ様《やう》にしてくれ。私《わし》はシベリヤでその報《しらせ》の來《く》るのを一心《しん》に待《ま》つてゐる。私《わし》は神様《かみさま》を信《しん》じ、皇帝《くわうてい》を信《しん》じてゐるのだ。』

妻《つま》は、皇帝《くわうてい》にお願《ねが》ひするにはどうしたらいゝかを、アクスョーノフや牢番《らうばん》に聞《き》いてゐる中《うち》に、いよ〳〵アクスョーノフと別《わか》れる時間《じかん》になりました。

『どうか體《からだ》を大切《たいせつ》にして、一日《にち》も早《はや》くその報《しら》せの來《く》る樣《やう》に骨折《ほねを》つてくれ。』

妻《つま》は、赤《あか》く泣《な》き腫《は》らした眼《め》を上《あ》げて、アクスョーノフを見《み》て、

『えゝ、すぐにやります、一生懸命《しやうけんめい》にやります。(間)しかし、私《わたし》にだけはほんとうのことを云《い》つて下《くだ》さい。』

これを聞《き》いたアクスョーノフは、急《きふ》に悲《かな》しくなつて來《き》ました。

『ではお前《まへ》までが、まだわしを疑《うたが》つてゐるのか。えゝ、情無《なさけな》い、情無《なさけな》い。神様《かみさま》、どうかして私《わし》の心《こゝろ》を妻《つま》にはつきりとお示《しめ》し下《くだ》さい。』

アクスヨーノフの涙《なみだ》を見《み》て妻《つま》は、

『あゝ、悪《わる》かつた、悪《わる》うございました。あなたを決《けつ》して疑《うたが》つてゐたのではありませんが、餘《あま》り確《たし》かな證據《しようこ》があつたと云《い》ふので、つい若《も》しやと思《おも》つて。』

『それは無理《むり》もないことだ。しかし私《わし》を信《しん》じてくれ。そして何《なに》も恐《おそ》れずに皇帝《くわうてい》にお願《ねが》ひしてくれ。』

『えゝ、よく分《わか》りました。すぐです。しばらくの間《あひだ》我慢《がまん》して下《くだ》さい。きつと私《わたし》の力《ちから》であなたの無實《むじつ》を明《あき》かにします。御《お》からだを大切《たいせつ》にしてその報《しらせ》の行《ゆ》く日《ひ》を待《ま》つてゐて下《くだ》さい。』

時間《じかん》が來《き》たので、妻《つま》は夫《をつと》に別《わか》れて出《で》て行《ゆ》きました。

アクスヨーノフはそれから三日《か》ばかりして、雪《ゆき》の降《ふ》る、寒《さむ》い〳〵、遠《とほ》い〳〵シ

ベリヤへ送《おく》られました。

三

アクスヨーノフは監獄《かんごく》で、毎日《まいにち》〳〵苦《くる》しい仕事《しごと》をせねばなりませんでした。頭《あたま》は痛《いた》い、お腹《なか》は空《す》く、肩《かた》はこる、手足《てあし》は寒《さむ》さのためにかじかんで血《ち》が出《で》る位《くらゐ》。そんなに辛《つら》い目《め》に會《あ》ふのも、自分《じぶん》に無實《むじつ》の罪《つみ》を被《き》せて逃《に》げて行《い》つた、ほんとうの罪《ざい》人《にん》のためだと思《おも》ふと、そのほんとうの犯人《はんにん》が憎《にく》くて〳〵たまりません。今《いま》に自分《じぶん》の罪《つみ》が無實《むじつ》と云《い》ふことが知《し》れて、ほんとうの罪人《ざいにん》が見《み》つかつたら、その時《とき》こそどんな目《め》に會《あ》はしてやらうか。肉《にく》を裂《さ》いて骨《ほね》を碎《くだ》いてもまだ足《た》りない。

アクスヨーノフはシベリヤに來《き》た日《ひ》から、自分《じぶん》の赦《ゆる》される報《しらせ》の來《く》る日《ひ》を、今日《けふ》か明日《あす》かと毎日《まいにち》〳〵待《ま》つてゐました。しかしそれは、十日《か》たつても、一月《ひとつき》たつても、三月《つき》たつても、一年《ねん》たつても來《き》ませんでした。

『妻《つま》は何《なに》をしてゐるんだらう。』
時《とき》には妻《つま》を怨《うら》むこともありました。
『皇帝《くわうてい》は何故《なぜ》正《たゞ》しい裁判《さいばん》をなさらないんだらう。』
と皇帝《くわうてい》を怨《うら》むこともありました。
『神様《かみさま》には私《わし》の淸《きよ》らかなことがわからないのか知《し》ら。』
神様《かみさま》をさへ怨《うら》むことがありました。

そんなにしてゐる中《うち》に、二年目《ねんめ》の春《はる》になりました。アクスョーノフの友人《いうじん》から、始《はじ》めてのたよりがありました。シベリヤに來《き》てからは、友人《いうじん》からも親戚《しんせき》からも何《なん》のたよりもなくて、自分《じぶん》は皆《みんな》から見捨《みす》てられたと思《おも》つてゐた時《とき》ですから、封《ふう》を切《き》る手《て》もおそしと開《ひら》いて讀《よ》み始《はじ》めましたが、アクスョーノフの顏色《かほいろ》は見《み》る〳〵眞靑《まつさを》になつて、そこにばつたりと倒《たふ》れてしまひました。その手紙《てがみ》には何《なに》が書《か》いてあつたのでせう。

『アクスヨーノフ君《くん》、君《きみ》の犯《をか》した恐《おそろ》しい罪《つみ》は、君《きみ》を苦《くる》しめるのみではなかつた。君《きみ》の奥《おく》さんは人殺《ひとごろ》しの妻《つま》として、誰《だれ》からも嫌《きら》はれて、町《まち》にも住《す》めなくなつて田舎《ゐなか》に行《い》つたが、そこでも皆《みんな》から苛《いぢ》められて、たうとう一昨夜《さくや》、自《みづか》ら川《かは》に身《み》を投《とう》じて亡《な》くなつてしまつた。此《こ》の上《うへ》はせめてもの罪滅《つみほろぼ》しに、犯《をか》した罪《つみ》を悔《く》い改《あらた》めて、奥《おく》さんの冥福《めいふく》を神《かみ》に祈《いの》り給《たま》へ。』

アクスヨーノフは、何度《なんど》も〳〵その手紙《てがみ》をくり返《かへ》して讀《よ》みました、そしてたうとう聲《こゑ》を立《た》てゝ泣《な》き出《だ》しました。

『あゝ、何《なん》と云《い》ふ不幸《ふかう》な妻《つま》であらうよ。そして何《なん》と云《い》ふ不幸《ふかう》な自分《じぶん》であらうよ。一體《たい》自分《じぶん》はどうすればよいのだ。生《い》き存《ながら》へても何《なん》の樂《たの》しみもないし、もう自分《じぶん》の無實《むじつ》の罪《つみ》の許《ゆる》される望《のぞ》みもなくなつてしまつた。いつそのこと、妻《つま》の後《あと》を追《お》つて死《し》んでしまはうか。』

こんなことを考《かんが》へましたが、

『いや、まて〳〵。死《し》ぬのはいつでも死《し》ねる。妻《つま》や自分《じぶん》がこんな目《め》に會《あ》ふと云《い》ふのも、人殺《ひとごろ》しの眞《しん》の犯人《はんにん》が、自分《じぶん》に罪《つみ》を被《かぶ》せたからのことだ。どうしてもその犯人《はんにん》に復讐《ふくしう》せねばならん。斬《き》つて〳〵斬《き》りきざんで、一滴《てき》の血《ち》も殘《のこ》さんやうに絞《しぼ》りとつてやらねばならん。』

そんなことを考《かんが》へてゐると、アクスヨーノフの心《こゝろ》には、その犯人《はんにん》が又《また》も新《あたら》しく憎《にく》くて〳〵たまらなくなつて來《く》るのでした。そして今度《こんど》は自分《じぶん》の赦《ゆる》される日《ひ》ではなくて、その犯人《はんにん》に復讐《ふくしう》の出來《でき》る日《ひ》を、今《いま》か〳〵と待《ま》つ樣《やう》になりました。

しかし本國《ほんごく》を遠《とほ》くはなれたシベリヤの監獄《かんごく》にゐて、そんなことを考《かんが》へたとて、その望《のぞみ》の達《たつ》せられる日《ひ》が來《く》る筈《はず》はありませんでした。

寒《さむ》い〳〵シベリヤにも春《はる》が來《き》、夏《なつ》が來《き》て、又《また》も一年《ねん》、二年《ねん》、三年《ねん》、四年《ねん》と經《た》つてしまひました。

アクスヨーノフは、幾度《いくど》か神《かみ》を怨《うら》み、しまひには此《こ》の世《よ》には神《かみ》はないものだと

さへ思《おも》ふこともありました。

けれどもやつぱり心《こゝろ》の底《そこ》では、神樣《かみさま》に祈《いの》りました。そして神樣《かみさま》のことを考《かんが》へてゐる間《あひだ》は、憎《にく》い〳〵ほんとの犯人《はんにん》のことも忘《わす》れ、自分《じぶん》の苦《くる》しいことも忘《わす》れて、只《たゞ》何《なん》となく有難《ありがた》い氣持《きもち》になりました。

その中《うち》にアクスヨーノフの頭《あたま》は眞白《まつしろ》になり、顔《かほ》はしわだらけになつてしまひました。それもその筈《はず》、シベリヤに來《き》てからもう二十五年《ねん》たつたのです。アクスヨーノフは七十歳《さい》になつてゐました。

四

此《こ》の監獄《かんごく》には時々《とき〴〵》、ロシヤの本國《ほんごく》から罪人《ざいにん》が送《おく》られて來《き》ます。シベリヤに送《おく》られて來《く》るのは、皆大變《みなたいへん》ひどい罪《つみ》を犯《をか》した者《もの》ばかりでありました。それ等《ら》の罪人《ざいにん》は、監獄《かんごく》に來《く》ると、自分達《じぶんたち》のした惡《わる》いことを如何《いか》にも自慢《じまん》さうに話《はな》し合《あ》ふのでし

た。

或《あ》る日《ひ》のこと、又新《またあたら》しい罪人《ざいにん》が五六人送《にんおく》られて來《き》ました。夜《よる》になると、古《ふる》くからゐる罪人《ざいにん》も新《あたら》しい罪人《ざいにん》の側《そば》に行《い》つて、どこから來《き》たのか、どんなことをやつたのか、どんな風《ふう》にして捕《とら》へられたのかと、色々話《いろいろはな》し合《あ》つてゐました。

アクスョーノフはこんなことは聞《き》きたくないので、いつもの樣《やう》に本《ほん》を讀《よ》んでゐましたが、ふと強《つよ》く耳《みゝ》を打《う》つた言葉《ことば》がありました。それはウラヂーミルと云《い》ふ自《じ》分《ぶん》の住《す》んでゐた町《まち》の名《な》でした。アクスョーノフは直《す》ぐに顔《かほ》を上《あ》げて、話《はなし》をしてゐる新《あたら》しく來《き》た罪人《ざいにん》を見《み》ました。それは五十ばかりの、如何《いか》にも惡人《あくにん》らしい顔《かほ》つきをしたマーカルといふ男《をとこ》で、尙話《なほはな》し續《つゞ》けてゐました。

『ウラヂーミルは生《うま》れ故鄕《こきやう》ではないんだ。若《わか》い時《とき》はそこから大分《だいぶ》はなれた町《まち》に住《す》んでゐたが、どうもそこに居《ゐ》られなくなつてウラヂーミルに來《き》たわけさ。何《なに》、今《こん》度《ど》かうして此處《こゝ》に送《おく》られたのは、わしに取《と》つてはまだ運《うん》のいゝ方《はう》さ。もう二十五

年前《ねんまへ》に來《き》てゐなくちやならなかつたんだからね。』

アクスヨーノフは、二十五年《ねん》と云《い》ふことを聞《き》いてはつとしました。そしてマーカルの顔《かほ》をよく見《み》てゐる中《うち》に、

『あつ！』

と大聲《おほごゑ》を上《あ》げる所《ところ》でしたが、やつとそれを抑《おさ》へたほどでした。マーカルの右《みぎ》の頬《ほゝ》には、廿五年《ねん》の間《あひだ》忘《わす》れることの出來《でき》ない、あの宿屋《やどや》で、夜中《よなか》に自分《じぶん》の部屋《へや》を出《で》て行《い》つた男《をとこ》の右《みぎ》の頬《ほゝ》にあつた樣《やう》な黒子《ほくろ》があるのです。

『うむ、此奴《こやつ》だ〳〵、きつと此奴《こやつ》だ。』

アクスヨーノフは、何《なん》とも云《い》へない氣持《きもち》になつて來《き》ました。

廿五年《ねん》の間《あひだ》、自分《じぶん》が肉《にく》も血《ち》もなくなるまで苦《くる》しんだのは此奴《こやつ》のためだ。妻《つま》が恥《はづか》しい日《ひ》を送《おく》り、終《つひ》に川《かは》に身《み》を投《な》げて死《し》んだのも此奴《こやつ》のためだ。五寸刻《すんきざ》みにしても足《た》りない奴《やつ》だ。今《いま》飛《と》びかゝつて叩《たゝ》き殺《ころ》してやらう。血《ち》を皆絞《みなしぼ》りとつてやらう。い

やいや、それでも二十五年《ねん》の苦《くる》しみと、妻《つま》の苦《くる》しみに比《くら》べれば足《た》りない。どうしてやらうか。アクスョーノフの心臟《しんざう》の血《ち》は俄《には》かに熱《あつ》くなつて來《き》ました。腕《うで》がむづむづして來《く》る。頭《あたま》が鳴《な》る。目《め》は血走《ちばし》つて來《く》る。

しかし、アクスョーノフはそこを立《た》ち上《あが》つて、牢屋《らうや》の中《なか》を歩《ある》き廻《まは》りながら神《かみ》に祈《いの》り續《つゞ》けました。

寢床《ねどこ》に入《はい》つてもちつとも眠《ねむ》れません。心《こゝろ》を靜《しづ》めようとしても、益々《ますます》心《こころ》が亂《みだ》れるばかり。どうしてやらう。怨《うら》みを晴《は》らすは此《こ》の時《とき》だ。二十五年《ねん》の怨《うら》み、神《かみ》が憫《あは》れと思《おも》つて、マーカルを自分《じぶん》の前《まへ》へ連《つ》れて來《き》て下《くだ》さつたのだ。すぐにも此《こ》の事《こと》を監獄《かんごく》の役人《やくにん》に申《まを》し出《で》て、裁判《さいばん》して貰《もら》つたら、自分《じぶん》の無實《むじつ》の罪《つみ》が明《あきら》かになるのだ。明日《あした》にもすぐに申《まを》し出《で》ようか。それとも今《いま》の中《うち》に自分《じぶん》の手《て》でマーカルを締《し》め殺《ころ》してやらうか。

こんなことを考《かんが》へてゐる中《うち》に、夜《よ》は明《あ》けてしまひました。

晝《ひる》も夜《よる》もそのことばかり考《かんが》へましたが、どうしていゝのか分《わか》らなくなつてしまひました。

五

その中《うち》に一週間《しうかん》が過《す》ぎました。やつぱりアクスヨーノフの考《かんが》へが決《きま》りません。此《こ》のことを役人《やくにん》に申《まを》し出《で》様《やう》と決心《けつしん》すると、自分《じぶん》の心《こゝろ》のどこかで、待《ま》て〳〵と云《い》ふ聲《こゑ》がします。ぢや殺《ころ》してやらうと決心《けつしん》すると、矢張《やは》り待《ま》て〳〵と云《い》ふ聲《こゑ》がします。

或《あ》る晩《ばん》のこと、いつもの樣《やう》にマーカルのことを考《かんが》へてゐますと、自分《じぶん》の寢《ね》る寢《ね》臺《だい》の下《した》で、コツ〳〵と音《おと》がします。何《なん》だらうと思《おも》つて見《み》ると、何《なに》か黑《くろ》いものが動《うご》いてゐます。

『をかしいな、こんな所《ところ》に何《なに》もゐる筈《はず》がないのに。』

寝臺《ねだい》から下《お》りてよく見《み》ようとすると、すつくと立《た》ち上《あが》つた大男《おほをとこ》、

『おい、アクスョーノフ、まだ起《お》きてゐたのか。』

それはマーカルでした。

『おゝ、お前《まへ》はマーカルだな。』

アクスョーノフは直《す》ぐそこを立《た》ち去《さ》らうとすると、マーカルはアクスョーノフの腕《うで》をしつかと捕《とら》へて、

『おい、一寸待《ちよつとま》て。』

『何《なに》か用《よう》かね。』

『お前《まへ》に見《み》つかつたから話《はな》すが、わしはかうして逃穴《にげあな》を掘《ほ》つてゐるのだ。もう大《おほ》方逃《かたに》げ出《だ》せさうになつたから、お前《まへ》が此《こ》のことを役人《やくにん》にも他《ほか》の罪人等《ざいにんら》にも云《い》はなかつたら、伴《つ》れて逃《に》げてやる。が若《も》しこのことを云《い》つたらたゞはおかない。お前《まへ》の命《いのち》は貰《もら》ふぞ。』

アクスヨーノフは何《なん》とも云《い》へない腹立《はらだ》たしさを感《かん》じたけれども、ぢつと耐《こら》へて云《い》ひました。

『わしは逃《に》げようとは思《おも》はぬ。わしは此《こ》の牢屋《らうや》を出《で》たいと思《おも》へば、お役人《やくにん》に一口《くち》はなせば、すぐにわしの無實《むじつ》のことがわかつて出《だ》して貰《もら》へるんだから。』

『何《なん》だと？　無實《むじつ》の罪《つみ》で入《はい》つてゐると云《い》ふのか。』

『さうだ、二十五年前《ねんまへ》に、わしに罪《つみ》を負《お》はしたほんとの犯人《はんにん》は見《み》つかつて居《ゐ》るんだ。今《いま》わしの目《め》の前《まへ》にゐるんだ。只《たゞ》お役人《やくにん》にはそれが分《わか》らないまでのことさ。』

『ぢやあ、お前《まへ》はあの宿《やど》に泊《とま》つてゐた商人《しやうにん》か。』

『おゝ、さうぢや。隨分久《ずゐぶんひさ》し振《ぶ》りだつたねえ。お前《まへ》のお蔭《かげ》で、わしがどんなに苦《くる》しみ、わしの妻《つま》がどんな最期《さいご》を遂《と》げたか察《さつ》してくれ。もうそれだけで充分《じゆうぶん》だらう。此《こ》の上《うへ》わしを殺《ころ》さんでもいゝぢやないか。しかし、わしはお前《まへ》が逃穴《にげあな》を掘《ほ》つたことを云《い》ふか云《い》はぬかは、神樣《かみさま》の御心《みこゝろ》に從《したが》ふばかりだ。わしは自分《じぶん》の勝手《かつて》な心《こゝろ》

では、何《なに》もせぬことに決《き》めてゐるからね。』

『生意氣《なまいき》なことを云《い》ふな。實《じつ》は二十五年前《ねんまへ》のあの時《とき》、お前《まへ》をも殺《ころ》さうと思《おも》つたのだが、お前《まへ》が目《め》を醒《さま》したやうだから、ナイフを鞄《かはん》の中《なか》に入《い》れて逃《に》げ出《だ》したのだ。して見《み》れば、お前《まへ》が今迄《いまで》生《い》きられたのはわしのお陰《かげ》だ。有難《ありがた》く思《おも》つてわしの云《い》ふことに從《したが》へ。』

『いや、わしは人間《にんげん》の云《い》ふことには從《したが》はぬ。又《また》あの時《とき》殺《ころ》さなかつたから有難《ありがた》く思《おも》へと云《い》ふが、わしは廿五年間《ねんかん》苦《くる》しみ通《とほ》した。この苦《くる》しみは殺《ころ》されたよりも餘《よ》程《ほど》辛《つら》いことだ。しかしそんなことはどうでもいゝ。お前《まへ》も早《はや》く自分《じぶん》の所《ところ》へ行《い》つて寢《ね》たらいゝぢやないか。』

マーカルはアクスヨーノフを睨《にら》んで、

『若《も》し言《い》つたら叩《たゝ》き殺《ころ》してやるぞ。』

と云《い》ひ殘《のこ》してその場《ば》から逃《に》げ出《だ》しました。

六

次《つぎ》の朝《あさ》、見廻《みまは》りの牢番《らうはん》は新《あたら》しく土《つち》のもり上《あが》つてゐる所《ところ》から、逃《に》げ穴《あな》の掘《ほ》つてあることをすぐに見《み》つけ出《だ》しました。罪人等《ざいにんら》は一人一人《ひとりびとり》調《しら》べられたが、誰一人《だれひとり》それを云《い》ふ者《もの》がありません。

アクスョーノフは正直《しやうぢき》でよく働《はたら》くので、牢番《らうはん》は非常《ひじやう》に信用《しんよう》してゐました。それでアクスョーノフの番《はん》になると、牢番《らうはん》はやさしい聲《こゑ》で訊《たづ》ねました。

『アクスョーノフ、お前《まへ》は此《こ》の穴《あな》は誰《だれ》が掘《ほ》つたか知《し》つてゐるか。』

『はい、知《し》つてをります。』

『誰《だれ》だ。正直《しやうぢき》に答《こた》へろ。』

『答《こた》へることは出來《でき》ません。』

『何故《なぜ》言《い》はないのだ。』

『神様《かみさま》が云《い》はなくてもいゝとおつしやるからです。』

『いや、云《い》はなくちやいけない。』

『どうしても申《まを》しません。私《わし》は何事《なにごと》でも神様《かみさま》と相談《さうだん》してすることにしてゐます。』

『言《い》はなかつたら、お前《まへ》を此《こ》の罪人《ざいにん》として重《おも》い罰《ばつ》にするぞ。』

『はい、よろしうございます、どんな罰《ばつ》にでも従《したが》ひます。』

牢番《らうばん》や監獄《かんごく》の役人《やくにん》は、色々《いろ〱》とアクスヨーノフをすかしたりおどしたりして、白《はく》状《じやう》させ様《やう》としましたが、決《けつ》して云《い》はないので、其《そ》の日《ひ》はそのまゝになつてしまひました。

皆《みな》さん、アクスヨーノフは何故《なぜ》言《い》はなかつたのでせう。憎《にく》い〱マーカル、そのマーカルのした悪《わる》い事《こと》をよく知《し》つてをりながら、何故《なぜ》云《い》はなかつたのでせう。

アクスヨーノフは前《まへ》の晩《ばん》に、神様《かみさま》に祈《いの》りながら色々《いろ〱》と考《かんが》へました。もう一週間《しうかん》以《い》上《じやう》も考《かんが》へぬいた此《こ》のことに就《つ》いて、もう一度《ど》考《かんが》へ直《なほ》して見《み》ました。けれども憎《にく》

いマーカルに復讐《ふくしう》することは、どうも心《こゝろ》が進《す》みませんでした。マーカルを訴《うつた》へ出《で》て、一層《そう》重《おも》い罪《つみ》におとした所《ところ》で、自分《じぶん》の二十五年間《ねんかん》の苦《くる》しみが薄《うす》くなるわけではない。又《また》マーカルの古《ふる》い罪《つみ》を訴《うつた》へて自分《じぶん》の無實《むじつ》を明《あきら》かにした所《ところ》で、二十五年《ねん》の苦《くる》しみは消《き》えはしないし、亡《な》くなつた妻《つま》が生《い》き返《かへ》つても來《こ》ない。それに、自分《じぶん》はもう七十にもなつてゐる。シベリヤから歸《かへ》つた所《ところ》で、妻《つま》もゐなければ家《いへ》もない故郷《ふるさと》には、何《なん》のたのしみも待《ま》つてはゐない。いや〳〵、そればかりではない。マーカルは憫《あは》れむべき人間《にんげん》だ。あれほど惡《わる》いことをしてさへ、まだ逃《に》げ出《だ》し度《た》いと考《かんが》へてゐる位《くらゐ》に、此《こ》の世《よ》の中《なか》を有難《ありがた》く思《おも》つてゐるのだ。それを今《いま》二十五年《ねん》も前《まへ》のことや、逃穴《にげあな》のことなどを役人《やくにん》に知《し》られたなら、それこそ死刑《しけい》になつてしまふに決《きま》つてゐる。マーカルはまだ〳〵生《い》きたいのだ。それに自分《じぶん》は此《こ》の世《よ》の中《なか》に生《い》きてゐたいとは思《おも》つてゐない。むしろ一日《にち》も早《はや》く神様《かみさま》の所《ところ》へ行《ゆ》きたいと願《ねが》つてゐるのだ。生《い》き度《た》いと思《おも》つてゐるマーカルを殺《ころ》して、死《し》にたいと思《おも》つてゐる自分《じぶん》が生《い》き

るのは、神様《かみさま》の御心《みこゝろ》ではあるまい。マーカルはまだ〳〵神様《かみさま》のことを知《し》らない。神様《かみさま》のことを知《し》らないで死《し》ぬのは可哀《かはい》さうだ。生《い》かしておいてやらう。その中《うち》にはきつと彼《あれ》にもほんとうの心《こゝろ》が目《め》を醒《さま》すだらう。

さうだ〳〵、わしはマーカルのことに就《つい》ては何《なに》も云《い》ふまい。マーカルが一日《にち》も早《はや》く、ほんとうの人間《にんげん》になるように祈《いの》つてやらう。マーカルを憎《にく》んではならない。マーカルを憎《にく》んでゐた自分《じぶん》の心《こゝろ》は、まだほんとうのよい心《こゝろ》ではなかつたのだ。マーカルこそ世《よ》の中《なか》で一番哀《はんあは》れな奴《やつ》だ。可哀《かはい》さうに、神様《かみさま》よ、どうぞマーカルを惠《めぐ》んでやつて下《くだ》さい。マーカルの心《こゝろ》が一日《にち》も早《はや》くほんとの心《こゝろ》になるように惠《めぐ》んでやつて下《くだ》さい。

アクスョーノフはこんな風《ふう》に、憎《にく》い〳〵と思《おも》つてゐるマーカルのために祈《いの》るようになりました。その時《とき》からアクスョーノフの心《こゝろ》は大變落《たいへんお》ちついて、廣々《ひろ〳〵》として來《き》ました。もう何《なに》も考《かんが》へることがなくなりました。

しかし、アクスョーノフの心《こゝろ》から、二十五年間《ねんかん》夢《ゆめ》にも忘《わす》れることの出來《でき》なかつたマーカルのことがふつと消《き》えてしまふと同時《どうじ》に、アクスョーノフはがつかりして非常《ひじやう》に氣力《きりよく》がなくなつてしまひました。これまでは自分《じぶん》の敵《てき》、即《すなは》ちマーカルのことを思《おも》ふことだけで生《い》きてゐたのです。それに今《いま》マーカルのことがすつかり自《じ》分《ぶん》の心《こゝろ》からなくなつてしまふと、もう張合《はりあひ》がなくなり、アクスョーノフの心《こゝろ》には生《い》きて行《ゆ》くたよりがなくなつたわけであります。もう七十で、骨《ほね》と皮《かは》ばかりに痩《や》せてゐました。しかし心《こゝろ》の中《うち》に元氣《げんき》だけはありました。それが今《いま》すつかりなくなつてしまつたのです。もうすつかり自分《じぶん》の重荷《おもに》は神樣《かみさま》にお預《あづ》けしてしまつたわけです。

マーカルを喜《よろこ》んで赦《ゆる》す方《はう》がいゝと悟《さと》つた時《とき》から、アクスョーノフは長《なが》い〳〵間《あひだ》の苦《くる》しい仕事《しごと》の疲《つか》れが出《で》て、急《きふ》に體《からだ》が弱《よわ》つてしまひました。逃穴《にげあな》の取調《とりしら》べのあつた時《とき》はやつと物《もの》が言《い》へた位《くらゐ》でした。その日《ひ》の中《うち》に、もう頭《あたま》の上《あが》らない大病人《たいびやうにん》にな

つてしまひました。

其《そ》の夜《よ》のことです。アクスョーノフは苦《くる》しい息《いき》をしながら寢臺《ねだい》に横《よこた》はつてゐると、何《なに》か自分《じぶん》の側《そは》に近《ちか》づいて來《く》るものがある樣《やう》です。しかもシク／＼と泣《な》いてゐるようです。よく見《み》るとそれはマーカルです。

『マーカル、何《なん》の用《よう》で來《き》たのだ。』

しかしマーカルは何《なに》も答《こた》へません。

『おい、早《はや》く行《ゆ》かないか。見《み》つかると又叱《またしか》られるぞ。』

するとマーカルは、

『アクスョーノフ、わしが惡《わる》かつた。どうか赦《ゆる》してくれ。わしは今日《けふ》まで隨分惡《ずゐぶんわる》いことばかりして來《き》た。しかし一度《ど》だつて神樣《かみさま》のことを考《かんが》へたことがない。今朝《けさ》お前《まへ》が逃穴《にげあな》のことで、役人《やくにん》と話《はな》してゐるのを聞《き》いた時《とき》、わしの心《こゝろ》の恐《おそろ》しさが始《はじ》めてわかつた。アクスョーノフ、二十五年《ねん》の苦《くる》しみ、どうか叩《たゝ》いてくれ、打《う》つてく

れ、わしを思《おも》ふ存分《ぞんぶん》にしてくれ、その上《うへ》で役人《やくにん》に訴《うつた》へてくれ。アクスヨーノフ、わしは此《こ》のまゝでは生《い》きてをれない。どうかしてくれ。お前《まへ》からひどい目《め》に會《あ》はされねば、わしはとてもぢつとしてゐられない。』

　アクスヨーノフはマーカルの手《て》を取《と》つて、

『マーカル、喜《よろこ》んで赦《ゆる》す。神様《かみさま》もきつと赦《ゆる》して下《くだ》さるだらう。もうお前《まへ》を打《う》ちたいとも叩《たゝ》きたいとも思《おも》はない。まして役人《やくにん》に訴《うつた》へ出《で》ようなどゝは思《おも》つてゐない。お前《まへ》の心《こゝろ》はよく分《わか》つた。早《はや》く歸《かへ》つて神様《かみさま》にお禮《れい》を申《まを》せ。』

『アクスヨーノフ、どうか訴《うつた》へてくれ。でないとわしは苦《くる》しい。その代《かは》りわしの罪《つみ》をお前《まへ》から神様《かみさま》に詫《わ》びてくれ。お願《ねが》ひだ。ねえ、アクスヨーノフ、わしは神様《かみさま》にお願《ねが》ひなど出來《でき》るような人間《にんげん》ぢやないんだから、どうかお前代《まへかは》つてお詫《わ》びをしてくれ。頼《たの》む、頼《たの》む。』

『もういゝよ。お前《まへ》の心《こゝろ》はよくなつたのだ。わしの心《こゝろ》もお前《まへ》の心《こゝろ》も同《おな》じだ。只神《たゞかみ》

様《さま》にお禮《れい》を申《まを》せ。それでいゝんだ。さあ、早《はや》く歸《かへ》れ。』

マーカルはアクスョーノフの手《て》を固《かた》く握《にぎ》つて、

『有難《ありがた》う、有難《ありがた》う。』

とくりかへして出《で》て行《ゆ》きました。

結

翌日《よくじつ》マーカルは、二十五年前《ねんまへ》の惡事《あくじ》や、逃穴《にげあな》の惡事《あくじ》をすつかり白狀《はくじやう》しました。

アクスョーノフは二十五年目《ねんめ》にやつと無實《むじつ》の罪《つみ》であつたことが明《あきら》かになつて、牢《らう》屋《や》から出《だ》されることになりました。しかし、もうその時《とき》はアクスョーノフの體《からだ》は冷《つめた》くなつて、マーカルの涙《なみだ》にぬれた腕《うで》にかゝへられて、その魂《たましひ》は天《てん》の彼方《かなた》に上《のぼ》つてゐたのでありました。

實演上の注意

蓮娘

程度　尋常五六年以上、高女生にも適します。

時間　約一時間。

其他　これは、朝鮮の有名な古い小說を童話に改作したものです。多少悲劇じみてをりますし、主人公が女ですから、男子の席よりも女子の席に向きます。この話は、童話獨特の現實をはなれた不可思議な世界と、現實的な部分の兩方から成立つてゐる童話で、孝行を教訓的に現すのが必ずしも全部の主眼ではありません。矢張り聽衆を夢の國に導いて、童話の世界に遊ばせることが大切です。

相當長い話ですから、場合によつては二節を堺に、前後二回に別けて話すも面白いと思ひます。又時間の都合で短くする必要があれば、四節を簡略にするがよいと思ひます。又沈淸と云ふ主人公の名前が、聽衆にしつくりした親しみを持たぬ恐れがあるなら、內地式に淸子と云ふ樣な名前にして話すのもいゝかも知れません。

カチの報恩

程度　尋常三四年乃至五六年。
時間　約二十分。
其他　鳥獸すらも恩に報いろと云ふ敎訓をも含んでゐますが、それよりも怖い物見たさの本能を刺戟して、その方面の好奇心を滿足させることが要點です。
山は三節です。此處は此の話の骨でありますから、話方に十分工夫して、細いゆつくりした口調で、場合によつては顫へ聲で話すべきであります。

羽衣

程度　尋常三四年乃至五六年。
時間　約二十分。
其他　親孝行の德が天に通じたと云ふ敎訓が主眼であります。特に注意すべき點はありません。

銀の玉、金の玉

程度　尋常三四年以上。
時間　約二十五分。
其他　朝鮮の昔噺に種をとつたものですが、矢張り因果應報の教訓が主眼點です。話の中の歌は極めて大切なものです。若し上手に出來ないならばむしろ中止した方がいゝと思ひます。歌の節とそれに伴ふ身振は各自工夫される方が却つて面白いと思つて、私の實演してゐるものは書きませんでした。

コ　カ　ム

程度　尋常三四年乃至五六年。
時間　約十五分。
其他　物の眞相を確めないで、早合點して失敗したと云ふことが此の話の筋でありますが、これを教訓的に取扱ふよりも、滑稽な愉快味を出すことが主眼だと考へます。滑稽な笑ひは童話の持つ一つの重大な方面だと思ひます。この話はその目的のために作られたもので、輕妙、卽ちすら〳〵と何のわだかまりもなく話すことがその最大要件であります。

金の實、石の實

程度 尋常三四年乃至五六年。

時間 約二十分。

其他 因果應報の敎訓が主眼點です。五節で惡人の兄が死ぬことになつてゐますが、その邊の話振りはあまり殘酷にならないやうに、むしろ輕快に話すべきものでせう。場合によつては、兄が倉と家とを失つただけで反省して、前非を悔いて弟と仲直りをするのもよいかと思ひます。

パカチ

程度 尋常三四年。

時間 約十七分。

其他 朝鮮童話を作りかへたものですが、善因善果、惡因惡果がその主眼點です。

こんな善惡の二人の人を取扱ふ場合には、惡人を憎むやうに刺戟するのは止むを得ないことですが、實演者の努力は惡人を憎む刺戟よりも善人を愛する刺戟を多く與へる樣にしたいと思ひます。

三節と五節が山でありますが、それは共に異つた調子で前者は明るく、後者は暗い樣な氣持で話すべき

ものであります。

不思議な玉

程度　尋常三四年以上。
時間　約十五分。
其他　兄弟仲よくせよと云ふ教訓が主眼點です。實演上特に注意すべき點はありませんが、山は三節の兄弟の口爭ひの所ですから、そこでは語調にぐつと變化を與へて、比較的單調な此の話の筋を引き締めればならぬと思ひます。

不思議な扇子

程度　尋常三四年。
時間　約二十分。
其他　童話特有の善因善果、惡因惡果の教訓を含んでゐて、これが主眼點となりますが、その主眼點を強く表面に現さうとすることは避くべきことで、表面は輕妙な可笑味を充分表すことに努めて、教訓は自然の中に感じられゝばいゝのです。

朝鮮の話としましたが、枕を替へれば内地のものとも外國のものともなります。啞の聲色が此の話で一番大切です。人、動物、それ〴〵異つた聲色で啞に變化を出すことに注意して頂きたい。

森の王様

程度　尋常一二年乃至三四年。
時間　約十五分。
其他　動物相互間にある自然の爭ひ、如何に小さなものも、それ自らの特長を有してゐると云ふことを知らしめながら、狡猾なもの、强いもの、誇るものを憎み、小さなもの、弱いものに同情すると云ふ自然の人情を刺戟すると云ふ點が、此の話の眼目であります。話中の狐、獅子、蜂、蜘蛛などのそれ〴〵の個性を明かに示すために、音聲、態度などをはつきり區別すること。

鶴の首

程度　尋常三四年。
時間　約十二分。

其他　魚を欺いたためにその報を受けたと云ふ教訓が主眼點であります。鷄が本話に出て來てからは、聽衆の想像力に訴へて、成る可くその想像と共に話を進める。否、むしろ想像の方が先になつて、話がその想像に答を與へると云ふ風に進めるために、話は成るべくゆつくりとした調子で、間を充分に置いて話すべきだと思ひます。但し最後の首引きの所は山ですから、あまりゆつくりも如何かと思ひます。

鬼になつた八五郎さん

程度　尋常三四年。
時間　約二十五分。
其他　自慢を戒める教訓の方面と不可思議な怪異及び滑稽の興味的方面との二つが主眼點であります。教訓的の主眼を表現するよりも興味的の主眼を表現することに力を入れるべきだと思ひます。

馬鹿王樣

程度　尋常三四年乃至五六年。
時間　約三十五分。
其他　都に憧れ、浮薄な文化に醉ひ、金に名譽に空想を追つて、墳墓の地を捨てゝ行く青少年の多きに

は驚き且つ悲しまされます。土に親しみ、勞働を尊ぶの風は次第に廢たれつゝあるのではないかと思はれます。これは政治家にのみ委しておくべき問題ではありません。吾々教育者の大切な一つの任務だと存じます。少年の頃に、學問よりも勞働に對して一層の趣味憧憬を持たしめる必要が大いにあると思ひます。この話はこんな目的を持つてをります。しかしあまりに其の點に力瘤を入れては、却つて嫌味が出ますから、表面は滑稽な話として、笑ひを强く響かせるように話していたゞきたいのです。

都會地よりも田園の兒童に向きます。都會地で話す場合は四節は省くがよいでせう。但しそれでは此の話の教訓的主眼は全然なくなるわけであります。

笹賣り源吾

程度　高等科以上。

時間　約三十分。

其他　眞の武士は、殺伐のみを好むものではなく、多くは風流な一面もあり、特に節義の重んずべきを知つて、身命の惜しきを思はず、事に臨んで死所を誤らないといふ、武士道の精神を悟らせるのが主眼です。

材料が材料ですから、話が諧謔臭くなる恐れがあります。故に氣品を失はない樣に、嚴肅に、しかも黜

識を以て話すことが必要です。

鐵の扉

程度　尋常三四年乃至五六年。
時間　約三十五分。
其他　勇壯な氣象の中にも、親子兄弟の情の濃やかであることを感知せしめたいのです。實演上特に注意すべき點はありませんが、こんな、勇しい中にも哀れな點を含んでゐる話は、勇しい方面よりも哀れな方面を强く現す樣な口調、卽ち低くゆつくりした口調で話を進めれば、勇しい方面も一層强く響くと思ひます。

善心

程度　高等科以上、中學生、高女生にも適します。
時間　約三十分。
其他　此の話は、トルストイの有名な作品「神は眞を見給ふ、されど時を待ち給ふ」を講話向に作りかへたものです。宗敎的忍苦の生活が話の骨子になつてゐますが、私はむしろ惡人マーカルの心の中にある

眞心に眼をつけたいのです。人間の性は善であると云ふことに、此の話の主眼をおいて戴きたいのです。

大きな會場には不適當であります。小會場、むしろ敎室等でしんみりと話すに適します。場合によつては、一二回下讀をした上で朗讀してもよいと思ふ位です。故に山とか谷とかを意識して話すには及びません。只終始熱を以て話を進め、殊に善惡二人の中心人物には、何れにも多大の同情を持つて臨んでいただきたい。話中の人物に話者が同情をもつことは、話を效果あらしめる一つの要件であることは多言を要しません。

卷頭言

大塚講話會同人

童話が兒童の世界のものである限り、教育から離れては有り得ない。但し、其の教育こそはほんとの教育であつて、所謂教育であつてはならない。教へようとする教育であつてはならない。樂しましめようとする教育でありたい。否、教授者も被教授者も共に樂しむ教育でありたい。聖く正しく大きく强い愛の教育でありたい。純情の教育でありたい。

童謠や童話による教育がそれである。就中、東京高等師範學校內に生れた大塚講話會は、ひとり童話に止らず、廣く『おはなし』にその眞の教育を認めた同志の若人の集りである。そして、創立後十年を閱したる今や、同人は都鄙あまねく散在したけれども、未だ一日も、在校中の熱を『おはなし』に失はない。

茲に、同人相呼んで、此の叢書の刊行に着手した。幸に、大塚講話會として從來編述し來つた『實演お話集』數卷の後に生るゝ弟としての本叢書が、それと共に、少しでも世の家庭と學校と社會との眞の兒童敎育家各位の批評を乞ひ得べくば、更に益々奮勵して、眞の善き『おはなし』の編著に進みたい――と、これ同人の熾烈なる念願である。

大正十五年三月

東京高等師範學校

大塚講話會同人

凡例

一、兒童へのお話を研究し創作する事に、多大の幸福さ光榮さを感じて、大塚講話會は生れた。東京高等師範學校内に、十年前に生れた。

一、口演により、編著により、この十年間に多少兒童の世界を開拓して來た。『實演お話集』九卷は、その收獲の一つである。

一、この『新實演お話集』は、卒業後もお話に熱を失はない同人の筆に成つた個人別お話集である。

一、各卷の出版順序は全く不同である。稿成るに從つて刊行するものであることを明かにしておく。

一、各卷末に『實演上の注意』を添へておいた。特に兒童敎育者各位の御熟讀を乞ふ。

自序

大塚の學校を出てから、即ち『實演お話集』に筆を絶つてから後の三年間の、私の童話に於ける收穫の大部分が、此の『蓮娘』一卷であります。

朝鮮に渡つてからは、童話の實演の方面よりも、朝鮮にある傳說や童話などの蒐集に、より多く力を用ひました。朝鮮の初等敎育、分けても普通學校の敎育はあまりに殺風景だ、もう少しは兒童の心琴を搖り動かす喜びの方面があつてもいいではないかと、常に思ひました。學科の注入にこれ日も足らずといつた有樣では、果して圓滿な人格が生れるでせうか。心から喜んで歌へる童謠、心から喜んで聽かれる童話、かうしたものを彼等に與へることの必要を、二ケ年の間絶えず考へさせられました。

私はこの心願から、主として朝鮮在來の傳說や童話を、實演され得るやうに書

き直してみました。そして數回、內地や朝鮮の兒童達に實演してみて、その結果生れたのが此の一卷であります。(朝鮮以外から材料を取つたものや、私自身の創作も二三混つてはゐます。)

貧しいものではありますが、朝鮮の兒童にとつては、直接自分達の生活に親しみのある、鄕土的な童話によつて童心の喜びを滿たし、且つ童話の國に遊んでゐる中に、不知不識國語に親熟することが出來、又內地の兒童にとつては、異鄕の話によつて好奇的愉悅の情を滿たし、且つ朝鮮に咲いてゐる純眞な童話の花に接することによつて、朝鮮人の生活に親しみを增し、やがては內鮮融合の小さな芽が、彼等の心に萠出もするならば、私の願ふところは充分に滿たされるのであります。

大正十五年初春

著　者

蓮娘目次

蓮娘

立川昇藏著
岡本歸一裝幀

영인자료

다치카와 쇼조의 조선실연동화집

여기서부터 영인본을 인쇄한 부분입니다. 이 부분부터 보시기 바랍니다.

김광식金廣植

일본학술진흥회 특별연구원PD(민속학), 東京學藝대학 학술박사.
연세대학교, 릿쿄대학, 東京理科대학, 요코하마국립대학, 사이타마 대학, 일본사회사업대학 등에서 강의했다.

‣ 주요 저서

단저: 『식민지기 일본어 조선설화집의 연구植民地期における日本語朝鮮說話集の研究 -帝國日本の「學知」と朝鮮民俗學』(2014), 『식민지 조선과 근대설화』(2015), 『근대 일본의 조선 구비문학 연구』(2018).

공저: 『식민지 시기 일본어 조선설화집 기초적 연구』, 『博物館という裝置』, 『植民地朝鮮と帝國日本』, 『國境を越える民俗學』 등 다수.

근대 일본어 조선동화민담집총서 2

다치카와 쇼조의 조선실연동화집

2018년 6월 8일 초판 1쇄 펴냄

저 자 김광식
발행인 김흥국
발행처 보고사

책임편집 이경민
표지디자인 오동준

등록 1990년 12월 13일 제6-0429호
주소 경기도 파주시 회동길 337-15 보고사 2층
전화 031-955-9797(대표)
02-922-5120~1(편집), 02-922-2246(영업)
팩스 02-922-6990
메일 kanapub3@naver.com / bogosabooks@naver.com
http://www.bogosabooks.co.kr

ISBN 979-11-5516-798-4 94810
979-11-5516-790-8 (세트)

정가 30,000원